侯文詠　短篇小說集

侯文詠　著

序——

寫在三十週年紀念版前

收錄在這本書裡面的文章，主要來自《七年之愛》以及《誰在遠方哭泣》兩本短篇小說集。三十年前，當這兩本小說集出版時，從蘇聯解體到柏林圍牆傾倒、臺灣政治民主化的浪潮風起雲湧，整個世界正劇烈地變動著。當時我剛從醫學院畢業，一點也沒有把握自己未來會不會成為作家。

印象中，第一次領到的版稅是八萬八千元。寫了二、三年，終於領到版稅，心裡當然是開心的。不過這樣的開心只持續了一天，很快被隨後追上的現實感掩埋。八萬八千元固然不少，但簡單換算一下，月薪只有兩千多元——相對於當時住院醫師職位一個月五萬多元的薪水，寫作這個行業看來前途暗淡。

矇矇朧朧地走著，你可以有種矇矇朧朧的樂趣，一旦雲霧散去，心中的浪漫情懷就變得有些不切實際了。我告訴自己：或許這就是所謂的命運吧。讀了七年醫學院，出版了兩本小說，做為青春歲月的紀念，應該也算功德圓滿了。放棄的理由如此明確，老實說，我的確說服了自己。我當時服役於澎湖空軍基地，有好幾天時間，我坐在機場的救護車上待命，聽著戰鬥機引擎轟隆隆地劃過天空，心中有種說不上來的空空蕩蕩以及荒涼。

那時候等待退伍的同事已經開始申請醫院住院醫師的工作了。之前學長告訴我，麻醉科醫師輪值二十四小時後有一整天的休假。得知這個訊息之後，我動心起念，如果可以利用值班後的休假繼續寫作，我是不是可以在不放棄現實的前提下，繼續寫作呢？

一旦開始那樣想之後，就再也停不下來了。那個讓我擺脫不甘心的想法，像個令人著魔的強迫性意念，不斷重複、放大，直到後來我真的去申請，也順利的變成了麻醉科醫師為止。

通常，麻醉科醫師值班要到隔天清晨八點交班。回到住處我倒頭呼呼大睡，醒來往往已是下午。下午到晚餐前有幾個小時的時間，就是我的寫作時間。當時我新婚不久，雅麗牙醫診所開業，老大、老二相繼出生。平日我在醫院工作勞心勞力，值班時更是睡眠品質低劣。好不容易休假，又得南北奔波跑宣傳通告，有好幾年時間，我幾乎是全年無休地工作著。老實說，重新再選擇一次的話，我很懷疑自己是否有勇氣再過一次那樣的生活。但奇怪得很，當年的我雖覺得累，心中卻滿滿是占了小便宜的僥倖與感激。覺得只要付出這麼一點代價，在顧及現實的同時，還能換來追逐夢想的機會。受到老天如此眷顧，我真是賺到了。

我有個朋友稱讚我是個優秀的麻醉科醫師。乍聽之下我還滿陶醉的，沒想到他接著又說：「他最厲害的本事就是麻醉自己。」雖然有點哭笑不得，但老實說，我實在沒什麼好回嘴的。

當年高鐵還沒興建。基本上，只要是臺中以南的夜間演講，活動結束之後搭著巴士回到臺北往往已經午夜了，隔天一早六、七點鐘的晨會在即，而我還有許多需要報告的內容以及幻燈片有待完成。有一次，坐在奔馳在高速公路上的巴士，望著窗外的明月，升起了《赤壁賦》中，那種「寄蜉蝣於天地，渺滄海之一粟」的感慨。當年夜遊赤壁的蘇軾與客人、賦中提到的——高唱著「月明星稀，烏鵲南飛」的曹操……許許多多曾經看過同樣這個明月的人，如今都不在了。

他們也曾經回首自己做過的事嗎？他們感到的是充實還是後悔呢？想到這裡，心裡忽然有一種很安心的感覺。能把自己操成這樣，很久之後回頭再看，不管結果如何，應該是無怨無悔的才對吧？

那幾年——就在那樣的狀態下，《親愛的老婆》、《大醫院小醫師》、《淘氣故事集》……陸續出版了。更多的因緣際會，帶我到更多地方，讓我遇見了更多讀者。後來我辭去了醫院的工作，變成了一個專職作家，繼續又寫了《我的天才夢》、《白色巨塔》、《危險心靈》……那之後，又發生了更多的事，我又寫了更多的書，三十年就這樣在一轉眼間過去了。

三十年前，世界在激烈地變動，我的人生其實也在激烈地變動。我曾想過，如果當初少了那麼一點點不甘心，一點點想望；如果一開始，多了那麼一點點恐懼、一點點現實算計，當初的選擇應該會完全不同吧？

或許在那個不一樣的人生裡，還是會有這本書，會有三十週年。差別只是，我的人生就不會有後來那二十多本書，更不會有這一路上遇見的讀者、動人風景以及心情。

從歷史的洪流的角度來看，三十年光陰本來就非常渺小，稚嫩的舊作，更是汗顏到紀念兩字說不出口。儘管如此，我所得到的熱情——不管來自讀者、編輯、出版社、通路、媒體，卻遠遠超出我的付出。這種一路「賺到」的美好經驗，讓我不曾有過後悔，並且充滿了無以回報的感激。

三十週年，如果說有什麼值得紀念的，大概就是這些與大家一起走過，這些充滿驚喜，獨特又美好的生命經驗了。

我會繼續寫下去的。

目錄

卷一

卷二

卷三

卷一

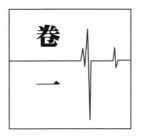

諾貝爾症候群

自從諾貝爾化學獎得主李遠哲回國以後，掀起一陣旋風。我們這些化學相關科系的學生那可慘了。每次化學實驗課之前，我們的教授總要一陣訓話：「人家美國的學生用功得不得了，一天二十四小時根本不夠用。哪像你們，成天只曉得玩，這樣下去，我們中國的科學還有什麼希望？」

楊格一副不以為然的表情問馬湯尼：「美國真的像他形容的那麼偉大嗎？」

馬湯尼捲著舌頭，螺絲釘似地一個一個吐著不準的發音表示：「米鍋也悠不用功的些生啊。」

說著楊格又同情又好笑地去矯正馬湯尼的發音：「美國——不是米鍋……」然後是一陣嬉笑，拉拉扯扯。背景是一個實驗室，看得見許多瓶瓶罐罐，燒杯裡煮著開水。有一大條長龍排列等著使用唯一的一臺離心機，和數量有限的分析天平。至於川流的學生，就很難確實說明他們到底在做什麼。有的時候是聯絡中午系際杯排球賽的人員，有些正開郊遊的籌備會議，有人在研究考古題，另外一些人在爭辯著民主自由以及校園的問題等等……

馬湯尼是美國來的僑生，由於舉家回臺經商，才會轉回臺灣讀書。據他表示，他在美國讀到大二，算是成績頗優秀的學生。可是從大一讀起，我實在看不出一點優秀的遺跡。國文、中國通史、三民主義這些科目一竅不通那也就算了。我看過他做微積分，那才是遲鈍得可怕。也許是美國教育習慣把學生訓練得一板一眼，明明一條方程式列出來，我早把X、Y、Z的座標算出來，他偏偏要一遍一遍推演方程式，直到你都看得不耐煩了，才慢慢求出答案（而且還常常計算錯誤）。我曾經好意告訴他，竟引得一場爭辯，弄得中英兼夾，面紅耳赤。大意就是他們在美國考試，根本就不限時間，也不用自己計算。

馬湯尼這種爛成績、破國語以及不夠隨和的個性很快在人際關係慢慢被孤立起來。幸好我們這一組化學實驗組的成員都是「超級隨和」的組合，每個人散得不得了，本著「四海一家」的精神，勉強收留馬湯尼，免得他落得無家可歸。

這個學期做的是測定有機糖的實驗。利用各種方法來求出不同的糖類。好比應用各種不同的特性，我們可以分辨出乳糖、蔗糖、葡萄糖、果糖等等。依照往例，這些步驟，我們這群中國學生早在課本上背得滾瓜爛熟了，由綠色變成橙紅色是葡萄糖的化學反應，加入催化劑是過氧化氫。將來期末考只要能夠正確地寫到考卷上，一學期的實驗成績自然順手拈來。

我們的教授除了吹吹當年他在美國的研究精神以及罵罵我們以外，對中國科學的貢獻實在非常有限。每次實驗課訓完話，他就離開了。留下幾個助教發器材、泡溶液、修理儀器、點名、發報告，在實驗室裡團團轉，根本沒有空停下來和我們多說一句話。有時候下課我們到福利社喝汽水，就看見他在隔壁網球場打球。贏的時候還會轉身得意地向我們擠眉毛弄眼睛，接受我們的喝采。

有一次馬湯尼在實驗報告後面附了一大篇建議。什麼改善師資人力、充實實驗設備、提高研究氣氛等等。到頭竟然引來一場演講，教授拍著桌子大罵：「學生自己不肯努力，反而什麼事都要抱怨。好像這一切都是別人害你們的一樣？當初我們在西南聯大時，哪有什麼設備？學問還不是一樣做出來？聽過愛因斯坦或者牛頓有什麼老師嗎？」

總之，事情就是這樣。我們早習慣了。我實在弄不清楚為什麼馬湯尼總是那麼死心眼，非看到自己的實驗成果，不肯寫報告。實驗失敗了竟然老老實實地寫到報告上去。我知道教授不喜歡失敗的實驗報告。老實說，做了三個小時的實驗，弄不出一個漂亮的數據，這樣的學生，還有什麼意義呢？因此我們的實驗結果都非常成功，誤差難得超過百分之一。

楊格三番兩次勸馬湯尼：「最重要的就是報告。實驗課一開始就趕緊寫報告，最好用打字機打。結果以前的學長、或者教科書的數據都可以參考，誤差的數據自行調整一下，不要太大，也不能小得太離譜——你知道我們的儀器不可能那麼精確。交報告時更要考究了，一定要加訂上封面，弄得好像博士論文一樣。這一來五〇%的平常分數就沒有問題。期末考的五〇%讀讀考古、配合講義重點，那就很兇了——」我看見馬湯尼睜大了眼睛，一片迷離，說不上來是什麼樣的表情。

反正，這一切都很好，這個學期也如同以往一樣就要順利地過去了。可是中國人卻拿了諾貝爾化學獎。我相信許多人都看到了李遠哲在電視上那番溫文儒雅的風度與氣質，更多人被報上那篇「立足小分子，縱情大宇宙」的訪問稿深深感動，甚至追到臺大去聽他的演講。忽然，這一陣風潮同時觸動大家內心深處的什麼。

那一天，教授竟然站在講臺上，語重心長地告訴我們：「Somehow，我覺得過去我引導你們的方式可能錯了，我想了很久，決定取消期末考的筆試，」他托了托眼鏡，注意到臺下一陣興奮與期待的表情，接著說，「為了提高你們對實驗操作的興趣，我決定期末考改發未知溶液讓你們測試，看書、查書都沒有關係。主要在測驗你們平常實驗操作的能力。」

他還在臺上說明啟發性的教育以及科學的真理種種，我們臺下已經是一片混亂了。這一驚非同小可，讓我們背背理論考試還可以，真正要發標本下來考試，那還得了。我相信班上有許多人連離心機、分析天平的正確用法都還有問題，更不用說操作考試了。

這一來可好，一股傻勁的馬湯尼變成了救世主，我們不得不把整組的生死存亡全寄託在他的身上。由於關心自身的安危，忽然大家都開始真的要做實驗了。不得了了，一時離心機完全滿檔、分析天平也忙得不可開交。高度的使用率使得破壞率奇高無比。班上不時迸出搶用儀器的個人恩怨，班會更是開過好幾次，討論呼籲使用設備的次序以及禮節。我們為了努力做實驗，展開了大規模的自救運動，聯合左右兩個小組，有組織、有計畫地去搶用設備、占用儀器。一時大家分工合作，馬湯尼居中指揮，眉開眼笑，彷彿看見了中國科學的另一個春天。

楊格坐在一旁，靜靜地看著這一切，彷彿俯視著芸芸眾生。我見他默默不語，不動聲色，於是走過去笑著對他說：「楊格，振作一點，蘋果不會自動從樹上掉下來的。」

他似乎正在沉思著什麼，沒注意到我的話，過了一會，才抬起頭淡淡地問我：「我們實驗的葡萄糖就是平時吃的那一種嗎？」

我笑著拍他的額頭：「天啊，這學期都快結束了，你還搞不清楚？」

說完我看到楊格不慌不忙把眼前一杯葡萄糖溶液喝了下去，品嘗了一會，笑著說：

「嗯，是這個味道沒有錯。」

由於默契，我忽然意會到他心中想的事情，笑著對他說：「別開玩笑了，行不通的。」但是楊格一個勁地對我傻笑，我只好幫他把各種糖溶液裝瓶，塞進書包讓他帶回去。

往後，實驗課變成了體育課，大家穿著運動服裝來上課。衝突的事件更是屢見不鮮。大家漸漸意識到唯有更有組織計畫的規模才更能占用設備。每個人簡直搶紅了眼，非得如此，無法做完一個實驗。操作考試的壓力愈來愈大，每個人精神體力忙得不可開交，根本沒有人理會毫不在乎的楊格。偶爾，我會調侃楊格：「你的偉大計畫進行得如何？」他就一臉傻相。總之，不再有人圍著楊格聽他說笑，楊格過去吃得開的形象在我們的心目中一落千丈。

很快實驗考試的日子到了。我們把發下來的未知溶液像祖宗牌位一樣謹慎地接了回來。一共分成三份，一份給馬湯尼，一份給楊格，一份留著以防萬一。老實說，我對楊格完全沒了指望。至於馬湯尼，我們心裡也十分明白，在這麼匆促情況下練就出來的功夫，實在也是有限。總之，心裡空虛得很，像是面對一個比你還要偉大的對手一般。

這回實驗室變得沉靜無比。只聽到離心機嗡嗡的馬達聲。我們早畫好流程表，每一個結果出來就畫到表上，以便於分析判斷。楊格則慢條斯理地拿出一個饅頭，一邊吃，一邊舔著溶液，口中唸唸有辭。

「怎麼樣？」我們另一個組員阿波問他。

「很甜。」他一邊說還煞有介事地記著筆記，讓我們哭笑不得。

快到下課前，馬湯尼和楊格的答案漸漸都出來了。讓我們興奮的是，兩個人都有三個答案，其中木糖、蔗糖都一模一樣。另一個答案楊格寫的是半乳糖，馬湯尼的結果卻是葡萄糖。那時時間已經相當緊迫了。

「先不說半乳糖，我可以肯定絕對不是葡萄糖，這種味道每個人都聞過。你們喝看看，有平時泡咖啡那種方糖的滋味嗎？」楊格張牙舞爪地表示。

阿波先喝了一口，滿臉疑惑，沒有表示意見。

我們把目光集中在馬湯尼身上，他似乎沒有表示意見的意思，楊格又搶著說：「不騙你們，我對有機糖真的下了功夫。半乳糖有一點焦灼的氣味，但又沒有乳糖那麼嚴重。甜度淡、酸度適中，氣味裡有一點淡淡的奶精味，又有點像鳳梨皮削下來那種感覺。」

說著楊格把一本筆記心得翻開給我們看，天啊，那簡直是洋洋灑灑，不由得人不折服。

那時離下課只剩五分鐘左右，阿波急著問馬湯尼：「你倒是說句話呀——」

馬湯尼似乎有些舉棋不定，他拿著試管在燈下瞄了半天說：「我也覺得不像橙紅色，但又說不出來還像別的什麼……」

說時下課鈴已響，教授宣布把答案及組別記錄在答案紙上，交到講臺。我們面面相覷，決定匆促表決，終於以大多數通過楊格的答案，草草交卷。

「至少會對兩題吧。」阿波笑著安慰自己。

說也奇怪，那是我們擁有的一次空前大勝利。全班只有我們這一組獲得了期末考的滿分。狂歡慶功宴之餘，我們真的要建議楊格去出版一本書了。

至於馬湯尼，竟和楊格成了無所不談的朋友。現在他成了本組最忠誠的組員，也許是見識了中國人的厲害，他的想法、舉止愈來愈像中國人了。大家都覺得馬湯尼變得十分討人喜愛。甚至偶爾還會冒出楊格常說的口頭禪，像是十分自得的樣子。

「專家不過是一條訓練有素的狗。」他說。

考試，真好

除了讀書以外，如果勉強要說興趣的話，我的室友林格唯一的活動大概就是收聽廣播了。他喜歡ICRT的節目，尤其是大衛主持開放電話點歌的節目。每次他聽到中國人在電話上用蹩腳的英文和大衛交談，並且要求點歌時，林格就顯得非常興奮。他常批評別人的英語會話，但是從不敢寫明信片去應徵點歌。

此外，林格生命中最有意義的事就可以數出來了。他常告訴我：「除了吃飯、睡覺、考試、讀書以外，太陽下實在沒什麼新鮮事。」如果你知道他過去高中聯考狀元、全國數理競試冠軍、大專聯考全國第二高分，以及種種考試的傳奇，你就會瞭解他的話並不誇張，我常在想，如果諾貝爾獎也能考試的話，也許林格已經得過好幾次了。

每次吃完晚飯，我還在客廳看著《大家一起來》，林格已經開始在寢室裡看書了。你可以看到他的房間裡堆滿各種醫學書籍，只在書桌中央挪出一點空間，剛好把頭埋進去。除了偶爾翻書的聲音，一切都是靜默的，到了午夜兩點鐘左右，才又可以聽到他起來漱洗的聲音。他過著規律的生活，並且規律地吃著胃藥、維他命丸以及鈣片之類的礦物質。他讀書速度很快，看完一本就擱到旁邊去，旁邊的書再擠開更旁邊的書，很快他的地方就充滿了雜亂的醫學書籍，和彷彿從書籍散發出來的藥物氣味。

這一切都很好，直到畢業前夕，因為高度近視而無法通過兵役體檢，林格必須安排忽然面臨的未來。依照他鄉下父親保守的看法，他必須娶一個門當戶對的老婆，然後回鄉下懸壺賺大錢。他父親說：「娶了老婆之後，就會定下心來。」他們民主式的做法是先給林格三個月的時間去尋找對象，自由戀愛。否則就要在他畢業之後依媒妁之言、父母之命辦親事。

等到林格開始和曉梅約會，情況已經十分緊迫了。「這些年我好像蒙著眼睛在讀書，都不知前面有什麼，現在走到底竟是斷崖，跳下去賺錢。」林格嘆息告訴我。可是他更擔心他的婚事，據他父親的說法，媒婆介紹一個很好的女孩等他去相親：「家裡有三家食品工廠，雖然人胖一點，但是只有這麼一個女兒。」

於是林格破天荒的追求不得不馬上展開。他的經驗並不充足，雖然我們不斷替他打氣，可是他仍緊張得很，我安慰他：「又不是考試。」他不停地看書——如何約會、吸引異性，並且畫滿了重點。

那天七點多走過林格房間，看到空著的書桌，我有種很複雜的感受。可是不到八點，林格就回來了，淡淡告訴我：「她說心情不好，我們吃碗牛肉麵就回來了。」說完一聲不響走進房裡。

經過徹底檢討，我們一致認為最重要的是實戰經驗，尤其是氣氛的掌握。第二次林格準備得更周詳了，事先我們就把附近餐廳、交通狀況、電影、內容及評論都詳細複習過一遍，並且還去實地勘察。他穿上借來的襯衫、長褲，信心十足地出門去，可是他一回來，我就知道他完了。他口沫橫飛地形容曉梅聽他分析《芬妮與亞歷山大》導演「安瑪格麗特」的運鏡和哲學內涵，並且把我事先蒐集的資料複誦得滾瓜爛熟，他說：「曉梅簡直開心得捧腹大笑。」我拍他的臉頰，沉重地告訴他：「是英瑪柏格曼，不是安瑪格麗特。」

以後，我們常常為了曉梅口中隨意的一個名詞翻箱倒櫃。好比我們花了一個禮拜才知道馬拉末是小說家、馬奎斯也是小說家，但馬勒是音樂家、馬克思是思想家、馬可仕是政治家等。有一次我們找了好久都不知道段樹文到底是哪一朝的什麼家，後來才在公車上聽來是最近的槍擊要犯。我變得十分沉不住氣，告訴林格：「這些和你的婚姻有什麼關係？好比她也不懂血液中的酸鹼平衡一樣。」林格拍我肩膀，閉上眼睛沉痛地一直點頭。可是林格仍然開始讀一些不可思議的書，好比電影理論、經濟學、環境污染等。

等到林格也出來和我一起收看晚間電視新聞，我相信他是真心真意地在戀愛了。他勇敢地寫明信片到廣播電臺應徵英文點歌的機會，並且表示：「曉梅如果在廣播上聽到我用英文說愛她，一定會很興奮。」

現在林格變得比夜裡的青蛙還聒噪，他不時地問有沒有大衛打給他的電話。甚至明明沒有電話，他也會聽到鈴聲。直到那天我接到電話，忽然開始同情起他來。那是曉梅打給我的，她說：「請告訴你的室友不要纏我了，我不想傷害他。他很可怕，笨笨的，只會唸書。」同時電話外正有一個男的聲音催促她：「快點，舞會開始了。」掛上電話，林格衝出來問我是不是大衛，這次他真的聽到鈴聲。我對他搖頭，感嘆地想起他跳舞的姿勢一定是既可笑又可憐。

除此，林格仍然如同以往一樣唸書。然而到了畢業考成績公布，我竟然不可思議地看到林格出現了紅字。他並不沮喪，反而胸有成竹地說：「我要趁還沒來不及以前趕緊年輕一遍，都說要行醫救人，誰來救我？」我發現他並沒有唸醫學書籍。他拚命地讀著許多他以前所謂的「閒書」，一邊讀一邊嘆息：「太遲了，一切都太遲了。」

直到國考前一天，林格和曉梅的關係已經不可收拾了。那個下午我們都很緊張地準備隔天的考試，客廳則驚心動魄傳來他們爭吵的聲音。到了晚上，甚至傳來花瓶撞碎的聲音，我趕緊跑出去看，曉梅大聲嚷著：「我受不了你們這些自以為偉大的人，除了讀書吃飯，你一無所知。」林格毫無尊嚴地求她：「請再給我一次機會。」

曉梅沒再給他機會。隔天一早林格就嚷著要去自殺。我們連哄帶騙才把他推進考場。可是不到二十分鐘他就交卷了，坐在試場外靜靜地等我們。下場考試，他再也不肯進去，他激動地說：「就是考試把我害成這樣的。」

考完兩天國考，我忽然想起許多事。我不曉得女孩怎樣評估一個男孩，可是除了動作感覺較遲緩外，在許多方面，林格實在算是國內少數優秀人才之一，另一方面，我又隱約可以體會他喊著一切都太遲了的心情。扭開收音機，不知怎地，我忽然聽到林格在大衛的節目用英文說著：「是的，我和曉梅都深愛著對方以及音樂、藝術、人生。」那是林格沒錯，然後我聽到大衛祝福著他們。我驚叫著衝到林格房間，他笑著告訴我：「我們都需要一些美麗的謊言讓自己活下去。」收音機播著林格點獻給曉梅的〈Top of the World〉。那是林格唯一認識的英文歌曲。在輕快旋律裡，他慢慢把頭埋到雙手裡，等到歌曲結束，他抬起頭，已經滿臉淚水了，他淡淡說：「都太遲了，不是嗎？」

最近我看到林格他變得快樂了。即使他的父母已經安排好了相親日期，但他仍還有一線生機。他的父親同意如果考上公費留學就讓他出國深造。「只剩下美國可以救我了。」他苦笑著說。最近他甚至讀到午夜三點。

「又回到有考試的生活，覺得真充實。」他用一種我無法瞭解的表情告訴我。

楊格

楊格是我的室友，一大早屋子裡電話就響個不停，我聽見他很仔細的告訴別人：

「沒有，沒有，去年的考古題沒有用，要看班上發下來的講義，不是有一個酸鹼平衡的地方，有一個表……對……有箭頭往上往下……聽說會考二十分……」

楊格這個海內外資料供應中心從昨天晚上到現在至少把這些話重複過二十遍以上，而我相信他本人到現在講義還沒有讀過一遍。因為昨天晚上我們同時整理好講義，準備開始看。到現在我還沒有看完一遍，而他一直沒有離開過電話機。

陽光側著身從落地窗射進來，到了書桌前的地方就停下來了。桌面上洋洋灑灑擺著鬧鐘、講義、外科學、原子筆、維他命丸、計算紙。我還差「休克」那一個章節才讀過一遍，算算講義足足有二十頁。背過的資料與數據七上八下地晃著，實在是有點擔心。忽然聽到楊格在電話那邊緊張地叫起來：

「喂，冰梅，不行，妳知道下午三點我要考外科——」

我回過頭去的時候對方好像已經掛了電話。楊格慢慢把電話放回去，神色不定地走過來，在我書桌前面踱著步。一會兒停下來翻翻桌上的講義，估計頁數，喃喃自語一些我聽不懂的話。

「怎麼了？」我問。

他好像沒有聽到。一會兒，忽然抬頭，莫名其妙地問我：「你說休克有哪幾種分類？」

冰梅來的時候，楊格已經帶著他的講義進去廁所很久了。冰梅在外面敲門，生氣地說：

「楊格你給我出來，你一點都不關心我。」

我聽見廁所裡楊格翻講義的聲音。

「楊格你出來，我不跟你吵了。」冰梅說。

「冰梅，拜託妳，下午三點我要考試，我還沒有開始看呢。」

「你永遠在忙，忙，忙，告訴你，這一次我真的要到屏東去玩。」

「不能等我一會啊，再過一個禮拜我就考完了。」

「當然不等你了，我已經和人家約好了，坐下午兩點鐘的車，車票都買好了，我來跟你說再見。」

廁所裡嘩啦嘩啦傳來沖水聲，楊格沒頭沒腦走出來，臉上有了一層危機意識，抓住冰梅的手問：

「和人家約好？」

冰梅沒有回答他，從手提包裡抓出一本相簿說：

「這本相簿放在你這邊，裡面都是我的照片，想我的時候就翻一翻，讓你嘗嘗想人的滋味。」

楊格的姿勢一下變低了，伸過手去搭她的肩，輕聲細語地說：「喂，冰梅——」

「不行，已經決定的。」冰梅順手掏出下午往屏東的車票給他看。

「和旅行團一起去嗎？」

「不是，和一個同學。」

「只有一個？」

我看見楊格鐵青著臉色，弓著肩，慢慢地把手上的講義放回桌上，慢慢地走出去，輕輕地帶上門。我覺得有趣，附到門邊去聽，只聽到楊格孤注一擲地問：

「男的還是女的？」

然後是一陣哇啦哇啦的爭執聲，還有摔東西的聲音，聽不清楚。聲音停下來的時候，楊格開門走進來，一眼我就看見客廳那盆我辛苦栽種的水芋危危欲墜地斷在那裡。

楊格一副哭笑不得的臉，說：「我得陪她去吃中飯，你不要等我。」帶上門，回頭跟我說：「這個很嚴重。」

我想起下午的考試，很緊張，吃不下飯。我後來總算把講義看過一遍，又複習了一遍。兩點半，我準備出門，看見楊格愣愣地走回來，中了邪一樣，傻傻地翻著冰梅留下來的那本相簿。裡面盡是一些藍天、海灘、陽光那種照片，冰梅和別的男生咧著嘴笑的合照，有身強力壯的男生、高俊的男生，冰梅穿著洋裝、泳裝、便裝。

楊格愣愣地翻著，我拍他的肩膀說：

「喂，喂，等一下三點要考試。」

他失了神似的，我又拍了他一遍，他回過頭說：

「休克有好幾種是不是？」

過了一個禮拜，楊格收到冰梅一封很長的信，他不願意給我看，用紅筆畫了一段重點，我只看到重點，上面說：

他人很好，是軍人世家出身。談吐非常風趣，尤其熟讀史記，一路上告訴我許多歷史故事和典故。

隔天我在垃圾桶裡發現一本史記菁華。

又隔了一個禮拜，楊格收到補考通知。他很高興地舉出許多偉人過去在學校都曾經補考過的例子，並且得意地說：「經由補考，我更努力地磨練我的學問，學期再開始，我的外科學程度就遠勝過你們了。」

又過了一個禮拜，冰梅來把相簿拿回去。楊格不再那麼沮喪，他樂觀地告訴我：「這就是人生，你永遠不能否認明天你會找到更適合你的人。」

認識楊格的人都覺得他是一個快樂的人。他的確有他的快樂，其中許多部分連我都無法理解。

過了兩個禮拜，我在公布欄上看見楊格補考不及格的成績並且仍然看到他快樂地對我笑著。

愛樂

我們一共有四個人住在一起。阿三喜歡聽流行歌曲，楊格聽熱門音樂，我只要音樂不太吵就行，至於阿波並不聽音樂，他喜歡調幅電臺裡面的廣播，每次收音機嘰哩呱啦播著那種「強精固腎、勇猛、有力，老仙中醫診所……」廣告時，他就顯得十分興奮。

這一切本來都很好，直到阿三認識了一個唸音樂系的女朋友——李梅。我記得阿三看到李梅的時候，整個愣住了，神魂顛倒地問她：「那……那妳會不會彈楚留香的主題曲？」問出那麼沒有水準的問題，連我這種不懂音樂的人都覺得慚愧。

起先我們只是在阿三書架上發現幾本西洋音樂史這類的東西，漸漸他會提出一些不可思議的問題，譬如拉威爾、威爾瓦第、威爾第有什麼不同？或是舒曼、舒伯特與舒茲有何差別？到了後來他好心地要向我們解釋交響曲、協奏曲、奏鳴曲、變奏曲、迴旋曲的形式差別時，我們一致都認為他壞掉了，徹底地壞掉了。阿波拿下阿三的眼鏡，若有所思地嘆了一口氣，拍拍他的臉頰說：

「你知道史豔文和雷根有什麼不同嗎？」

有一次，阿三緊緊張張地衝進屋子裡來，丟下一捲錄音帶說：「等一下李梅要過來，你們都很喜歡古典音樂，懂不懂？」他在楊格、阿波的房間裡也各丟下一捲。李梅來的時候，我們都在唸著書，一邊欣賞古典名曲。阿波聽的是舒伯特的A大調鋼琴五重奏〈鱒魚〉，楊格是莫札特〈第四十一號交響曲〉（名稱我是後來才曉得的），我則正在陶醉地聆聽著柴可夫斯基的〈一八一二序曲〉（有轟隆轟隆砲聲的那一首）。李梅進來的時候，砲聲正轟隆轟隆地響著，她興奮地說：

「啊，你也欣賞柴可夫斯基的作品？」

「柴可夫斯基以其慣用的管弦樂法，將整個輝煌的氣勢拉升到極點，使聆聽者的心情亦隨之躍起。最後鐘聲齊鳴、鼓聲大作、砲聲響起，在古典管弦樂作品中，結尾能以如此壯盛氣勢的表現手法，實不多見。」我一邊背著目錄的說明，發現漏掉兩個字，覺得很不甘心。

「人家說醫學院的學生都很有音樂修養。」李梅說。

「哪裡，像我剛剛聽的莫札特〈第四十一號交響曲〉中……」楊格來了，我發現他也要背莫札特的目錄說明，覺得很可怕，趕緊阻止他，我說：

「談不上修養，可能因為功課比較重，需要一點心靈上的陶冶。」

阿波更噁心了，他說：

「其實也不是課業重不重的問題，我們從小就喜歡聽，習慣了。」

那以後偶爾在收音機聽到奇怪的音樂，也會停下來注意一下曲名或是作者。經由我們四個愛樂者的推動，在紐約愛樂交響樂團來訪前，已經說服八個人一起去買票。

我很清楚記得那是八月上旬的某一天開始賣票。清晨三點阿三把我叫醒，我們分成三班制排隊，我和阿三輪到三點半那一班。到了新象藝術中心，沿著敦化南路已經排了差不多五十公尺的隊伍，有帶著睡袋的，打橋牌的。警察過來看了一下，又走了。我前面那個胖子口沫橫飛地和別人爭辯華格納的音樂和他的政治立場的關係。

六點半，楊格和阿波睡眼惺忪地來換我們回去睡覺。十一點半，我接到楊格的電話，他在那邊激動地說：「隊伍在我們前面五公尺停下來，票賣完了就在五公尺的地方……」

那天中午，我們中餐都沒有吃好。連續幾天，報紙都零星地登載紐約愛樂的消息，一下子托斯卡尼尼、伯恩斯坦、祖賓梅塔像要好的朋友一樣進入我們的日常生活術語。那是我們僅有的滿足。有時候李梅對愛樂也有一些意見，阿三把它轉播給我們，他那一點點滿足似乎比我們多一點。八月中旬，楊格興奮地跑進來說：「天大的好消息，那天晚上九點鐘中廣要轉播實況。」

八月二十八日，到了下午氣氛就有了。阿三在學校餐廳放下手上的橋牌說：「下午要早一點回家，晚上聽紐約愛樂的轉播。」

阿波不信邪，到了晚上八點五十分還打電話到別人家去問有關補考的事，別人要他明天再打來，他們也要聽愛樂的轉播。阿波走出去買了兩包花生米和汽水回來。

大家已經聚在阿三的房間了，阿三換了新的音樂。楊格看到阿波，叫著說：

「喂，氣質啦——聽音樂會還喝汽水，吃花生米。」

「汽水當然是氣質……」阿波說。

「噓——開始了，開始了。」

阿三說。收音機流出一段弦樂，小提琴獨奏還沒有開始。弦樂越來越緊，緊到某種程度的時候，獨奏小提琴出現，像一把鋒銳的刀把所有的緊張、懸疑統統割開，阿三中了子彈一樣叫了起來：「啊——這個是孟德爾頌的〈E小調小提琴協奏曲〉，三大協奏曲之一。」

「喔，是孟德爾頌的小提琴協奏曲？」楊格認真地聽著。

「這個錄音帶我有，是羅斯波托維奇指揮美國國家交響樂團的作品，由史坦擔任獨奏部分。」阿三說。

「史坦，是個拉小提琴的吧？」楊格問。

「嗯，史坦拉得比今天的溫柔細膩一點。」

「報紙說今天那把小提琴價值新臺幣一千萬元呢。」

「音樂和金錢並不成正比。」

阿波一直在吃著花生米，沒有發表意見。他打開汽水，倒了一杯給我。忽然若有所思地說：

「喂，喂，你們說，如果中廣放街上賣的錄音帶給我們聽，我們其實也不知道。」

阿三用枕頭砸他，要他安靜一點，他仍然在說：

「其實生命就是這樣，你永遠不知道聽到的是真的還是假的，話又說回來，真的和假的有什麼關係……」

一直到阿波明顯地聽到收音機裡傳來咳嗽的聲音，他才安靜下來，相信那是真的。

他安靜地吃完那兩包花生米，喝完汽水，走了。

楊格躺在床上打了一個哈欠，發表感想說：「還是在家裡好，躺在床上聽，如果是在國父紀念館，正襟危坐的實在很難過。」

到了十點左右，音樂告了一個段落。觀眾響起一陣又一陣的掌聲，收音機的播音員清晰地旁白著：

「以上是祖賓梅塔指揮的柴可夫斯基〈D大調小提琴協奏曲〉。」

楊格馬上從床上坐起來：「不是說孟德爾頌的〈E小調小提琴協奏曲〉嗎？」

外面響起了電話。

「我去接，」阿三一邊走一邊摸著頭，「柴可夫斯基的曲風怎麼會和孟德爾頌那麼像？」

收音機裡仍然傳來不斷的掌聲，祖賓梅塔已經謝幕六次。我問阿三是誰的電話。

「是李梅——」他說。

我調小了收音機的音量，看見阿波從房間裡探出頭問：

「她說什麼？」

「她好感動，」阿三停了一下，「並且說祖賓梅塔也是先學過兩年的醫學再轉行的。」

世紀大對決

幾年前瑞典網球名將柏格贏得溫布頓網球公開賽以及法國網球公開賽的冠軍。那時候日子真是美好，網球雜誌以特大的篇幅刊登他的特寫照片，並用顯著的標題刊登著「永遠的網球之王——柏格。場內冷靜敏捷，場外熱情浪漫。」那時候他和美麗大方的羅馬尼亞網球女選手結婚了，那張擁吻的照片，相信任何和體育沾得上一點邊的刊物都可以找到。

我那個專講虛無並且不相信任何真理的學長睜大眼睛告訴我：「我好崇拜柏格。」我和阿波就是那個時候進入醫學院的。那個學長一再告誡：「進入大學，一定要學會寫詩、打網球、談戀愛。」他那時候擁有一個美麗的學姊。寫得一手好詩。詩的內容和網球也有關係。好比：「像是你失手打出一個反拍球／被對方不慌不忙地截擊過來／球就落在網邊／而你卻在後場的邊線上愣住了／偶爾難免。」這一類的。

於是我和阿波便不三不四地戴起柏格那種頭套，打起球來。阿波自封為波格，我叫侯格。每次他拿著網球拍在場子裡跑來跑去，教練大聲喊著：「阿波，不是那樣，你是在打球，不是在抓蝴蝶。」他實在沒有運動細胞，總是一下子就氣喘喘地坐在場邊休息。他擦著汗告訴我：「你知道，我理想的伴侶一定是一個長髮的女孩，條件很單純，只要能陪我做愛、打網球、談詩就行。」他一本正經的嚴肅表情到了讓我忍住不笑很難過的地步。

那時候我們實在不曉得理想是什麼。我和阿波虔誠地跑去問學長該如何寫詩。學長若有所思，肯定地說：「要用『愛』寫詩。」

升上二年級，我們都忙著去戀愛，荒廢了網球的課程。有時候自己覺得很恐慌，阿波安慰我：「沒有關係，多寫一些和網球有關的詩也可以。」

我記得有一個晚上學長來宿舍找我，我們一起爬牆出去，兩個人吃完冰就在街上繞圈子。

「我最近寫了許多詩。」我說。

學長沒有講話，抽著菸。我們又在街上繞了一圈。

「詩可能寫不下去了。」學長說。

「寫不下去？」

「在醫院裡根本沒有人管你寫不寫詩。詩救不了人，也不能幫我升主治醫師，只會浪費時間和心情，你們學姊不要我寫這種東西，她要我專心做一個醫師。」

那個晚上還談了許多話，現在都不記得了。

我和阿波展開第一次網球世紀大對決是在二下的時候，那次他轟轟烈烈地率領「波格」啦啦隊來為他搖旗吶喊，結果很英勇地被我以懸殊的比數痛宰了。那以後有一年的時間，他碰到我總是激動地擺出一種拍蒼蠅的姿勢說：上次太便宜你了，下次「我要徹底的贏你，就是用這一招，看到沒有，這招——」

一升上三年級阿波就得意地告訴我：「我的愛終於有了成果。下次我帶你去看她，但是你一定要保持安靜，不能多嘴。」我果然看到一個大眼睛、長頭髮的女孩。我發誓那一次我真的沒有講錯話或多說話。那個女孩一看到我就說：「你別這麼拘束呀！我和阿波只是很普通的朋友，請你不要誤會。」

那時候課業非常繁重，每天緊張兮兮地應付著不斷的考試。解剖成績公布那個下午，阿波當著我的面把一本情詩丟到垃圾桶去，他說：「詩有什麼用？我再也不需要詩了。現在我的伴侶條件更簡單了，只剩下兩個。」

那年期末詩社送舊，去醫院當實習醫師的學長回來了，他足足瘦了一圈，仍然抽著菸，告訴我：

「太忙了，太累了，」他用一種驚嚇的眼神表示，「已經有一年沒有寫詩了。」

我和阿波的第二次網球世紀大對決是在四上舉行的，他花了一年多的時間所下的功夫全部用在建立自信心上，他的球技沒有一點改進。結果當然是可想而知了。有時候我覺得很不應該給他那麼大的打擊，那一次阿波甩掉拍子，痛苦地吶喊：「打網球有什麼用？不過是有閒階級的消遣罷了。我決定封拍，做一個堂堂正正的人。」

我問他伴侶的條件。「現在只剩下一個了。」他笑著說。

到了四下，柏格節節吃敗仗。看他輸給藍道、康諾斯、馬克安諾的樣子，阿波說只能用兩個字形容：

「很慘。」

每次我嘲笑阿波，只要拍著他的肩膀，輕輕喊他：

「波格——」

他就會一副不屑的樣子，甚至把頭套丟掉：

「我以擁有這種東西為恥辱。」

然後就開始了見習醫師的生涯，在醫院裡嗅著生老病死的氣味。阿波則被一位他所謂「很討厭」的女孩追得一塌糊塗。我記得有一次阿波神色匆忙地抓著我說：「等一下小語問我在那裡，你就說不知道。萬一被她逼得不行了，趕緊到圖書館告訴我，我躲到宿舍去，你再告訴她我在圖書館。等到她到圖書館找我，你趕緊溜掉。」

我一看到小語，就被她來勢洶洶的威嚴懾服了。還沒等她問，我就告訴她阿波在圖書館。說完我趕緊溜掉。

那年我的學長已經在當兵了，我又見過他一次，理著小平頭，一身軍服。他攤開手，無可奈何地說：「我和你們學姊分手了。」

阿波和小語訂婚的那天晚上，讓我們灌得爛醉。到了最後，小語不得不先告辭。阿波語重情深地寫下他生平的最後一首詩，開頭彷彿是這樣：「我是不再寫詩的男子／亂髮飛揚……」後來大夥喝得東倒西歪，我攙著阿波一路搖頭晃腦回家。我嘲諷地問阿波：「不是說『很討厭』嗎？」他沉重地搖著頭，然後抬起臉，傻愣愣地對著我笑。

當了實習醫師之後，我沒再見過阿波。也沒有人再和我談起過網球、詩或者是戀愛以及理想之類的事情。每天在生死線上奮鬥，在成堆的知識片段裡不停地記憶。倒是又見過我的學長。他已經是我們醫院裡第三年的住院醫師了。他整個人明顯地變膨脹起來，肚子的地方隱約可見一圈脂肪。我們沒有談起往事，倒是談了許多賺錢的方法以及關於錢的事情。

畢業典禮那天，阿波直到典禮結束才匆匆趕到，直喊抱歉，又是他未婚妻、丈母娘有什麼事絆著他。我把手中那張畢業證書轉給他，阿波迫不及待地離開，上頭並沒幾個字，他卻看得好久，邊走著，忽然我們都說不出一句話。

「還打網球嗎？」阿波忽然問我。

我沒有回答。

「我現在打得不錯呢，」他得意地告訴我，隨後又補上一句：「我現在可以自稱為『藍波』了。」

據他的說法，「藍波」就是藍道和阿波的綜合體。說著他又蠢蠢欲動了，仍然是一套打蒼蠅的動作，什麼洗刷前辱，捲土重來，風水輪流轉，名目繁多，不勝枚舉。

那是一個陽光亮麗的上午，阿波在樓下叫戰著：

「走，侯格，有膽量今天早上我們來展開第三場網球世紀大對決，拚個你死我活。」

我翻開剛送來的早報，一眼就看到柏格和羅馬尼亞太太離婚的消息。我忽然想起這些年來所有迅速改變的人事、理想與激情……

「喂——你害怕了是不是，有種下來一決生死。」

幾年來，只有阿波吹牛的姿勢和超級笨的球技，絲毫不曾改變。我幾乎是得意地，收拾好網球拍，下樓去，準備轟轟烈烈地再痛宰他一場。

啖魚記

考完法醫學的考試，我們在這個醫學院六年的美好時光可以說真的過去了。未來有一整年的實習生涯，更遠的未來是一片茫然的未知。楊格開著他那輛破爛中古車，後面拖著成串喧鬧的鞭炮，爆炸聲響遍整個校園。

蘇餅在我耳邊抱怨說：「以前流行撞球，全班一窩蜂，後來是跳舞、打電動玩具，都一大票。現在要畢業，每個人有一堆忙不完的私事，除了考試外難得見到同學。好了，以後實習連考試都沒有了。」

看著一片歡騰，心裡實在有說不上的感覺。說起來在這裡過了六年也是值得欣喜，可是快樂底下總好像有些什麼讓人覺得不安。蘇餅若有所思地說：「好像人長大就是這樣。」地面上一片鞭炮屑，周圍的幾個同學忽然都同時感歎起來。楊格得意地從他的汽車裡向我們招手，喊著：「怎麼樣？我現在飆車的技術不錯吧？」說完又做了幾個漂亮的急轉彎。

蘇餅笑著說：「楊格忘記了他剛開車那些糗事了，他那副狼狽德行。」

過了不久，楊格不滿意地走下車來，表示：「喂，振作一點，要踏入社會了，高興才對，不要一臉苦瓜相。」

直到阿波來了，楊格才又找到抬槓的對象。說來整個事件都是阿波引起的，不過一向都是這樣。阿波一來就興致地表示：「人長大就是這樣，大一到現在我一共重了十五公斤，不曉得都從哪裡來的，」說著，又不放心地問我們：「你們看我當到住院醫師會不會像一條豬？」楊格看了他一眼，冷笑說：「豬倒是不會，我吃得比你兇都不怕了，你怕什麼？」阿波則頗不以為然地反問：「你會吃得比我還多？」

不久情勢就如往常一樣緊張了起來。阿波和楊格的恩怨其來有自的。我們都清楚地記得大一那次打賭，楊格一隻腳都跨出碧潭吊橋的鐵絲網了。後來總算是阿波見識了楊格，心軟地拉著他說：「你不要跳了，一千元算我輸你，你不知道跳下去真的會死人的。」以後每逢實驗課，楊格耀武揚威地跑來說：「從碧潭的吊橋往下跳，打賭，五百元就好？」一副挑釁十足的架式，從此阿波和楊格的恩怨沒完沒了。

這時別的同學又點燃了一捲新的鞭炮，可是我周圍的情勢已經一片混亂了。我不知道焦點為什麼會變成魚，現在我們很難抓住激動的楊格，阿波則臉紅脖子粗地嚷著：「我看你連八斤的魚都吃不完。」楊格冷冷地說：「你們臺北人沒見過魚大驚小怪，我隨便閉著眼睛都可以吃十斤。」阿波咬牙切齒地說：「看你沒怎麼上課，吹牛倒是學得很好。你只要吃得下八斤，費用全由我負責。」楊格雪亮著眼睛說：「你要打賭？」

聽到打賭，我們僅有的一點點感傷都變成了快樂的期待。老實說，同樣公式的娛樂，在枯燥的醫學生涯裡，實在給我們太多的歡樂了。每一件往事都可以寫成笑死人的一篇故事，包括楊格只穿上衣在校園裸奔，追求小姑獨處的微生物教授……在在都替楊格贏得了不斷的賭注。

我很難形容楊格那種專注的精神。我記得有一次賭的是三分鐘喝完四瓶啤酒。如果你喝過啤酒一定知道那不可能。可是我親眼看著楊格咕嚕咕嚕拚命把啤酒灌下去。一張脹紅的臉變成土青、蒼白，然後紺黑，等他喝下第四瓶啤酒，兩眼發白，整個人栽蔥似地倒了下去。躺在醫院，昏迷中不斷重複著那句話：「我贏了。」我們那時都怕他有什麼意外，可是那一次我相信他如果死了，一定也是死得得意洋洋。後來楊格出院，扣除他贏的一千元，還倒貼了兩千多元的醫療費。儘管如此，楊格仍然不斷地向我宣揚他的原則問題，他常說：「你心中存著原則，才會活得有價值。」在他的觀念裡，拚了性命打賭要贏這是原則，為了維護正義在西門町和黃牛大打出手就是原則，為了向不合理的考試制度挑戰，考試作弊，這也是原則問題。

吃魚的事鬧得不可收拾，後來楊格就決定開他的中古車，一群人到石門水庫下的活魚店去一決勝負了。我對八斤、十斤的魚並沒有很清楚的概念，那次我們幾個同學挑了一條有我胳臂那麼長的草魚，打算做成不同口味，一起分吃。可是當老闆稱了半天，表示只有七斤左右時，我差點昏倒，阿波得意地挑著另一隻更大的草魚，指著楊格對老闆說：「再稱一條八斤到十斤之間的魚，這個瘋子一個人要吃。」

然後我們各自散開去做餐前的準備。阿波去上廁所，一邊動作還一邊心滿意足地偷笑。蘇餅很仔細地在長途電話中欺騙他新婚太太為什麼中午不能陪她吃飯。兩、三個其他的人叫了兩瓶果汁飲料，坐到餐桌上，咕嚕咕嚕地喝起來，說的好像是一些實習分發、薪水及將來的問題。楊格走到那輛千瘡百孔的福特一千六後座去取出跳繩，一邊跳、一邊對我抱怨：「早知道，上午那瓶牛奶我就不喝了，整整有三五〇CC。」

看著楊格那輛福特的中古跑車，我不免意味深遠地笑了起來。兩年多以前，楊格經歷了一次他所謂「空前」的感情創傷以後，就決定放棄他浪漫的個性，做一個「實際」的人，他連吃了幾個月的泡麵，瘋狂地向周圍的好友借貸，不久就開來那輛中古跑車，做為他「實際」生命的見證。我記得當時楊格明明是沒有駕駛執照的。那以後我很少在課堂上見到楊格，倒是常聽說楊格開車出事，又是進修理廠，被開罰單，整個人畏縮地到處躲藏。

有一個晚上，他跑到我家裡來，我看到他簡直無法相信了。他的神情好像是一個生命遭受了很大的打擊或者轉變。整個晚上我們沒說什麼話，他一個人咕嚕咕嚕地喝著啤酒，目光呆滯地瞪著電視，直到國歌唱完了，螢幕一片閃爍，他仍然愣愣地看著。我喊了他好久，他才回過頭，若有所思地說：「所有的事物都像這樣，光彩耀眼，但是一點也抓不住。」我問他怎麼回事，他說：「沒有愛情，沒有真理，我走投無路。」

那是好久以前的事了，現在楊格成天笑臉掛得老高，說不完的笑話與誇張，一點都看不出歲月曾在他身上留下的痕跡。楊格慢慢停下跳繩，一面收拾一面說：「這樣剛好，跳得太多反而有害處。」

我們走回餐廳時，他們正在談著一些報紙上的事情，我還沒走近，蘇餅就急著唸報紙給我聽：「你聽這裡有一個人說：『這些問題我當然關心，但是抗議有什麼用？報紙講的都是高空，你看別人丟垃圾，會去跟他說要罰六百嗎？』還有一個人說：『我覺得人生就像來玩一場，自己的快樂最重要。』」

「這是什麼意思？」楊格莫名其妙地問。

「年輕人的心聲啊，指二十到二十九歲在臺灣這一群占人口結構五分之一的比例。目睹了臺灣戰後五〇、六〇年代經濟起飛的時代，經歷了工業化、都市化，價值巨變的波潮……」

蘇餅還來不及說完，阿波就打斷他的話說：「吃飯前不要談這些正經八百的好不好，消化不良呢。」

一邊說著，餐桌上已經堆滿了午餐，有紅燒魚、清蒸魚、糖醋魚、鹽酥魚、砂鍋魚頭還有味噌魚。餐桌旁的人物表情則比菜色更豐富。蘇餅裝成一副幾乎哭出來的表情表示：「楊格，要珍重——」他還吃不到兩塊魚肉，其他的人就唱起〈易水寒〉的歌替他製造氣氛：「淡淡地，和你說聲再會，看那江水悠悠——」

那時是一點十分，楊格正式宣布這場歷史的風雲際會開始。楊格一邊吃，蘇餅一邊說：「那天在外科真的看到有人把胃吃破。真可怕，肚子打開全是血，用手進去掏還有沒碎的麵、鳥蛋、香菇……」

楊格聽得差點吐出來，大聲叫嚷：「蘇餅，你再烏鴉嘴，我就去告訴你太太，你根本沒在醫院幫教授整理數據，跑來喝酒。」

蘇餅忽然安靜下來，表示這是很嚴重的事，不可亂來。看他那樣嚴肅的表情，我們雖然覺得很好笑，只好強忍住。阿波若有感歎地說：「想到以後我們要當醫生，其實也滿可憐的，兢兢業業地，一不小心就讓病人告到法院去。醫生怕讓病人告只好猛做檢驗保護自己，結果病人又更提防醫師。」

蘇餅也表示同意，並且說：「都說醫生生活品質高，其實也不過是妻兒過得好。」他們討論了半天，沒有什麼結論。

到了一點二十五分，加油的聲勢更浩大了，兩、三個人嚷著：「楊格，讀書輸別人沒關係，吃飯不能比別人慢。」

楊格在一點三十二分吃完了鹽酥魚，接受一陣歡呼，他謙虛地表示：「最難吃的鹽酥魚已經解決了，下面都是我比較喜歡吃的。換句話，革命已經由軍政時期向訓政時期邁進了一大步。」

阿波則是一副不以為然的表情。然後我們都開始喝酒，留下楊格用功地吃魚。後來楊格終於忍不住了，向我們要一杯酒，喝了起來。他喝了沒幾杯，就要開始告訴我們他當年的事。那故事我們已經聽過好幾遍了，大意是說他初開車時，把車停到別人門口，結果被砸得玻璃全碎，後來起了爭執。

「結果第二天我得意地要出門，不得了，汽車發不動，」楊格比手畫腳地說：「我抬頭一看，天啊，有一把武士刀擋住去路，我再仔細一看，人都軟了，還有五個人，也都拿著武士刀、扁鑽，然後我就奪車門而出，閃身往後跑，結果，你猜，後面巷口暗處還等著一把武士刀。當時冥冥之中有一股力量，叫我跪下來。」

到了一點四十五分，楊格又吃完了糖醋魚，並且努力地吃了一半的清蒸魚，但是速度顯然慢了許多。他繼續說：「那時候在我們巷道兩邊的陽臺上，站了許多人，抱著胳臂在那裡看，我跪在那裡，並不覺得害怕，好像在演一場亂七八糟的武俠片，荒謬到了極點，又覺得好笑。」

慢慢我們的桌上出現了許多空酒瓶，大家吃得意興闌珊，一片沉寂，只剩下楊格不停地說話。漸漸楊格也不再吃魚，只是喝酒，到了最後，他連酒也喝不下去了，只是一直講話。

兩點零五分，我們都開始勸楊格了，阿波說：「楊格，現在不比當初了，吃不下沒關係，大家都是老同學了。」楊格也不管我們勸說，逕自夾著魚肉吃，一邊說：「當初只好擺了一桌酒席向他們賠罪……」話沒說完，口中的清蒸魚已經吐出來了，隨後又吐出了許多紅紅白白的液體，雜在其間看得出來是沒有消化的魚肉。楊格不好意思抬起頭笑著說：「這個魚肉煮得怪怪的，清蒸的味道不太對。」說著自己倒了一杯酒喝下去，自顧著說：「讓我休息一下，我只剩下味噌魚和紅燒魚了。」

說著楊格真的休息了起來，他一會在餐廳走來走去，一會又坐在餐桌旁托著腮幫子，像在想著什麼。被他這麼一攪和，我們的心情就不再那麼有趣了，大家睜著眼睛看楊格。和楊格熟悉的人都知道他倔強的個性是出了名的。看著他這副德行，我們開始意識到這場鬧劇也許會弄得不可收拾。

他又喝了好幾杯酒，邊說：「早上真不該喝那瓶牛奶。」阿波去勸他：「楊格，算了。」楊格沒有說話，一杯酒一杯酒地猛喝，到了後來整個人搖搖晃晃地，我們不得不去扶住他。楊格揉著脹紅的雙眼，說道：「我記得那時候花錢請那些拿武士刀追殺我的人，也是讓別人這樣灌酒。後來吐得一塌糊塗，我就發誓這輩子不再讓別人這樣對待我。」他拿起酒杯，又喝了一大口，「我剛剛在想，現在沒有人逼我，我何苦這樣逼自己呢？乾脆放棄算了。可是我又不甘心……」

他坐在那裡，陷入很深的沉思。由於喝酒的緣故，整個人的樣子看起來非常可怕。他的情緒慢慢激動起來，然後他又拾起筷子，用一種穩定的速度一口一口吃著魚肉。那種神態，彷彿正和什麼做殊死的對決。有一會兒，我幾乎以為他會把魚肉吃完，可是當他把清蒸魚吃完，又吃了一部分的紅燒魚時，他就吐了出來。可是他並不停止，繼續往嘴巴塞魚肉。後來吐得十分厲害，連深色的分泌液都嘔了出來，滿地一片惡臭。

他的呼吸急促，面色蒼白，額前冒滿了冷汗，發出一種怪異的聲音，像是哭泣，又不像。等到服務生把地面收拾乾淨，楊格索性就趴在桌上哭了起來，他的哭泣，在當時的情況，實在非常突兀，我們怎樣也無法想像。

阿波過去安慰他：「楊格，不要這樣，吃不完就算了，我們也不是真的一定要你出錢。」楊格沒有理會他，自顧自哭了一會，抬起頭說：「我去洗手間。」

等他從洗手間回來，潑得滿臉都是水滴。他開始有了一點微笑，淡淡地說：「我現在想通了，一切都會改變。何況這不是什麼嚴重的事，只是吃一頓飯而已。」

在回程的車上，我忽然想起楊格幾年前說的話：「沒有愛情，沒有真理，我走投無路。」想著忽然覺得悚然起來。而車上，早已恢復一片熱絡的氣氛，楊格告訴我們：「我心裡一直有一個秘密沒有說出來，可是現在我想也無所謂了。」他停了一下，接著說，「那次過後幾天的一個晚上，我聽到槍聲，趕緊跑到陽臺去看。就是拿武士刀攔我的那個老大，從門口衝了出來，後面有人拿著手槍追殺他，他一邊跑，被子彈從後面貫穿，倒在牆壁上，噴了好多鮮血。我就站在陽臺上看，也和別人一樣抱著手。我竟然變得很坦然，我覺得好悲哀。」

蘇餅笑著告訴他：「楊格神經病，本來就是這樣，有什麼好悲哀的，你只是長大了。」多年來，阿波首次贏得賭注，得意非凡，他挑釁地說：「走，楊格，再來打賭，把車開到碧潭去，看你還敢不敢跳？」

楊格一邊苦笑，一邊搖頭說：「現在不行了。」

蘇餅追問他：「楊格你那些勇氣和原則呢？」

楊格從口袋裡掏出吃魚的一千元給阿波。他笑著說：「這種最簡單的勇氣當然還剩很多。」他邊開車邊說：「下次我們去拚蒙古烤肉，阿波你來吃。」

車子正在回臺北的高速公路上奔馳，夜色漸暗下來，路上的街燈接二連三地亮了起來。

楊格淡淡地對我說：「畢竟輸贏不是很重要，不是嗎？」

我沒有回答。車窗外，我遠遠地望見了圓山，還有整個城市的燈光。靜靜看著，那樣亮麗的霓虹在層層的遠山底顯得非常地怪異。而公路上，工人正不停地施工，拓寬馬路，還有許多正在興建的建築櫛比地排列著。

我轉過身，不知為什麼，開始嘆起氣來。

算了，明天就要回家

那個刺青的山地老太婆坐在部落口已經有一個下午，她悠閒地抽著菸斗。現在太陽從她身後的山落下去，那面的山谷一片陰暗，這面山還可以感受到太陽餘暉，把人的影子拉得長長的。

楊格在我面前踱來踱去好久了。他們文宣組的人正在教室那邊排練晚會的節目。他歇斯底里地喃喃唸著：「死定了，今天惜別晚會一定沒有人。」

我們診療組每看完一個病人，他便衝上去做宣傳。我才放下聽診器，他已經把病人帶走，一副可憐相說：「拜託你來參加我們今天晚上的晚會，拜託，拜託。」

那個山地人喝得爛醉，好像沒有聽懂，繼續往前走，我叫住他說：「你的血壓很高，以後不可以喝酒了。」

「不可以喝酒？」他滿臉疑惑，然後轉成笑容，意思叫我不要開玩笑。

「死定了，今天晚上死定了。」楊格更慌了。

到了天色全部暗下來的時候，老太婆仍然坐在部落口抽著菸斗，紅色的榴火在黑暗裡格外明顯。那個晚上不曉得為什麼，晚會會場擠滿了人。楊格已經完全忘了下午他是怎麼樣一個人了，他得意地說：

「文宣組在我領導之下，節目當然是勢必精采，演出當然是大滿特滿。」

那些節目我們實在看過許多遍了。先是村長致答謝辭，感謝大學生的愛心、耐心，一堆他自己也搞不清楚的話題。然後是我們服務隊的大隊長感謝地方父老的照顧、支持。然後地方的聖歌隊特別為我們表演聖歌。再然後我們特別為村民表演唱歌。接著是團體遊戲、有獎徵答、跳舞、摸彩。整個會場瀰漫著一種酒精的氣味，好像全部落的人剛剛從酒精裡泡過一樣。有些人乾脆就在會場裡一邊觀賞，一邊喝著米酒。

「還好明天我們就可以離開這個地方了。」楊格說。

「至少這些日子一切都還順利。」我說。

可是我說得太早了，當節目表演到熱門舞蹈時，一切就走樣了。本來我們放著明顯節奏的音樂，大家喧鬧地跳著。後來隊上的琳子上場。她踏著優美的舞步，有一雙明亮的眼睛和披肩的長髮。大家忽然安靜下來，整齊劃一地隨著音樂拍出節奏。這本來很好，可是當喝醉酒的山地青年噶努也衝上場時那就糟了。更糟的是，他的舞跳得很好，我們簡直不知道該請他下來還是讓他繼續跳。大家強烈地拍著節奏，高低呼喊著。那麼單調而強烈的節拍摻雜著酒精的氣味，根本就是意味著不可收拾。噶努第一次把手放在琳子的臂上，被她拿開了。我看到琳子臉上冒著汗，不全是跳舞熱出來的。第二次他把手放到琳子臂上，觀眾簡直在看笑話了。楊格衝上臺去，喊著：「沒有這種事——」

他一不小心踢翻了本來要摸彩擺在桌上的獎品，也絆倒了琳子和噶努，跌成一堆，觀眾笑得前俯後仰。有幾個小孩看準了掉在地上的獎品搶成一堆。本來只是小孩子，後來搶東西的小孩把整個桌子掀翻，連大人都下場了。那時強烈的音樂節奏還在進行，大隊長慌亂喊著：「把音樂關掉。」

我們好不容易把音樂關掉，獎品已經被搶光了，剩下一些包裝紙。晚會如楊格所要求的，在高潮中自然結束。琳子一個人愣在那裡，哭了起來。我們過去安慰她。

「楊格你也太激動了。」有人說。

「我這算什麼激動——」楊格說。

「好了，反正獎品也是要送給他們，過去也就算了。」大隊長阻止我們的談話。

然而並沒有過去，我們收拾好器具要回宿舍時，噶努又來，跟著幾個醉鬼，喝得更爛醉了，受到了鼓勵的樣子，高聲地唱著歌，什麼心上人，心上人的。並且不要臉地大聲喊著：「林小姐，我並不是故意要摸妳的屁股。」

琳子一直害怕地哭著，大隊長吩咐我們緊緊把門關起來，他說：「我們服務隊以後還要到這裡來，一定不能和別人惹是生非。」

幾個醉鬼在外面叫喊：「平地人，我們不怕你，出來打架。」

「幹×娘，我打死你們。」最後是對面工寮的工人覺得受不了，拿著圓鍬追出去。一陣打鬪聲之後，那個工人走進來，肩膀流著血，他說：「這裡的番仔，非常野蠻，成天只會喝酒，不知上進，對他們只有這種方法。你愈讓他，他愈會得寸進尺。」

外面又來了兩個醉鬼，他們一夥的，在外面喊著：

「他的太太和平地商人跑了，他愛上了一個平地女人。」

「很公平。」另一個醉鬼說。

「公平你去死！」那個工人又扛著圓鍬追了出去。

整夜就這樣來來去去，我們真害怕會鬧出人命。第二天一大早，吃完早餐，整理好背包，大隊長吩咐馬上下山。隊上還剩下一些米，大隊長要我把它處理掉。我想起那個刺青的老太婆，用塑膠袋包好米送去給她。

「她已經兩天沒有吃飯了，她的兒子跑了，不理她了。」翻譯山地話的小女孩告訴我。她正用二根木頭費力地生火，那是成年山地人都會的絕招，我從來沒有看過不會生火的山地人。但是她的樣子我相信絕對沒有辦法生起火來。

「叫她用這些米煮飯。」我說。

「她的眼睛看不見了，她不能生火。」

「那鄰居不幫她忙嗎？」

「她自己的兒子都不管了。」

老太婆咿咿啞啞向小女孩比畫著，比著比著就哭起來了。小女孩說：「她的兒子會回來把所有的東西搶去賣，還會打她。她已經很老了，但是她不要死。」

遠遠我聽到大隊長在喊我：「喂——快一點，我們要走了。」

我猶疑了一下，那是我不太容易有的。我記得也是在一個陽光迤邐的早晨，我看到那張嶄新的海報，上面印著羅素的話——支持我一生的信念有三，知識，情愛，和對人類苦痛無可抑遏的憐憫。那時候我決定參加服務隊。

「喂——走了。」大隊長在喊我。

「我也沒有辦法。」我丟下米，走了。

路上，我看見噶努守在路旁，嚇了一跳。他顯得清醒多了，拿出一袋水梨要送我，他說：「大學生，對不起，昨天晚上我喝酒喝多了，亂講話。」

我不敢收他的水梨，一直走回來，他緊緊跟在我後面說：「請原諒我。」

大隊長以為又出了狀況，遠遠拿著圓鍬追過來，他罵著：「你還要幹什麼。」把噶努趕跑了。

「還是工人的方法有效，」他看著圓鍬得意地說著，回頭向大家喊，「上背包，回家了。」

清晨山谷的嵐霧已經被太陽照得銷聲匿跡，只有雜草上面還可以清楚地見到露珠。那麼普通的雜草滿山都可以找到。我們的隊伍經過開路的地方時遇見了昨天的工人。炸藥轟隆地把山炸開，大怪手清理出一條道路讓我們通過，那個工人興奮地說：「明年你們再到這裡來服務的時候路已經開好了。那時候你們就可以坐車上來。一旦和平地交通以後，這裡會比較文明一點。」

「文明。」我默唸著。一抬頭就看見陽光，和我每一次所見過的一模一樣。

卷二

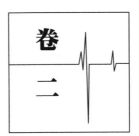

大家都是爸爸的兒子

那不過是兩張小孩的腿骨X光片，從正面照以及側面照看起來並沒有什麼特別，充其量在股骨有輕微裂痕，勉強要稱為「柳條狀」的不完全骨折，恐怕都嫌過度診斷。因為是小孩，再生力好，我想只要簡單的固定與休息，很快就可以恢復。

可是當我把X光片帶回急診室，閱片欄周圍已經站滿著白色制服的資深、資淺醫師。我趕忙把X光片掛上去，好奇地想知道到底是什麼精采的病例，引起這麼多醫師的興趣。

一反以往熱烈討論的情況，片子掛上以後全場鴉雀無聲，似乎大家都被這兩張X光片難倒了。看著這一片沉默，我正想表示一點我的看法，卻被身旁的張醫師制止住，他低聲告訴我：「你不要惹火上身，這是內科周醫師的汽車，撞到一個市議員的孩子，事情正鬧得不可開交。」

內科周醫師我認識，才從軍隊退役下來的年輕住院醫師。他現在正站在人群裡，焦急地看著X光片。

看了半天，似乎沒有人想表示意見，站在前頭一個打扮時髦的女人不耐煩地問：「你們這麼多醫師，到底有沒有骨科的？出來說句話呀。」

幾個外科醫師推託半天，總算推派一名資深的骨科住院醫師出來讀片。他站在閱片欄前，又考慮了一會，終於以最平穩的語氣告訴女人：「這看起來有一點不完全骨折的味道，小孩子沒有什麼關係，綁個固定夾板，回家休息幾天就可以了。」

聽他這麼一說，肇事的周醫師似乎鬆了一口氣，轉身對女人說：「我早告訴妳沒什麼關係，現在連骨科醫師都這麼說。」

女人似乎有所不甘，說道：「什麼叫做有一點骨折的味道？當醫師講話這麼不負責任？我們這裡可不是落後國家，把民眾都當傻瓜。」說完她又去看片子，看了半天忽然發現那道輕微的裂痕，驚慌地問：「這是什麼？」

「就是我說的不完全骨折嘛。」骨科醫師說。

「裂這麼大一條你還說沒關係？我就知道你們醫師都是官官相護。不要以為我們不懂醫學，孩子的爸爸在議會可也是醫療審查小組的，萬一孩子將來有什麼問題小心我告你。」

這時有個年輕氣盛的急診室醫師衝出來罵她：「不信任醫師妳就出去，不要待在這裡。」

她睜大眼睛，喊道：「這是公立醫院，我也是納稅人，憑什麼叫我出去？你們這些小牌的住院醫師都安靜，不要說話，找一個專科級的主治醫師來談。」

那個急診室醫師氣得要去推那女人，讓我們擋住。同時有人去找值班的骨科主治醫師。

當林主治醫師踩進急診室門口，那女人就笑吟吟地跑上去自我介紹，她說：「林醫師，我們見過，記不記得？我先生是醫療審查小組的應議員。」

林醫師一聽是應議員的太太，連忙也鞠躬回禮，兩人有說有笑。同時剛剛的骨科住院醫師跑到林醫師耳旁去耳語一番。一陣忙亂，弄清楚狀況後，林醫師就開始站到閱片架前讀起X光片來。

無疑地，林醫師是國內骨折方面的權威，他那本膾炙人口的教科書至今仍在醫學院裡面流傳。由他這樣的專家來評定是非，應該有個公論了吧，我想。

沒想到骨折權威林醫師看了這張簡單的X光片，竟然皺起眉頭，裝模作樣地說：「似乎有點複雜，我想再會診幾個專家，在下午開會的時候提出來討論，聽聽骨科主任的意見，再作決定。」

聽到這種結論，我差點要昏倒。不曉得為什麼，這麼簡單的病例，愈到資深醫師的手裡，愈模糊了。周醫師和議員的太太正為賠償的問題大吵特吵，看來下午還有一場好戲。

一點半，骨科討論室聚集了比往常更多的人，甚至醫院管理委員會的人也出席了。幾個事不關己的主治醫師不滿意地表示：「醫學有超然的地位，沒有怎麼樣就沒有怎麼樣，管他是議員還是什麼？」

另外有人不表同意：「這種不完全骨折將來也有萬分之幾的機會會變成骨髓炎，萬一發生了，那誰負責？」

早上的骨科住院醫師說：「以後的事誰都不能保證，這點病人應該有所瞭解。」

正在哭笑不得的時候，主任總算站出來說話，他說：「根本上，做為一個醫師，我們應該相信自己的判斷，並且負擔起一切的道德責任……」他說到一半，忽然被院內廣播打斷，是院長室急找骨科主任的電話。

「對不起，等我一下，等會我回來繼續說完。」說著骨科主任離開討論室去接電話。

一時我們議論紛紛，總算主任表明了立場，這件事也能夠塵埃落定。過了一會，主任回來，又站到臺上去，他沉默了一下，像在整理思緒，然後說：「我們不要再討論這件事了。小孩收入院，替他打上石膏、點滴，比照嚴重骨折辦理。」

我聽了這個荒謬的決議，差點把中午的飯都吐出來。因為這麼一來，這個健康的小孩至少要在病床上打上石膏，平躺一個月。

「可是——」有個醫師想要站起來說話，被主任制止，主任說：「反正對小孩的健康也沒什麼害處呀。」

「那我怎麼辦？」周醫師問。

主任走到臺下去拍他的肩膀，語重心長地說：「如果是醫療問題或許我還能幫忙，可是這是社會問題。」

走出討論室我就看到議員太太那種勝利卻又極力強忍的面孔，她追著周醫師說：「現在可嚴重了——你不但要負責醫療費，還要買輪椅以及休閒讀物、玩具給他。另外小孩荒廢的小提琴課、電腦課、英文會話班都要你賠償，更重要的是你要賠償我們精神的損失。要是你剛剛態度好一點我們還可以不告你，現在我要回去和孩子的爸爸商量，他認識幾個律師。」

聽她跋扈的口氣，周醫師簡直氣得脹紅了臉，他罵道：「議員的兒子有什麼了不起？要比來比，大家都是爸爸的兒子。」

身旁的醫師會心地對我笑著說：「看來還有得瞧。」

我雖然極度不願意，可是仍然和住院醫師依照指示替孩子打上了點滴。並且量好角度，打上厚重的石膏。

議員先生也來了，靜靜地與太太站在一旁看這一切動作。

打好石膏以後，我就站在床邊扶著小孩的腿等石膏乾燥、硬化。這同時，我看到周醫師帶著他的爸爸氣焰沖沖地朝病房走過來。

從周爸爸的兩個西裝筆挺隨從看來，必也是相當有名分地位的人。隨著他的步伐一步一步走近，我期待的心情不禁雀躍起來。是呀，這畢竟是一個爸爸的時代，而爸爸與爸爸之間的衝突會有多精采啊！

「哎啊——周處長，勞駕。」遠遠應議員就寒暄了起來。

「哪兒的話，不好意思，傷勢嚴重不嚴重？」

我簡直無法相信這是一場衝突，兩個爸爸虛偽而又熱絡地聊長話短，好像只是談著一樁愉快的買賣。骨科的住院醫師看得睜大了眼，更不用說了。

而孩子與我則被冷落在一旁。感覺到了石膏僵硬的不便以及微熱，孩子躁動地大哭起來：「給我拿掉，我不要打石膏。我為什麼要打石膏，給我拿掉……」

鐵釘人

看來鐵釘人這次可能真的不行了。和他一起被推進來的年輕男子早就鼻孔出血、全身紺黑，命絕而死。從脖子明顯的勒痕看來，不難判斷是被人用手掐死的。

急診室跟著亂糟糟的一群人，都在議論紛紛。憑著直覺就可以分辨那些人不外是家屬、記者、警察、熱心人士以及一些不相關的人，由於妨礙醫療工作，統統被我們請出急診室外面靜候。

現在鐵釘人身上早掛滿了瓶瓶罐罐的點滴、輸血袋、氧氣罩、導尿管以及監視器。他的身上至少有十處以上的傷口正在出血，其餘看不見的內部出血就更不用說了。儘管我們不斷地輸入液體以及血液，可是他的血壓以及血色素仍然岌岌可危地往下掉。

在我的印象裡，鐵釘人可以說是給我們急診室惹最多麻煩的人物。也許是保險或者什麼免費就醫證明使得他在經濟上有恃無恐。在我短短幾個月的急診室值班，已經見過他數次，每次都肯定地以為他不行了，卻又奇蹟似地活過來。

我記得第一次從急診室拿回他的腹部X光片時，看到腹部位置的五、六支金屬狀鐵釘，簡直是驚訝得非同小可。別的醫師卻見怪不怪地對我說：「鐵釘人就是這樣，讓釘子慢慢隨著大便排出來就好了。」

那是我首次聽到「鐵釘人」的名稱，可是我仍然不同意地表示：「萬一穿破腸胃道，會造成腹膜炎。」

也許是我的表情太過誇張，他用一種安慰的姿態告訴我說：「這位鐵釘人可不會這樣，你儘管放心。」

聽他這麼一說，我倒好奇地想見識鐵釘人是什麼三頭六臂的人物，於是拿著X光片，對著片子上的名字去找人。仔細一對照，才發現鐵釘人根本沒有姓名。護士小姐沒好氣地對我說：「不要說名字，連個親戚朋友都沒有。像這種該死的，根本不要救他，浪費醫療資源。你好不容易把他救回來，下次他又吞更多釘子自殺。」

沿著護士的視線，我看見鐵釘人正坐在病床上。三十多歲男人，留著連鬢的山羊鬍鬚，他的態度十分靜謐安詳。如果整個人整理起來，倒有幾分哲學家的氣質。我走過去看他時，正好打完止痛藥。他顯得非常愉快，看我走過去，就衝著我說：「我的喉嚨裡面還有一根鐵釘。」

說完把下顎張得大大的，讓我拿手電筒去照。看了半天，沒有釘子，他又熱心地告訴我：「位置還要深一點，你要不要用手進去摸看看？」

於是我戴上手套伸手進去探索。我的手指在喉嚨底自由地移動，沒有一點舌咽反射的嘔吐反應，好像那只是一個洞，並不是喉嚨。

探了半天根本沒有釘子，我把手伸出來，一邊抱怨：「什麼都沒有嘛？」

他吞嚥口水，一臉勝利的表情對我說：「現在舒服多了。」

「我又沒有幫你把釘子拔出來。」我訝異地表示。

「也許吞下肚子裡了。」他笑著說。

看他泰然自若的神情，我真想替他再照一張X光片，拿著前後兩張比較弄個清楚。精神科的醫師也來看他，除了名字、身世、社會關係以外，他都能得體地回答問題。經過一番比畫，精神科醫師邊搖頭邊告訴我：「如果說有人格方面的障礙，我勉強同意，但是不至於嚴重到器官性的精神分裂疾病。」

聽到他沒有精神分裂，一副逍遙自在的表情，我不免生氣地威脅鐵釘人：「你不要那麼得意，釘子不排出來，會有生命危險，我告訴你。」

他聽到威脅，也不在意，不慌不忙地翻開肚子給我看，我的天，至少有六道剖腹的疤痕。他笑嘻嘻地說：「我知道，排不出來要開刀。」

「在醫學上並不是不可能。有時候，這些外來物被體內的纖維物包圍起來，就能避開免疫系統長期存在體內相安無事。」資深的醫師對我解釋。我啞口無言，倒不是懾服於這種醫學奇蹟，而是第一次見識了這樣的人。

住了兩天，排出三支鐵釘，他帶著剩下的幾支鐵釘，得意地出院了。出院前，還特地來向我致謝，表示我的醫術精湛。

我變得對鐵釘人興趣濃厚，經輾轉由社會工作室得到的零星資料，知道鐵釘人是當初駐華的美軍與本地的女人生下的私生子。後來因為他的母親病逝，父親棄之不顧，於是飄零流落。曾經有許多社會工作單位與他接觸過，但因為種種緣故而不了了之。據說他曾經有個體面的英文名字，然而日子久了，不再有人記得。

也許在醫院工作久了，鐵釘人給我很深刻的印象。凡人種種，無不背負生老病死的負擔。尤其死亡，至高權威，替所有的一切打上句號。句號之後，無法捉摸，不可言語，而句號之前，莫不膽戰心驚、悽風愁慘。圍著團團轉的人，更是心力交瘁，肝腸寸斷。可是鐵釘人有一種靜謐，似乎超脫這一切，甚至睥睨死亡，挑釁起來。

我一直無法瞭解他吞鐵釘的動機，或者那樣的行為有什麼特別的意義，可是過了不到一個月，他又讓熱心的路人橫著推進我們急診室。

「我看到有三、四個空瓶子，至少吞了有一百顆安眠藥吧。」路人比手畫腳地形容。仔細地檢查，我不禁心寒了起來。他的頭骨有一部分可以摸得出來已經碎裂，左邊胳臂不斷出血，整隻手用刀片交叉割得一痕一痕，像要下鍋的花枝肉。

「一定是吃了藥以後開始割腕，然後一邊流血一邊去撞牆。」有個醫師這樣推測。毒物科、呼吸治療科、腸胃科、神經外科、骨科、整形外科，以及放射線科的醫師都動員了，弄得我們急診室如臨大敵。整形外科的醫師抱怨最多，他一邊縫補那些鱗片似的肉片一邊罵道：「鐵釘人如果當過整形外科醫師，下次他要自殺，就會替我們考慮一下了。」

經過幾天加護病房的緊急處理以及觀察，鐵釘人的病情逐漸改善。他住普通病房的日子裡，總是一個人不務正業地盪來盪去。黃昏我從急診室下班時，常常可以看他坐在走廊盡頭看落日。風把他的山羊鬍鬚吹得稀稀鬆鬆地，他坐在那裡，一句話不說，像在沉思著什麼。

我不免懷疑是什麼樣的心情，讓他這麼強烈地求死。而世上真有這麼厭世的心靈嗎？

有一次走過走廊，見他禮貌性地對我點頭，我也對他微笑，用很有默契的表情對他說：「終究還是活了過來。」

不料他卻淡淡地回答我：「以後再也不自殺了。」說完自顧自地笑起來，在那片餘暉裡，顯得十分燦爛。

出院以後，他跑來我們急診室，當起志願服務人員，負責替無人陪伴的病人掛號、繳費、搬運、接送。他做得十分積極，整個人散發出一種無法形容的熱力，加上俊秀的外表，成了護士小姐口中最熱絡的人物。

我也很想藉著工作與他接觸，可是他永遠守口如瓶，永遠是那種謙卑而帶著憂鬱的微笑。而微笑裡，彷彿有許多的謎，夾雜在生死之間。醫院供應志願工作人員三餐，但是並不支領薪資。鐵釘人平時利用病房的公共浴室漱洗，他那套襯衫牛仔褲換洗時他就穿病人的制服，累了就找床棉被找張移動病床，躲到角落去睡覺，很有嬉皮的味道，但是也沒有人說他。他沒有假日，也沒有別的經濟來源，只要那麼單純地活下去，他似乎就覺得心滿意足。

有一次，我和一個開放性肺結核的病人為了吃藥的問題起了爭執。那個頑固的老人，也是出了名的。大概是精神方面不正常，每次咳得滿地血，興匆匆跑來照張X光，看看結果就笑嘻嘻地回去了。他相信X光能治療肺結核，說什麼也不肯吃藥。醫師威脅他，他一副不在乎的表情說：「我一生走遍大江南北，什麼苦頭沒吃過，該死早就死了。」說完又是吊得老高的笑臉，不可一世。然而像他這種開放性肺結核的病人實在是有公共危險的，尤其他動不動就對別人吐口水。

我當時心想不管如何，只要能強迫他吃兩個禮拜的抗結核藥，至少就能降低危險性，才不會弄得不可收拾。

他激動地對我吐了一口痰，被我閃躲過去。兩個警衛人員聞訊而至，準備要抓住他。

「誰想抓我，就先吃我一口痰。」他蓄著一口痰欲吐，警戒地對所有人嚷著。

大家聽說他是結核病，都隔了一個距離。兩方僵持不下，好不緊張。這時只見鐵釘人慢條斯理地從人群裡走出來，穩當地向老人靠近。

「站住，我有肺結核。」老人對他喊著。

鐵釘人好像沒有聽到，一個勁地往前走。逼得老人對他的身上吐了一口痰，鐵釘人也不去擦拭。

「肺結核會傳染，會要命的啊——」老人退了一步，幾乎是懇求的語氣對他喊著。一邊喊又蓄了一口痰在嘴裡，準備發射。

鐵釘人直直地走到他面前，撫著他的臉，彎著身去吻他的嘴唇，深深地吮吸他的口水，兩個男人，深吻了好久，直到鐵釘人確信吸乾老人的口水，才抬起頭來。

「肺結核——」老人似乎還有話要說，鐵釘人又去吻他，打斷他的話。

等到鐵釘人再度抬起頭，老人瞪著眼睛看他，驚訝得說不出一句話來。包括我們在內，也都在一旁，愣住了。鐵釘人拉著老人的手，把他帶到一旁耳語。他們說話的內容我完全無法得知。過了二十分鐘左右，老人變得溫馴無比，他自動走到我的座位前，輕輕地說：「我想，也許能開一些抗結核的藥吃，會有所幫助。」

那是鐵釘人的另外一面，假如不是親眼目睹，我絕不相信。他替老人倒了一杯溫開水，母親似地呵護他吃藥，「生病要吃藥才會好得快啊——」

鐵釘人的英勇事蹟很快在醫院裡面傳開，甚至有人利用中午休息時間跑到急診室來一睹鐵釘人的風采。過了不久，各種不同的傳說在工作人員之間流傳。有人說鐵釘人原是一名同性戀者，因為不見容於社會，與同伴相偕自殺，後來意外獲救，才會自責不已。又有人說鐵釘人曾經有過一番事業，但是被最親密的朋友背叛而連累，才會對人世看破，不再眷戀。總之，我們很快就學會了對新的謠言置之一笑，也漸漸適應了鐵釘人那樣的個性並不需要任何原因。

我無法領略鐵釘人究竟有什麼魅力。不久他就糾集了一批人力，參加我們的志願服務隊。其中有些人是大病初癒的病人，有些超出編制的人員甚至自己帶來便當。鐵釘人對著病人說：「出一下力有什麼關係，三天五天都可以，你生病沒有伴時別人也照顧你。」

一時之間，整個急診室熱鬧非凡，工作也特別順利。因為工作順利的緣故，急診室原有的一股壓力、緊張與暴戾都一掃而除。鐵釘人居中指揮志願工作人員，井然有序，頗有大將之風。

大家都知道鐵釘人的怪脾氣，就是病情最嚴重的病人一定要留給他搬運、照顧。因此，往往那些末期癌症的病人都歸鐵釘人管轄。由於過度熱心，他常常和醫護人員發生爭執。有一次他竟然和護理長發生口角。

「規定四個小時打一次止痛針就要按照規定，間隔時間太短對病人有害。」護理長理直氣壯地告訴鐵釘人。

「可是他是末期癌症病人，妳還在談妳的醫學理論？妳沒看到他很痛苦嗎？」鐵釘人問。

「規定就是規定，我們必須遵守。」

「規定如果不好就要改，規定也是人訂的。妳沒有看到病人很痛苦嗎？」

護理長這時板起了面孔，正經地告訴他：「你只是一個志願工作人員，不懂醫學，不要無理取鬧好不好？」

鐵釘人氣得瞪著護理長說：「如果他是妳的父親或親人呢？妳會不會這樣說？」

「你不知道的事不要嚷嚷好不好？你有沒有讀過醫學？」護理長提高了聲調罵著。

鐵釘人生氣得用力拍護理長的桌子，罵道：「妳學過醫學，卻救不了他，妳這麼大聲有什麼用？」

於是鐵釘人正式和護理長對立起來，同時有一群人加入鐵釘人的行列。護理長雖想開除這些不合作的義工，畢竟於法無據，不安的情緒就這麼僵持下去。

以後鐵釘人的工作情緒就漸漸低落了。我常看他躲在角落的病床呆坐，望著往來的病人，什麼事都不做。

有一回，我和鐵釘人一起推送一個病危的病人由急診室轉入病房，一邊推床，鐵釘人忽然轉身對我說：「我覺得好累，醫師。」

「你只管盡力做自己本分工作就行了啊。」我告訴他，「何必和護理長計較那麼多呢？」

「你不知道，我忽然覺得我們都好悲哀。」

「工作太勞累了吧，好好休息幾天，不要想太多，一切都會變好的。」我安慰他。

我們推著病床走，他一直保持沉默，像考慮什麼。過了一會，嘆起氣來，他說：「我現在想通了，我這樣推來推去，其實也沒有什麼用。」

回到急診室以後，他就坐在角落他慣於安身的病床掩面哭了起來。

看他傷心的樣子，我真怕他一時想不開又去吞釘子或是什麼。我拍著他的肩膀，問他：「你還好吧？有沒有需要我幫忙的地方？」

他又哭了一會，抬起頭來，像個純真稚氣的孩子一樣問我：「醫師，你也和我一樣，很多事都無可奈何，對不對？」

他的問題彷彿並不需要答案，也不管我的表情或回答，直喊：「我好累，生與死都好累。」說著自顧自睡覺了。

我站在那裡發了一陣呆。由於閉起眼睛的緣故，我忽然清楚地聽見許多平時不曾留意的聲響，有病人斷斷續續不成調的呻吟、翻身的聲音、護士收拾器械、推著藥車輪子嘎嘎的聲響。腦海中淨浮現一些血肉模糊、潰爛、發炎、膿腫的景象。門外遠遠就傳來救護車的聲音，因為是夜裡，顯得格外淒厲。這些年，我已經漸漸習慣這些，甚至都忘了置身其間，而充耳不聞。我彷彿感染了鐵釘人的疲倦似地，站在這一方生與死的接縫，不知不覺地沉重了起來。

隔天，鐵釘人興奮地跑來告訴我他所做的夢：「我夢見一大片無盡頭的草原，一直連到地平線。綠色的坡地上開滿黃色的野花。陽光照得很好，我開著車，一直衝，衝得很快，好久都開不到盡頭。路的兩旁都是快樂的人，在追逐、嬉戲、野餐。」我開著玩笑問他：「那你為什麼不停下車來呢？」他睜大眼睛對我說：「你怎麼知道的？他們在草原上一直招呼我下車，可是我沒有辦法，車子愈開愈快。」

到了下午，我就覺得我可以瞭解他做那樣夢的理由了。他得意地告訴我要辭去志願服務人員的工作，有個義工介紹他去開計程車，他說：「他們先讓我學開車，領到執照以後賺了錢再還給他們，他們相信我。」他說別人對他信任時，臉上閃爍出來一種慧黠的笑容，好像那是他能擁有最美好的事物。

說完他就穿著那一身唯一的襯衫與牛仔褲，愉快地消失在急診室外耀眼的陽光裡。看他孑然一身，來去自如，我不覺興起了一絲羡慕。

鐵釘人走了以後，他糾集的那批人終於漸漸散失蹤跡。急診室也少了往日的那份熱絡。每當工作忙得不可開交時，我們常常會想起他實在是一個滿不錯的工作夥伴。工作清閒時大家聚在一起談天，也常談起鐵釘人，從互相觀察的片段獲得一些不同印證。

也有人試著用哲學或是心理學的觀點來分析鐵釘人，可是許多的爭辯都無法得到一致的結果，我們甚至無法籠統地說出他到底是樂觀還是悲觀主義者？理想主義還是宿命論者？

「鐵釘人這次真的去賺錢了。」有人推測。

「大概不會又被橫著推進來吧？」也有人這樣開著玩笑。

然而過了兩個月，我們又看到急診室來了鐵釘人的蹤影。一些舊識見他是好端端走進來，上前去問他：「喂，來探望老朋友是不是？」

等他掀開披在肩上的夾克，大家愣住了。他的上肢肌肉很明顯地被撕裂，折斷的骨頭從傷口凸出來。隨後來的警察很簡單地向我們描述他如何開車去撞牆，把車子撞得稀爛。

我滿腹怨氣地推他進處理室，關上大門，準備替他消毒傷口以及簡單的固定，以等待骨科醫師來做更進一步的處理。鐵釘人不像他以往那樣沉默寡言，他嘰嘰呱呱地替自己辯護：「我沒有自殺，實在是交通太壞了……」

聽他對我說著謊言，我更是火冒三丈，拍打換藥車，幾乎是大聲吼叫：「你為什麼要騙我呢？警察都告訴我們了。」

看我這麼激動，他忽然安靜下來。定定地看著我，然後慢吞吞地說：「實在是臺北交通太亂了，白天我根本不敢開車，只有晚上才出門做生意。晚上載來載去都是那些喝酒的、嫖客、賭博、鬧事的。」

「所以你寧可去撞牆？」我問。

「不是，其實我也不知道。我只是今天車子一直開，有許多客人招呼我都不想停。開到十字路口，我看到紅燈停下來。我的內心很悲哀。綠燈亮時我的車子有三條路可以走，可是我的內心卻走投無路。」

「走投無路你就自殺？」我一股怒氣又漸漸衝了上來。

「不是，你不瞭解，你無法瞭解。」他說。

我丟掉已經準備好的無菌消毒器械，生氣地對他吼叫：「你以為只有你是聰明人，看得透生命的意義？別人都是笨蛋，死皮賴臉地活在世界上？你不是不自殺了嗎？」

說完我們對立在處理室的兩個角落，無言地看著。看著他的臉，我的心裡有一種微微的恐懼。那張無表情的臉背後是怎麼樣的心靈啊？那樣毀滅的心靈又有多深邃呢？

氣氛繼續凝結下去，我發現他夾克下已經換了黑色的高領毛衣以及長褲。那種黑色給我非常強烈的壓力，彷彿透露一種死亡的衝動以及訊息。繼而我又想起自己正穿著白色的制服，代表著生存以及希望。這麼一想，我又更堅定了自己的信念。熱情似的鮮血正在他的左手流著，我一定要堅持啊，我相信生存與熱愛終將戰勝死亡的誘惑。

因為是深夜，整個急診室格外沉靜。他的眼睛一直看著我，彷彿有什麼委屈要告訴我，然而話到口邊，又停住了。我們繼續凝視著，用那樣原始而簡單的方式爭論。

「義工，請來幫忙推病人。」忽然我們都聽到了護理站護士喊值班的義務工作人員的聲音。

那樣的聲音劃破我們之間的僵持。鐵釘人想起什麼似地，他的眼睛漸漸離開我的視線，回顧性地審視整個處理室。不久，他就坐在病床上，痛哭了起來。

那是我最後一次見到鐵釘人。他出院以後，有好一陣子，我真的堅信我再也不會在外科急診室看到他。可是我畢竟還是錯了。看來鐵釘人這次可能真的不行了。他的血壓以及血色素正不斷地降低，而腹部也漸漸地鼓脹起來。

「趕快去會診麻醉醫師來幫忙。」資深的醫師告訴護士小姐。

我們做緊急的腹部穿刺，從肚子裡抽出三十CC的標本，都是血水。

「看來內部正嚴重地出血，如果不緊急地開刀進去處理，命大概保不住了。」另一個醫師這麼表示。

我趕緊到護理站去聯絡開刀時間以及開刀房的使用事宜。急診室外面正鬧成一片。

「沒看過這麼勇敢的人啊——」

「歹徒今天也是注定應該命絕。」群眾議論紛紛。

有個當事人模樣的中年人比手畫腳地向警察說明狀況：「就是死掉那個歹徒，拿著斜口刀搶走我店裡的珠寶，光天化日之下，我一直喊賊。可是他手裡拿著刀，路人沒一個敢擋他。結果就在路口的地方，那個年輕人衝出來抓住他。我本來以為這個年輕人有什麼好本事，可是他沒有，一股勁地掐著他的脖子，」說著他嚥了一口氣，好像恨不得能一口氣說完，「那個歹徒就對他砍了一刀，喊著放手。沒想到他愈砍，年輕人的手掐得愈緊，到了最後歹徒急得拿著刀瘋狂地亂砍。年輕人瞪著大眼掐他，好可怕，他身上有些血管正在噴血，他還是拚命地掐他。歹徒一直砍到最後，沒了力氣，竟然被他活活地勒死了。」

群眾中有人說好，也有人說：「我們的社會需要這種不怕死的好漢。」

不知道為什麼，聚集的人愈來愈多。有些鐵釘人以前認識的義工不知怎麼得了消息也來了。從急診室把鐵釘人推往開刀房的路上跟著浩浩蕩蕩一群人。

我拿著才照好的X光片，沿路護送。我忽然好奇地想看看他的腹部X光。一看之下，他腹部的釘子不知什麼時候已經完全排空，除了胸部X光有一些不明顯纖維性的變化，其他都還好。

「他的病情現在怎麼樣？」

記者不斷地追問我。

「失血過多，現在很危急，請你們讓一下好嗎？」我告訴記者，一邊推床，一邊想著那些纖維性的變化，不想還好，一想我差一點失聲地喊出來：「肺結核——」

鐵釘人呈半昏迷狀態，有一陣很短的期間，他睜開眼睛，認出了我，他激動地握著我的手，喃喃地唸著：「我沒有，沒有自殺——」然後又漸漸地昏迷過去。

鐵釘人的血壓在藥物控制下勉強還能維持，可是現在又漸漸地往下掉落。看他呼吸急促、面色慘白，我很清楚地知道他的希望已經非常渺茫了。可是不知怎地，又有一種冥冥的錯覺，幾乎很肯定地相信他會如同往常一樣再度活過來，帶給我們驚歎，然後出院，繼續替我們急診室惹麻煩。

人群中，我認出那個肺結核的老人。他費力地擠進鐵釘人的床邊。那個曾經大江南北，成天笑嘻嘻的老人，破例地哭泣了起來。我聽見他使盡全力喊著：

「鐵釘人——」聲音竟是高亢得驚心動魄。

手術房已經近了，而鐵釘人，躺在病床上，看起來不過像個頑皮的孩子。這麼熱烈生活的人，應該不會令我們失望，會繼續活下去的吧？我默默地想著。

黎明前

1:30 A.M.

氣氛不太對勁，任何人都嗅得出來。現在所有重要的人物都在開刀房外面打電話、聯絡，或都做別的什麼更重要的事。總之，現場沒有人知道接著該怎麼辦。

嗶嗶嗶地響著的是機器預設的警告訊息。麻醉護士無可奈何地把聲響關掉，可是過了不久又自動響起。病人身上滿滿地掛著強心劑、升壓劑，以及數不清的點滴及瓶瓶罐罐。雖然看得到心電圖上微弱的心跳，可是病人的血壓只剩下不到一、二十毫米汞柱。

「如果你們確定不開了，」手術臺上的護士小姐回過頭問，「誰上來先把肚子關起來吧，總不能這樣放著。」

呼吸器均勻而規律地送著氣，彷彿什麼事都沒發生似地。

沒有人回答她。開刀房裡面很冷，找不到多餘的椅子。除了我以外，靠著牆壁坐在地上的是外科住院醫師張醫師。麻醉科住院醫師王醫師正在麻醉機前和護士不斷地為病人輸液、輸血、換點滴輸液。我打了一個呵欠，看了牆上的掛鐘，午夜一點半。已經三十多個小時不曾闔上眼睛了，看來還很有得煎熬。

我記得最先發現不對勁的人是麻醉護士。

「病人手好像變黑？」她左看右看，又去把手術房外面的王醫師找進來。

事情快得超乎想像。

麻醉科王醫師才走進來，心電圖就不對了。

「面罩、擠壓袋、咽喉鏡、新的內氣管，快！」王醫師大叫。

一聽到這串緊急救護器材，我驚覺到發生了事故。說時遲，那時快，已經湧上來幾個護士，忙著遞上器材，一邊緊急抽取必需藥品。

「腎上腺素注射！」王醫師一邊把原來的內氣管從病人口中拔出來，「推電擊器過來。」

當時我們外科醫師正找到發炎的部位，準備清除，可是我們不得不停下來。包括主刀的吳教授、張醫師和我都愣住了。我們完全不明白事情為什麼忽然會變成這樣。我被王醫師很粗暴地擠下手術臺，看著他們一組人衝上去，在病人身上又是心肺按摩，又是電擊。

整個手術房忙成一團，抽痰、抽血、準備點滴、泡注射劑、推電擊器。水分輸送、酸鹼平衡、注射腎上腺素、氧氣給予。

「電擊器設定兩百五十焦耳，給我導電軟膏，」麻醉醫師把電擊器接在病人胸膛兩側，「所有人員離開床邊，充電開關打開！」

「碰！」

心電圖仍是一直線。

「注射立多卡因。」

看到沒有心跳，立刻有人站上手術臺，繼續心肺按摩。

「再準備電擊器，充電。」

這樣折騰了差不多半個小時，就在大家都準備放棄的剎那……

「碰！」病人的胸部隨著電擊器震動了一下。

「有心跳了！」王醫師叫著。

於是我們陷入了現在這樣的狀況。無論用再多的升壓劑，強心劑，都無法把血壓拉上來。

「我看沒什麼用了。剛剛休克那麼久，全身灌流不足，又是缺氧，」張醫師指著腦袋瓜，悄悄地附來我的耳邊說，「這裡恐怕早已腦性病變，再加上心臟衰竭……」

「吳教授呢？」我問。

他搖搖頭。我們又靜默好久。

「你知道上回吳教授那件事？」張醫師問我。

「什麼事？」

「有個家屬把棺材抬到他家去抗議，他的孩子要出門上課，嚇得嚎啕大哭。他才出面調解，人家二話不說就是拳打腳踢。」

「真是可怕。」

呼吸器咻咻的聲音仍可以聽見，在機器的推送下，病人胸廓規律地起伏著。我起身走過去看病人，斑灰的頭髮在無菌頭罩裡若隱若現。他雖然被透氣膠帶貼著眼睛，可是仍然感覺很有威嚴。

「你想還能撐多久？」我問麻醉醫師。

「我真的沒有把握，」王醫師看了看牆上的掛鐘，「或許就黎明之前吧！」

2:05 A.M.

簇擁著麻醉部李主任走進來的一群人裡面我認識的有麻醉部主治醫師陳醫師，他的脾氣火爆是出了名。只要能夠不和他交涉，我願意在外科做任何苦差事。另外一位是負責行政協調的總住院醫師許醫師，還有一個人我並不認識，他把無菌衣直接套在襯衫外面，我敢說這絕對不是自己人的穿法。

「吳教授呢？」還不等李主任坐下來，陳醫師就開始問。

「沒看到，」一張醫師從牆角站了起來，「或許正在外面跟病人家屬說明吧！」

麻醉科總醫師把病歷拿過來，李主任接過病歷，坐在椅子上，一頁一頁地翻著，什麼話都不說。他們彷彿擔心什麼似地。襯衫外套著無菌衣的那個人走過來看了看病人，又到陳醫師耳邊悄悄低語。陳醫師點點頭。之後，他又跑過去李主任身邊耳語。

過了一會，吳教授終於上氣不接下氣走過來，還沒進開刀房，就聽到他大聲嚷著：

「李主任，你來得正好，我要問你到底怎麼回事？」

「我還想問你呢！」李主任抬起頭看了吳教授一眼，又繼續翻閱他的病歷。

「手術進行得好好的，病人無緣無故發生了缺氧。你的住院醫師緊急換掉氣管內管，然後又是急救，現在變成了這樣……」

「難道你剛剛出去跟病人家屬這樣解釋？」李主任終於站了起來，「怎麼會無緣無故呢？病人得了胃癌讓你開刀，開了刀之後病情不但沒改善，反而惡化。然後是傷口化膿，發炎無法控制，變成了全身性的菌血症。你急急忙忙推進來要麻醉、要開刀，現在變成了這樣……怎麼會是無緣無故呢？」

「我不是跟你開病理討論會，你別跟我吵，」吳教授表示，「我明明看到你的住院醫師把氣管內管換掉了。」

陳醫師接過王醫師手上的麻醉紀錄。他看了好一陣子。又去跟李主任竊竊私語。李主任邊聽邊點頭。

「我想有必要說明一下，以免引起不必要的誤會。」陳醫師把紀錄轉交給李主任，「發現病人有缺氧的現象，當機立斷緊急換置氣管內管。這完全是很正確的處置，不一定是氣管內管滑脫。缺氧可能有成千上萬的理由，但你不能倒因為果，因為換了氣管內管，所以推論是氣管內管滑脫，再說，舊的氣管內管已經拔除了，沒有任何證據可以證明氣管內管脫落……」

李主任看完麻醉紀錄後，把王醫師喚過去，他說：

「這份紀錄太潦草了，你重新再整理一次。換置氣管內管的事是急救過程的一部分，不必特別記錄。你煞有其事地寫，反而引起不必要的誤會。」

他當場把紀錄撕成兩半。

「老李，這樣不好吧。」

李主任轉過頭，搭著吳教授的肩膀說：

「聽著，老吳，我們在一起合作這麼久了，以後我們還要一起合作下去，對不對？如果你一定要把責任歸咎成醫療過失，我實在也無法阻止你。不過話又說回來，不管到頭來是你錯了，或者是我的人錯了，沒有人會得到什麼好處的，是不是？我相信你經歷過了那麼多事，這一點應該比我還清楚才對……」

吳教授不說什麼。他拿下眼鏡雙手揉著疲憊的眼睛。

「那你說該怎麼辦？」吳教授戴上眼鏡。

「你剛剛和家屬談過了？」李主任問。

吳教授點點頭。「我只告訴他們情況不太樂觀。」

「他們的反應呢？」

「當然是無法接受。」

李主任撫著下巴，在房間裡面踱來踱去。他回過頭來問那個襯衫外套著無菌衣的人：

「老邱，你有沒有什麼意見？」

沒見過的那位先生問吳教授：

「外面家屬都是哪些人？」

「他的太太，還有一個男的，和他年紀差不多，聽說是合夥做生意的。」

「孩子做什麼事？有沒有遺產的問題？」

「他的老婆聽說是他從酒家買回來。沒有生孩子。病人是個退伍老兵，澎湖來的。

開饅頭店，大概沒什麼錢。」

「嗯，聽來還算單純。不過這個老婆如果是從酒家來的話，也不能太掉以輕心，」那位邱先生想了想，又問，「你說這個病人是胃癌，那麼就是不會好的了？」

吳教授點點頭。

「家屬明白嗎？」

「我跟他們提過。可是醫師當然不會說病完全不可能好，否則我們幹嘛還開刀呢。」

「我理解。」

李主任又坐回他的椅子上，蹺著腳，不斷地晃著懸空的那隻腳。他把原來那本病歷翻來翻去，我很懷疑他是不是在看。他看了半天，又喃喃地自言自語：

「婦產科有個何醫師，病人出了一些問題，要他賠償。那件事醫療上他其實沒什麼過失，所以也不怕打官司。問題是後來對方請黑道的人來要錢。黑社會這些傢伙很厲害，他們不拿刀也不拿槍，只打了個電話給何醫師，告訴他下午五點多的時候看見他的女兒從光復國小五年甲班下課，走哪條路、哪條路回家，還稱讚她長得好可愛。何醫師放下電話之後膽戰心驚，想了兩天，終於無條件接受他們開出來的賠償條件。救人救成這副德行，可憐喔。救人的人沒人救。」

病人血壓仍然很低，邱先生在開刀房踱來踱去。最後他總算停下來，胸有成竹地說：

「我看這樣好了，我們再去和家屬談談，一方面探探情況，一方面也說服他們接受這件事。我們過去的經驗是病人一定不能死在開刀房。誰都無法接受一個人被送進開刀房，出來的時候已經死了的事實，再說法律上也很不利。等一下把病人移到病房去，跟病人家屬說明開完刀不是很穩定，然後讓他在病房等情況漸漸惡化，終於不治，這樣比較容易被病人家屬接受。癌症病患加上菌血症，只要沒有太多破綻，應該是站得住腳的。記得多找幾個醫師過去病房做急救，讓家屬看到很多人在幫忙。給他們一點時間接受這件事。但不要拖過黎明，否則白天他們通知了一堆親友，萬一有個醫療專業人員就很麻煩。」

2:55 A.M.

我一點都不喜歡這個腳本。

更壞的是，當吳教授和李主任以及邱先生走出開刀房去和病人家屬商談時，病人的狀況急劇地惡化。最先是惡劣的心律不整，動脈監視呈現很低的心輸出量，心電圖很快變成幾乎沒有反應的直線。

「碰！」

電擊器。看得出來病人胸前有一部分皮膚已經被電得焦黑。

心肺按摩。注射急救藥物。忙亂的這一切，以及令人挫折的畫面不斷地重複著。

不知道為什麼，我腦海浮起病人太太的模樣。黝黑的面貌、粗壯的身材，我很難把那些淪落煙花的往事和她做任何聯想。

她對病人的照顧甚至到了歇斯底里的地步。有時為了一個無關緊要的局部疼痛，輕輕昏眩，她可以在三更半夜把醫師、護士，以及同房的病人弄得雞飛狗跳。特別是第一次開刀，得知是癌症以後，她的情況更糟，簡直到了不可理喻的地步。幾乎每六個小時就準時到護理站要求給病人打止痛劑。她像是病人的放大器，如果病人有所呻吟，她氣急敗壞地在護理站前唱著她編出來的哭喪調，直到病人的問題得到解決為止。不但值班的人員很怕她，連別的病人也非常忌諱。

印象最深刻的一次是他們三個人去跟蔣公銅像行完禮回來。我走過走廊盡頭的窗前，正好看見她對著窗外，一個人掉眼淚。我過去跟她說了一些鼓勵與安慰的話。

「醫師，你的好意我明白。老彭的病會變成這樣我真的沒有想到，可是他的身體向來不好，我心裡早知道會有這麼一天的。我常常覺得很對不起你們，給你們添很多麻煩。」

「彭先生有妳這樣對他，實在不枉費夫妻一場了。」我告訴她。

「其實，跟他夫妻十幾年，想了想，我並不愛他。」她笑了笑，把眼淚擦乾，「我這輩子虧欠他很多，無論如何，都無法回報他。」

我有點訝異。

「現在時代不太一樣，環境也比以前好，有些事情也許你們不會明白。」

「碰！」

電擊器的聲音把我從思緒中喚回現實。現實的場面比思緒還要零亂。

匆匆忙忙的一群人，看著無動於衷的心電圖，彷彿被死神冷冷地調侃著似地。

這時我看見吳教授他們，從手術室門口匆匆忙忙走進來。

「怎麼回事？」

「碰！」

又是電擊器的聲音。加上一直線進行的心電圖。

王醫師雙手狼狽地拿著電擊器的雙極，直搖頭。

吳教授撕去貼在病人眼皮上的透氣膠帶，拿著手電筒做瞳孔對光反應測試。

「糟糕！」他嘆了一口氣。

現在所有的急救都停了下來。心電圖現在完全是沒有起伏的一條線了，手術室忽然變得好安靜，只剩呼吸器規律地送著氣的聲音。

吳教授背著手，在開刀房走過來又走過去。

我看了看鐘，三點三十五分。好了，現在病人死了，連裝模作樣的急救都不行了。

「誰上去先把肚皮縫合起來。」教授的聲音像賭徒下了大注似地沉重，「等一下你和張醫師帶著擠壓氣囊及氧氣筒，一邊做心肺按摩，一邊擠壓氧氣，帶著所有的心電圖、血氧監視器，以及點滴推著病人回去病房，把病人送回病房去，到了病房之後繼續急救。」

「可是，」我瞪大眼睛，幾乎是不假思索地叫了出來，「病人已經死了！」

然後我看見吳教授的目光，像銳利無比的手術刀從我身上劃了下來。

3:45 A.M.

我們停在等候室的自動門之前。

「我不願意這樣，可是我別無選擇。」我很均勻地擠壓氧氣進入病人肺臟，好讓病人的胸廓一起一落地起伏著，「如果這樣能夠讓彭太太他們覺得好一點的話……」

「過了這個門，我們再也無法回頭了。最後一次問你，你會後悔嗎？」張醫師看著我沒有表情的臉。

「好吧，如果戲一定要上演的話。」

他開始在病人身上做心肺按摩。沒有燈光，沒有掌聲，自動門像帷幕般地打開了。我們推著病床向前。

「老頭子……」彭太太用一種很誇張的聲調迎了上來。

她緊緊抓住彭先生的手，目光像受了驚嚇的馴鹿，企圖從我們身上找出答案。可是每個人都心虛地避開她的眼神。她驚慌地唸著，「他的手好冷，手好冷。」

「彭太太，」吳教授搭著她的肩膀，「彭先生現在狀況變得很差，我們沒有辦法替他再麻醉開刀，因為這樣只是更增加他的痛苦……」

沿著醫院走廊慢慢地推送。我儘可能均勻地擠壓呼吸氣囊，使死者呼吸看起來顯得安詳。走廊外是一片幽暗的夜色，冷風呼呼地颳來颳去。我相信彭太太完全沒有聽到我們的話，她只是一心一意地喚著死者。

「他的手好冷，」她脫下身上的外衣披在死者身上，「老頭子，不冷，不冷。」

「他的情況很不好？」陪著彭太太的周先生謹慎地問。

吳教授點點頭。「他隨時都可能過世。」他在說謊，病人已經過世。

「這麼說來，已經沒有希望了？」

到了病房，幾個大夜班的病房護士連忙過來接病人，換床、量體溫、血壓等例行工作。有個護士量著血壓，量出了疑問，又重量一次，吳教授立刻用眼神示意她們離開。

彭太太仍不死心喊著病人：

「老頭子，你醒醒呀。你聽見玉蘭在叫你沒有？你醒醒啊！」

她已經悲傷得必須讓人扶著。周先生過去跟她說：

「玉蘭，妳別哭。妳要讓開好叫醫師給老彭救命。」

彭太太讓周先生抓住，看著我們這場不怎麼生動的演出。她一得到機會立刻衝向死者，大哭大喊：

「老頭子，你醒來，你醒來看看玉蘭啊！」

「恐怕就是今天晚上了，你們最好有個準備。」吳教授很沉重地告訴周先生，說完靜靜地走開了。

他竟然走開了？

周先生喃喃自語：

「沒想到這麼快。沒想到這麼快。」他有些哽咽。

看著我們消極的表現，彭太太簡直歇斯底里了。她衝過來死者身旁，推著、拉著、哀求著：

「老頭子，你為什麼不睜開眼睛看看我？」

她絕望地搥打自己的胸膛，嘶喊著：「老頭子，我要打死自己了，你也不睜開眼睛來攔我。」

張醫師被彭太太擠到一旁，顯得有些狼狽。我看他簡直不曉得該把彭太太推開繼續表演急救，還是就讓她趴在病人身上哭一陣子。

周先生連忙去勸她：「玉蘭，不要這樣，現在三更半夜的，這兒還有許多病人，需要療養。」

彭太太舞動雙手，幾乎失去理性地抓住張醫師，嚷著：「老彭這麼可憐，為什麼沒有人救他？大夫，求求你們，一定要救救他，可憐可憐他。」

我看見張醫師完全不知所措。幸好周先生把她從張醫師身上拉開。

「大嫂，妳不要這樣。」

「我求求你們，讓我死了，來換他的命。」

周先生使力地搖晃，嚷著：「大嫂，聽我說，老彭得了胃癌，快死了，妳懂嗎？快死了！醫師們都盡力了，妳還要怎麼辦？妳這樣，老彭怎麼安心地走？」

那句話似乎觸動了她心中的什麼。彭太太終於安靜下來了。她站起來，恍惚地踱出病房。

「醫師，對不起！」周先生立刻追了出去。

現在病房內只剩下死者、張醫師和我。張醫師踉踉蹌蹌走回病人身邊，又開始做心肺按摩。他的樣子看起來很可笑，可是我一點都笑不出來。

我從來沒有在死人身上做過急救。可是我現在已經全無力氣思考這件荒謬的事情。病人的胸廓在我的擠壓下規律地起伏著，閃過腦中的都是些瑣碎的片段。抬起頭，望見吳教授走過去和周先生、彭太太商量，他偶爾抬起頭望著我和張醫師，彷彿告訴我們快了，快了，又彷彿什麼都沒說。

邊做著心肺按摩，張醫師忽然問我：

「我剛剛一定表現得很差，對不對？」

我無言以對。

四點鐘的深夜，我正對一個死者做心肺急救。而且還要持續下去。

4:20 A.M.

「我們要回澎湖去。」

我本來以為我聽錯了。可是彭太太站在病房門口，千真萬確地重複著：

「我們要回澎湖去。」

四點二十分的清晨，院內清潔打蠟的工人整理好了一切器具，準備開始這一天的工作。

「我們三個人一起從澎湖來，也要一起回澎湖去。」

「彭太太，回澎湖要那麼久……」吳教授搖著頭。

「醫師，無論如何你一定要幫助他，幫助他回到澎湖，我只有這一個請求，」眼淚從眼眶滑下來，她也不去擦拭，「我們是退伍軍人，雖然沒什麼錢。但是過去空軍的老長官幫我們聯絡好了，雇用私人小飛機直接飛回去。」

「請你們再考慮考慮，這不是開玩笑的事……」吳教授不表贊成。

「醫師，他一定要回澎湖，至少讓他再看一眼澎湖的海水，這是進開刀房之前我答應他的。他的故鄉就在海那邊。他十九歲就出來了，妻子兒女都還在那邊。從前每天他都要去海邊走走。雖然他回不了大陸，但起碼能死在最靠近家鄉的地方，」她幾乎是哽咽著，「請醫師成全他，那是他最後的心願。」

「老彭是個好人，也是我這一輩子的恩人。從前在鄭州，我給炸彈炸著了，讓人丟在地上，全靠老彭拖著我跑了十里多的路，才撿回這條命，我替他求求你們，一定要成全他的心願……」周先生也激動地表示。

吳教授沒說什麼，他走到病人身邊，淡淡地對張醫師和我說：

「既然都做了，就徹底一點吧。」

張醫師對我翻白眼，做出不可思議的表情。

吳教授看了看我，然後說：

「你送他過去機場，好不好？」

「病人已經不需要我們了啊。」我低聲地說。

「你看不出來家屬還需要嗎？」

「為什麼是我？」

「因為你看起來比較入戲，」吳教授笑著拍拍我的肩膀，「看在是同情、可憐這一家人的份上，好不好？」

5:05 A.M.

五點鐘不到，民航小飛機、救護車經由各種管道已經聯絡妥當。護士也把一切事項，應變的方法都交代給他們雇請的特別護士。擔架抬上救護車，病人的身上連接著數不清的呼吸氣袋、靜脈點滴、中央靜脈壓導管、引流瓶、動脈線。

吳教授站在門口送我們走。他看著我無奈的表情拍拍我肩膀說：

「再撐一會，就快過去了。」

夜色一片蒼茫，遠處的天空彷彿有化成曙色的意思，可是仍然混沌陰暗一片。救護車沿著往松山機場方向的快捷道路奔馳。車上除了駕駛、病人、護士外，還有周先生、彭太太和我。周先生和彭太太一人抓住病人一邊的手。彭太太輕輕地喊著病人，像母親呵護自己的孩子。

「老頭，老頭，我們要回家了。老頭，不要怕，老周和我都在。我們這一次真的要回家了，我們三個人一起從澎湖來，現在我們要一起回澎湖去。」

從我疲憊的神色看她的眼神，變得十分溫柔，那其中有著專注與凝定，似乎她明白了自己正做著神聖而重要的事，整個人散發出莊嚴而慈祥的氣味。

我聽見救護車的蜂鳴器，在黑暗裡發出一高一低的呼喊，紅色的燈光，一下一下地閃過身旁的道路。那淒厲的迴旋，像是不知名的什麼，一下一下地鞭笞著我無所適從的心情。

「因為你比較入戲……」

我想起吳教授的話和許許多多的往事。不知道為什麼，我忽然開始覺得，如果我能為他們，或是為自己做一些實實在在的什麼的話，就是告訴他們病人已經死亡了的事實。請他們不要再對我們卑劣的演出抱持任何不切實際的想像。

救護車的蜂鳴器響著，排山倒海地把這些心情堆積起來。

彭太太牽著他的手，抬起頭問我：

「醫師，手好冷，他的手好冷。」

我仍然無法下定決心。如果我這樣說，會不會連累了吳教授以及李主任他們？或者是牽扯出我自己都無法收拾的風波？

「醫師，他會再張開眼睛看我一眼吧？張開眼睛再看我一眼。」

我沒有說什麼，只能對她點點頭，把棉被拉高。

「老頭，別怕，玉蘭在這裡。我們就要到家了。」

在她的溫柔裡，有一種堅持。縱使她的一生都讓彭先生呵護、寵愛，但是現在她必須堅持自己，彷彿全世界的風雨淒苦都讓她頂了下來，頂在那一方小小的擔架床之外。她堅定地看著他，完全知道自己正做著什麼。彷彿經由她所做的一切，所有的不幸與悔恨都可以不算。

可是我完全不明白我在做什麼？

你們殺了病人，你們還欺騙病人家屬。

這樣做是同情他們一家人，給他們時間，讓他們接受這件事。

你們不肯認錯，還編織出更大的謊言，你一輩子都逃不掉良心的譴責……

我是幫助他們。

你在欺騙自己。

可是就快結束了。

告訴他們實話，否則永遠不會結束的……

救護車進入了機場區，上來檢查的航警打斷我的思緒。通過關防救護車駛進了遼闊的機場。風呼呼地來去，我可以感覺到。跑道的盡頭，停著大型的民航客機，還有幾部小型吉普車，正在機場間穿梭。在前導人員的帶領下，救護車彎過幾條劃定的彎道，來到雙翼螺旋槳的小飛機前面。

風吹得我們必須大聲喊話才聽得清楚。從擔架上把病人身上瓶瓶罐罐搬運上飛機。我注意到由於重力沉積，死者背部已讓液體浸泡得溼潤，再過不久，屍斑馬上就要產生了。由於液體仍在輸入，引流瓶仍流出淡紅色的滲出液，以及從傷口滴出來的液體。

告訴他們實話，否則永遠不會結束的。

曙色慢慢掙脫黑暗，一切就要明亮起來。駕駛員不斷地和塔臺通著話，他發動引擎，讓螺旋槳肅肅地轉動起來。

那聲音在我的心裡愈來愈大。告訴他們實話……

我走向彭太太與周先生。我正下定決心，不管如何，必須告訴他們實話。可是彭太太卻讓周先生攙扶著走下飛機，冒著風一步一步走到我的面前。

「醫師，老彭睜開眼睛看我，他知道我們要回家了。」老彭睜開眼睛？

「彭太太，妳聽我說。」我正要告訴他們真相，周先生和彭太太卻咚地一聲跪了下來，向我磕頭。風吹起他們的頭髮，十分零亂。

「今天老彭不能好，那是他自己的命，但是醫師們的大恩大德，」她哽咽著，「老彭和我即使這輩子不能報答，來生就是做牛做馬也要報答醫師。」

我使盡力氣去拉他們，卻無法和那股無比的意志相抗衡。我知道這是人間的至善了，那種人與人之間的相敬、相惜與感激。可是那卻不是我所能擁有的啊。我甚至說不出什麼來。竟只能無依地站在風中，和他們一起編織這個謊言。任他們用盡人間的情分來膜拜我。

螺旋槳引擎在我耳邊轟隆地響著。

「我們爭取時間好不好？」駕駛員幾乎是嘶吼的聲音催促著我們。

「醫師，他真的睜開眼睛看我，他知道我們要回家了。」讓我攙扶起來，彭太太走回飛機，仍溫柔地牽著病人的手。從她眼神，我忽然再也不忍心說什麼。不管我的真相有多麼重要，我寧願她相信病人真的睜開眼睛看她最後一眼了。

機門已經關了起來，我彷彿還可以聽見彭太太的聲音。

「我們要回家了，我們三個人一起從澎湖來，現在我們要一起回去……」

6:10 A.M.

天色愈來愈亮。現在飛機慢慢動了起來，從轉彎的路線上了主跑道。我看著飛機愈跑愈快，拚命地揮手向他們告別。飛機很快在空中浮升起來，奔向那片無垠的晴空，變成小小的一點。直到再也看不見飛機，我仍揮動著手臂。我不曉得為什麼那樣做，彷彿試圖要抓回些什麼似地。

拔管

神經科的醫師請我們呼吸治療科派人過去會診時，病人已經昏迷不醒了，必須插內氣管靠著呼吸器來維持生命。經過詳細的病情討論以及臨床檢查，我們同意幫忙神經科照顧病人的呼吸問題。

神經科總醫師笑著說：「雖然機會不大，在我們兩科的合作之下，倒值得一試。」可是不到三天，我們合作的保證忽然變得曖昧起來。我相信如果不是那封公文，一切都會很順利。我記得我還沒來得及看完公文，神經科已經打電話來，請我們去「處理」病人的呼吸問題了。

我和呼吸治療科的總醫師一邊走一邊看公文，看得牙齒都顫抖起來。公文上說病人積欠院方十餘萬醫療費，依某某規定，即日起當停止一切醫療措施，請確實執行。

走到病房，就看到神經科的醫師裝得若無其事地笑著說：「拔管吧，畢竟沒有錢是不能呼吸空氣的。」

我看著病人，心裡怦怦地跳，馬上意識到這件事的嚴重性。我們總醫師倒也鎮定，沉穩地說：「恐怕不妥當吧，內氣管拔起來，病人大概拖不過三天。」

神經科醫師看著我說：「反正這是院方規定，你要不要拔看看？」

我嚇得連忙搖頭。總醫師不高興地說：「這本來不是呼吸治療科的病人，真的一定要拔管的話，神經科全權處理好了。」

神經科的醫師誇張地指著自己說：「我們處理？」說著不情願地笑起來，「呵——呵——」彷彿要斷氣的病人。

到了後來我和總醫師只好去向呼吸治療科的主任請示。主任聽了理直氣壯地說：「病人欠醫院的錢，又不是欠我的錢，沒聽說當醫師當到要殺病人的地步。」我聽著覺得真是貼切，彷彿每一個字都是從我的心腹裡掏出來說的。

過了幾天，管理處的公文又重申要貫徹規定，加強行政運作，一定要確實停止所有醫療措施。

我們曾經處理過很複雜的病例，但從來沒有碰過這麼頭疼的問題。一整個下午，我們神經科都想不出更好的辦法。主任問：「提供特休假，有沒有人願意去拔管？」大家聽著，一片沉悶，愈發覺得人性尊嚴的可貴了。

到了管理處派人來實地瞭解，我們還看到病人在呼吸器的推動下均勻地呼吸。他的太太在一旁看護，顯得十分疲憊，她苦苦哀求管理人員：「請讓我們寬限幾天，已經在設法了。」

「我很同情妳的處境，但這是規定。」管理人員說著轉身過來問我們：「各位醫師，拔管有問題嗎？」

我們找不出別的藉口，只好說：「法律上恐怕站不住。」

他得意洋洋地反駁：「這沒問題，我們有經驗，法律上認定『自然過程』死亡，與我們不相關。」

我們無法否認他言詞的正確性，可是聽了真讓人厭惡。病人的太太歇斯底里地發作起來，我們不得不過去抓住她，她瘋狂地喊著：「誰拔掉管子，我丈夫做鬼回來抓誰——」最後是病房的護理長看不過去，她告訴管理人員：「一定要拔的話，你來好了，方法很簡單，只要抽掉氣袖內的空氣，整條管子拉出來就可以了——」

我看見管理人員的臉色一下鐵青起來，「我不是醫師。」他說。

「也沒有聽過蓄意害人的醫師啊。」神經科的醫師告訴他。同時我們也在一旁附和，「對，你可以自己拔。」

我很難形容他離開時那種受驚嚇的神態，「規定要執行，要不然就完了——」他喃喃地唸著。

漸漸隨著事情層次的提高，我們甚至期待它的發展。走過病房，看見病人安穩地呼吸著不付費的空氣，好像全世界的矛盾、感傷都在那裡了。

過了兩天，這件事情有了新的眉目。那天下午我看見管理組長拿著一張器官移植捐贈志願書，向病人家屬詳細說明規則：「這是唯一的辦法了，將來可以領到一筆撫卹金，大概足夠償還醫療費用。」

自從病人太太簽了志願書以後，這件事涉及的範圍更大了。外科天天派人來打聽病人的病情，他們說：「這麼大的移植計畫我們當然要謹慎，萬一病人有了狀況，我們要在宣布腦死的同時取下新鮮標本，以確保移植成功。」外科並且使用了高量的抗生素，防止他們所要的器官發炎。

病人的太太似乎並不明白這一切，她向每個去看病人的醫師猛點頭，懇求他們救她的丈夫。其餘的時間她就坐在床邊看她的丈夫，替他擦汗，有時是自己一個人在那裡抽泣。偶爾她的兩個孩子也來了，就抱著孩子哭成一片。

病人呼吸的狀況在呼吸器的協助下一直可以勉強維持，可是神經方面的症狀卻愈來愈惡化，後來甚至發生急劇的血壓下降、呼吸衰竭。我們呼吸治療科趕到時已經呈現不規則的心室顫動、瞳孔放大，於是趕忙展開心肺急救。我記得當時現場一片混亂，病人的妻兒呼天搶地地哭喊，護士忙著進進出出，神經科和呼吸治療科的醫師忙得團團轉，甚至外科的醫師也來了，帶著推床的工作人員，準備病人一宣布死亡馬上推進開刀房取出捐贈器官，立刻進行移植。

各種藥物以及處置仍無法挽回病人的情況，最後我們決定使用電擊器以及心臟腎上腺素注射。經過兩次電擊以及一個劑量的腎上腺素注射，心電圖上仍然一片心律不整。然而就在我們準備放棄，宣布死亡的同時，忽然發現心電圖上出現一、兩次正常的傳導波形。於是再度努力急救，終於讓病人的情況漸漸穩定下來。

我幾乎可以隱約地感受到外科醫師的失望和白忙一場的落空。他們很坦承地告訴我：「為了爭取第一時間，準備接受移植的病人甚至已經在開刀房上了麻醉。」

隨著呼吸器規律的起伏，我漸漸對自己醫師的職責感到茫然。病人的太太很仔細地告訴我他們夫妻怎樣白手起家。好不容易有一個豆漿攤子，一大早孩子都到攤子幫忙以後去上學。眼看就要擁有一個店面了，可是卻發生這種不幸。現在他們連攤子都頂賣了出

死亡之歌

在精神科值班，很怕病人來攀談。因為通常我們有許多當天留下的工作要處理。如果讓病人糾纏住，保證什麼工作都別做了。那天在護理站整理病歷，忽然有床四十歲左右滿腮鬍鬚的病人跑來端詳我的名牌半天，抬頭興奮地嚷著：

「我知道，你是那個寫故事的醫生，對不對？」

老實說，當醫生還不務正業寫小說，已經夠讓我心虛了，這回竟有人當面嚷出來，叫我手足無措。另一方面，小說寫了沒幾篇，居然有人看過，而且還知道是我寫的，頗引發我的虛榮心。儘管我裝出一副沒什麼的謙虛模樣，心裡卻很想聽聽進一步的談話。

「你相信不相信鬼？」他緊張兮兮地觀察四方，生怕走漏風聲的表情，「我常常看見鬼，長長排成一排，跟在我後面，一句話也不肯說。」

「啊，你要告訴我鬼故事對不對？」我愛和病人開玩笑的壞習慣又發作，開始裝模作樣地在他身後東張西望，「沒有，沒看到鬼啊？在哪裡？」

「噓——現在暫時不在，你不要引他們出來，」真糟糕，他聽不出那是玩笑，正正經經地當回事，「我看過你的作品，看出來你是一個好醫生，所以乘機告訴你，每個好醫生後面，都跟著一排靈魂，排得長長的，因為生前治不好病，抱了遺憾，死了要跟著他自己的醫生。」

「那壞醫生背後都沒有靈魂排隊？」我靈機一動，反問他。

「壞醫生不一樣，壞醫生後面也有，但是他自己看不到，所以沒關係。」他理所當然地回答，彷彿是基本常識似地。

話題一旦扯開，可沒完沒了。精神病人講話常犯邏輯上的毛病，醫師一定要想辦法指出來，讓他回到現實的基礎。總不能將錯就錯就趕他回去，腦筋一轉，馬上反問他：「你常常看見鬼在你後面排成一排，那你也是一個好醫師？」

說完我顯出幾分得意，總不會你還有道理吧？沒想到他心安理得地點點頭，抱歉似地笑著說：

「好醫師不敢說。我是一個腎臟科的專科醫師，有什麼腎臟方面的問題我可以教你。」

這一聽可嚴重，病人不但患有幻覺、幻聽，甚至妄想的症狀都出現了。不用翻病歷，就可以猜測多半是精神分裂症的患者。為了證實我的想法，我客氣地請教他電解質在腎臟出入的原理。

他一聽，倒也不客氣。派頭十足要張病歷紙，開始在紙上畫圖對我說明。聽他有條不紊地解說，我心裡愈來愈不自在，告訴自己不要緊張，任何大專相關科系程度的人，都可以回答這個問題。於是再請教關於腎臟衰竭時腎小管的反應機制。他還不畏縮，天南地北扯出了許多我不懂，但是似乎有道理的理論。不甘心，再問他特殊藥物對腎臟的毒性反應、劑量、可逆性。漸漸我滿身大汗，問到第六個問題時，我終於忍不住跳起來大叫：

「啊——你真是個醫生。」

他滿意地點頭，眼睛閃爍出光芒。開始告訴我某大醫院名醫誰誰是他同班的同學，某教學醫院腎臟科主任從前考試作弊都偷看他的答案。從那些倒背如流的人名以及歷史典故，我不得不相信他是醫生這件事。我放下手邊的病歷，開始對這個病例的來龍去脈產生莫大的興趣。

「那你怎麼會流落到這裡來？」我關心地問。

「因為生病了啊——我常常看到鬼，我很不快樂。」說著他又恢復神秘的神色，「沒生病前我也是個出色的醫生，專門研究腎臟衰竭的問題。我發表過許多論文，你不知道，洗腎機沒進來之前，腎衰竭還是絕症。」

「等一下，你說你是第幾床？」我轉身到病歷架，興致勃勃找來他的病歷，「告訴我你的事吧！」

「我開始在腎臟內科有一些地位，就默默地許下心願，在我有生之年，一定要有所作為，替腎衰竭的病人解決問題。有臨終的病人握著我的手說：『醫生，我所受的苦你全都知道。我死了以後，你拿我的遺體去研究，答應我，不要再讓後來的人受到同樣的痛苦。』為了他們受過的苦，我答應他們。我欠下還不清的債，我必須努力不停地鞭策自己。」

主訴：病人宣稱看見過世的患者在其身後列隊，緊跟著他不放。此一症狀斷續出現達十年之久。

一邊翻閱病歷，我稱讚他：「聽起來你是一個好醫生。」

「血液透析機最初只有美國、歐洲幾個先進國家在用。我知道那裡有一線希望，便去懇求院長，我說：『院長，我們一定要買透析機，這機器可以救許多人的命。』那時候國內醫學沒這麼進步，有許多更迫切的事都需要花錢，我們買不起昂貴的機器。院長失望地搖頭，我知道他有許多考慮，我也知道他的心情。可是我的病人正一個一個死去，我不甘心，心想，總有什麼辦法可以試試吧？我變成明星醫生，到處上廣播、電視，接受報紙訪問。我想盡辦法去呼籲、募捐。我們累積愈來愈多的捐款，眼看就要可以購置一臺血液透析機。我不禁志得意滿，接受群眾對我的推崇與尊敬。可是有一天，我走在街上，有一個婦人叫我。我回頭過去看她。她戴著一頂帽子，看得出頭已經禿了。臉頰兩側紅紅兩大面日本國旗，皮膚十分粗糙，憑直覺就知道是系統性紅斑狼瘡患者。她告訴我：『醫生，你是一個仁心仁術的醫生，替洗腎病人募了那麼多錢，可是我們呢？我們該怎麼辦？』就憑她一句話，我徹底被打垮了，我想起我所見過的各式慢性疾病，還有白血病、棘皮病、先天性糖尿病患者……他們怎麼辦呢？我完全不知道該怎麼辦才好。我害怕上電視去為洗腎的病人募捐，我害怕談起那些說不完的病苦，尤其有人推崇我的醫德時，我有想哭的感覺。」

現在症狀：病人自十一年前擔任××醫院腎臟科主治醫師起，即負責管理血液透析作業業務。因當時作業量無法容納所有洗腎病人。病人在外界壓力以及自責之下，開始出現主訴症狀……

翻著病歷，我隱約可以感受到消失在複雜醫療體系裡簡單的熱愛，在他的對話中浮現。我問他：「後來你們終於有了一臺洗腎機？」

「我們有了洗腎機，可是我絲毫不快樂。我們的機器一天只能治療八個病人左右。我們又不可能再買一臺新機器。我只得告訴病人：『讓病情最嚴重，需要最迫切的人優先使用吧。』可是病人像潮水般一波一波湧上來。只要有一線生機，哪怕是傾家蕩產，人都會竭盡一切去爭取的。愈來愈多人在等待的過程中死去。沉重的人情、金錢、各種壓力壓得我快窒息了。每天清晨，我帶著住院醫師查房，多少雙虛弱的手伸出來對我呼喚：『醫師，我不要死。』我指著病情嚴重的病人，告訴住院醫師，誰、誰今天上機器洗腎。那些我眷顧不到的病患，都交給了死神。住院醫師們怕我知道，偷偷把屍體移走，取下病歷。其實我早明白，是我殺了他們。他們的臉孔、眼神，都清清楚楚地回來了，我只要一轉身，就可以看到他們。」

……病人清楚地看見腎臟衰竭不治的病患，依死亡時間順序列隊跟在他的身後，並能清晰描述死者的姓名、年齡、性別、特徵以及病情。經查證舊病歷資料與事實完全相符……

「從那時候起，你發現他們的靈魂跟著你？」我漸漸生出疑問，通常遭受壓力導致精神分裂的急性病患在短期內很容易治癒，為何他卻持續十年，起起落落？

「是啊，我再也承受不住，我感覺到我的內在快要崩潰，於是我痛下決心，向院長請辭。院長只問我一句話，他說：『你願意每天為這八名重獲新生的人承受地獄的煎熬嗎？』啊，我又受誘惑了。我猶豫了一下，想起我的一生，我流下眼淚，我說：『我願意——』我又把自己推回那座煎熬的煉獄。沒幾天，我知道我錯了。我不再是神，我失去了從前的清明。我說：『我不再決定你們的生死，讓生死來決定你們吧。從今以後，你們排隊等待使用洗腎機吧，我將不記得你們的面孔，只記得你們的號碼。』」

病歷厚厚一大疊，分裝成好幾冊，詳細地記載病人十年來社會、家庭、經濟、人際狀況。來不及細翻，可以看出大略的梗概是病發後，原先醫師這職業以及知名度所帶來的繁榮逐漸崩潰，甚至他太太也在四年前因無法忍受而捲款逃走。我被病歷吸引，沒注意到他開始歇斯底里地搖晃腦袋，顯露出痛苦的神情，似乎夢魇在他心中掙扎，試圖跑出來。

「來了，他們都來了。穿著黑色喪服，捲著草蓆，一個緊跟著一個在我家前面規矩地排列。他們用微弱的聲音呻吟：『醫生，救我，我不要死——』到了夜裡，他們仍在門外痛苦地呼喚我。使我分不清他們究竟在門外，或是在我的夢中。他們多半全身浮腫、神志模糊，身體微微抽搐。我看見他們穿著黑色衣服，向我伸出蒼白透明的手。我睡不著，害怕孤獨，害怕渺小，害怕飄浮在時空宇宙那種無窮無盡的感覺。我再也無法忍受，打開大門，向他們破口大罵：『我們都一樣，都是一些該死的……』天啊，院子裡變成了成千上萬的病患，螞蟻似地擠在一起，我看不清他們的面孔，只聽見他們嗡嗡的聲音：『救我，醫生，我不要死……』我知道他們的聲音漸漸要淹沒我，黑壓壓的一片正在啃噬我一身潔白的醫師制服……」

說到這裡，他已經出了一身冷汗，整個人過度驚嚇似地。他瞪著我，十萬火急地要傳遞訊息給我，他說：「他們聯合起來，開始跟著我，無聲無息地跟著，要讓所有人看出我的不安。我永遠戳印著那些甩不掉幽靈的記號，我好疲倦……」

「你不要擔心他們，現在我們有好多洗腎機，他們不會回來煩你的。」我安慰他。

他開始用鋒利的眼光看我，神色定定地說：「那還有紅斑狼瘡呢？糖尿病呢？白血病呢？你難道不明白嗎？他們是沒完沒了的，你不明白嗎？」

我有些害怕那種眼神，彷彿要割穿你心中什麼似地。為了不讓這件事扯得更嚴重，我安撫他：

「你太累了，睡一覺醒來就會好的。要不要我開一些藥幫忙你呢？」

「我不要麻醉自己。我就是太清醒了，不肯妥協，所以我才會生病。」他像個崢嶸的英雄拒絕我的鎮靜劑。說完轉身慢慢走回長廊的另一端。

迎面走來護理長看到這個人笑著對我搖頭，嘆著氣說：「這個人可憐，現在都沒人管他了。只有一個洗腎的病人，聽說從前讓他救活的，天天來看他。那個洗腎的，我看哪——也是自身難保。」

長期吃藥的病人走起路都有幾分遲鈍。我看他吃力地走著蹣跚的步伐，像在走著自己的命運。病歷裡掉下來一張發黃的紙條，寫著：

該醫師為本院不可多得之優秀腎臟科權威。弟懇請兄竭盡一切，助其早日康復，回到工作崗位，造福人群……

那是從前××醫院院長寫給我們主任的便箋。十年來，他用這麼緩慢的步履一步一步走著，看不到榮耀，也聽不到任何掌聲。只有明晰的那些死亡以及靈魂，跟著他。他用熱切瘋狂的心情，走最孤寂的路。

我在孤燈下，看完厚厚四大冊的病歷。十年就在我的嘆息聲中過去了。我不敢替他想像未來，那些漫長而崎嶇的路程。我走進洗手間，忽然在浴室的鏡前，看到穿著白色制服的自己，愣住了。我想起生、老、病、苦，以及許多遙不可及的未來，再也想不下去了。

一個禮拜後，這個與我有一席之緣的病人上吊自殺了。他吊在浴室的大樑上，穿著整齊的醫師制服。臉上的鬍鬚刮得乾淨、體面。

我時常想起這個醫師，想起他上吊的神態，走路的模樣……甚至我會輾轉反側，在夜半驚醒。午夜夢迴，我又想起他所告訴我的話語以及心情種種。慢慢，我竟無法擺脫他那股熱愛以及孤寂在我心中造成的震撼。

有一天清晨起床，我忽然想起每個好醫師身後，都跟著許多靈魂這件事。他變成我的病人，緊緊跟在我的後頭，我掉進無限恐懼的深淵了。

一道刀疤

邱誠文總醫師跨著大步走進急診室，才踏到門口，就發現地下斑斑的鮮血還沒有擦去，點點滴滴沿著處理室的方向畫過去，他不禁暗暗咒罵起來：

「又是個不要命的——」

最近不知怎麼邪門，恩怨廝殺特別多，急診室不時有一些刀傷、槍傷的病人送過來。照這樣下去，外科醫師再忙、再累，這些事還是沒完沒了。邱總醫師沒好氣地拿起病人的X光片端詳。詳細的病情方才在手術房已經有人向他報告過了。病人中了小口徑手槍三發，目前可能有兩發還留置在體內。由於大量的內部出血，血壓正往下掉。緊急的輸血處理、液體、電解質都已經給過了，照情形看來，不馬上緊急開刀，恐怕有生命的危險。

從X光片上看來，兩顆金屬狀的彈頭分別竄到脾臟附近，以及右側腎臟上緣，一些內臟器官多半受到波及，不開刀還真是不行。邱誠文看看錶，午夜一點半，不禁嘆了一口氣過去。四十多個鐘頭，他還不曾闔上眼皮，剛剛在手術房最後那臺刀所抱持的最卑微願望，恐怕也是泡湯了。

病人正待在處理室，幾個穿著流裡流氣的兄弟，十分盡忠地守在旁邊。兩個刑事警察協同邱誠文走進處理室。刑警客氣地請走那幾個兄弟，邱誠文便在病人的身上檢查起來了。病人十分年輕，看起來有一股氣宇，偏偏當了流氓。每在他身上輕壓，便咿咿呀呀地叫了起來，邱誠文心裡老大不高興地想：

「當流氓時多神氣啊，怎不想想就有今天的下場？光會咿咿呀呀地叫？」兩個刑警沉靜地守在門口，瞇瞇地笑，倒叫邱誠文訝異。平時他們可忙，匆匆忙忙錄了筆錄就走，今天倒有閒工夫陪著我看病人？

邱誠文不慌不忙檢查完病人以後，有個刑警客氣地帶他到一邊去，悄悄地說：「邱醫師是這個病人的主治大夫，所以有些事不得不先跟你說明，本來我們也不希望把醫院弄得雞犬不寧。」

他又停了一下，向四處張望，然後悄悄地說：「這個人本來是國內的槍擊要犯，他案底有三個殺人案、兩個傷害案，因為辦案的緣故，我們暫且留他當線，想引出其他的角頭。沒想到沒弄好，現在至少有十個幫派聯合起來要殺他——」

邱誠文看看病人，不相信這麼年輕的人，竟有這麼大來頭。他抬起頭，笑著看刑警說：「在醫院裡不至於出事吧，何況這個老大還有那麼多兄弟在隨身保護他。」

「據我們的消息，他那一幫兄弟裡，至少有一半都反了，所以目前跟著的人恐怕有一半都想趁機殺他，替自己闖一番名聲。不過你們也不用太擔心，我們在醫院裡面已經布置了許多便衣刑警，一時之間，相信他們不敢輕舉妄動。」

邱誠文探頭出去看處理室外面那幾個聚在一起議論紛紛的兄弟，分不清誰是好人，誰是壞人，個個都是亡命之徒，個個都懷著不同的居心，不禁有了幾分寒心。

聯絡好手術房時間以後，刑警協助邱誠文把病人推出處理室，直接送往手術房。才一出急診室，一二十個兄弟紛紛攏了上來，七口八舌地喊病人：

「大哥——」

警察不說也就罷了，這一說明倒讓邱誠文看出了其中的危機。二十多個人分不清意圖，伸出手來扶著病床，彼此互相較勁，彷彿爭奪地盤似地。這一來把病床緊緊地圍成了一個人牆，邱誠文緊緊地夾在其間。兩個刑警落在後面，邱誠文不時以害怕的眼光回頭去看，刑警只是示意他沒關係。

刑警沒有夾在人牆間，看不見兄弟們的眼光，所以不明白那其中的驚險。照邱誠文看來，那其中至少有三四個派系，暗中較勁。這一路這麼長，只要到了適當的地方、時機，一場狠拚就在所難免了。萬一出了事，該怎麼倖免於難呢？該如何及時逃開？萬一真像電影上一樣有人拿了衝鋒槍來掃射，那還得了？

走著走著，邱誠文發現自己雙腿發起抖來。四十多個小時沒有睡，也許是其中的原因。可是他恨透了自己打冷顫那種感覺。那個他多年來一直背負著懦弱的擔子，他恨透了。他閉上眼，彷彿就可以看到教授用一種冷冷譏諷的口氣對他說：

「邱誠文，算了，憑你的膽子，外科這行還是別走算了。」

那時他還只是一個實習醫師，從外科最基本的縫線打結開始學起。每次他要求教授給他一個機會在病人身上真正地實習縫線、打結，教授就一副嚴肅的面貌斥責他：

「生命，邱誠文你要尊重生命，等你技術夠熟練時，再放手給你做。」

無可諱言，邱誠文怕見血，怕膿，怕那些怪裡怪氣的惡臭，或者更確切地說，他覺得厭惡。可是每一次他見到教授執行手術那流利的刀法、拚命的態度以及外科那種乾脆俐落的醫療哲學，都叫他心裡無限景仰。

終於有一天，機會來了。教授微笑著拿條廢棄的手術線給邱誠文，笑著說：

「打個反手結給我看。」

邱誠文照著做了，又照著吩咐熟練地打了幾個正手結、單手結、雙手結、手術結，直到教授滿意地點頭說：

「現在急診室有一個病人，好不容易爭取來的。你的第一個病人，好好地去縫——等會我會去看看。」

邱誠文興高采烈奔到急診室去，才訝異地發現，教授所謂的病人竟然是已經斷氣的病人。壓在汽車最底層幾個小時，等拖出來送到醫院已經斷氣了。由於汽車滑行幾十公尺，從下顎到胸骨，有一條長達二十公分的破裂傷。家屬傷心欲絕，希望修整好才領回去。

那天天氣熱，病人屍體早有一些惡臭，痛苦的表情使整個屍身慘不忍睹。邱誠文的心情經歷了至喜、至驚，漸漸變得厭惡、害怕。那一陣激烈的感情變化至今他也說不上來，彷彿一個人承受了過度的驚嚇、委屈與不得志，他還縫不到第三針，豆粒大的眼淚從眼眶滾了下來。

偏偏那時教授正好來了，生氣地嚷著：「邱誠文，寶貝——讓你縫一個傷口，在這裡掉眼淚。」

邱誠文記得也不過是幾滴眼淚，讓教授一直取笑個不停：「邱誠文，算了，憑你的膽子，外科這行還是別走算了。」

那天慶祝教授第一千臺胃癌手術，大夥兒在一起聚餐。酒酣飯飽，有個住院醫師指著邱誠文說：「邱誠文，你私底下不是告訴我很羨慕教授的刀法？怎麼樣？畢業以後也來走外科這一行。」

「算了，他沒那個膽量，」教授揮舞著雙手，得意地說：「他什麼都怕，你不要害他。」

不曉得喝了酒還是怎地，席上邱誠文竟有膽量頂撞教授，把憋了好久的氣都吐出來，他說：「平時我們替教授拉鉤，替病人換藥、打針，任勞任怨絕對沒有一句多的話，可是教授分派一個死人給我，讓我實習，實在叫我難過。」

只見這時教授暴躁地跳起來指著邱誠文說：「你說我還不夠照顧你們？」

說著教授暴跳如雷地要脫下自己的褲子，別的醫師都去勸他：

「算了，教授，何必和一個實習醫師生氣呢？」

「就是實習醫師我才要叫他明白，以後的路還長，像這樣什麼都怕，什麼都計較，將來還當什麼醫師呢？」說著教授脫下他的西裝長褲，露出右側大腿一條筆直的疤痕，又說：「有沒有看到，這是三十多年以前的疤痕，我的第一個自己動手縫的傷口，我自己割開的——你要我也這樣教你們嗎？」

後來不知什麼緣故，邱誠文真的正式做起外科醫師來了。外科醫師的累人是出了名的，常常一二十個小時刀開下來也不休息。三更半夜說不準隨時有什麼刀要趕快去上。他常常全身虛脫地坐在手術房醫師休息室裡抽起菸，恍恍惚惚地想起教授那道筆直的疤痕，淡褐色，微微發亮。那像一個他永遠達不到的夢，關於醫學的熱忱，那種豪放的氣勢以及優雅的風度。

一千多臺胃癌手術，邱誠文常常屈指在算。為了那個紀錄，他願意竭盡一切。邱總醫師有過連續開刀開了五十多個小時，低血糖昏過去了，打上點滴仍然繼續上手術臺的紀錄。開刀房所有護士都知道「拚命三郎」的紀錄，也領教過「拚命三郎」那種不顧一切的精神。可也就沒有人知道，藏在他內心深處那個無法抹滅的負擔，那幾滴滴在急診室的眼淚，以及那條筆直的疤痕——他永遠無法超越的夢。

是的，無論如何都無法克服的恥辱，深深地埋在他的心底。他恨急診室、恨開車不小心的人，恨他自己的懦弱、恨自己的眼淚。何況現在他的雙腿正不聽使喚地發著抖呢。唉——也許邱誠文早該弄明白，那些懦弱、恐懼正是人類最原始的本能，一代一代地遺傳下來。而所謂堅持、勇敢、優雅、豪邁，不過像那道筆直的疤痕一樣，是個遙遠的夢，人類世世代代遙遠的夢。教授說得好，算了，沒有那個膽子，何必逞能呢？

人群仍然簇擁著邱誠文以及病床上的年輕人。邱誠文看著這個年輕的面孔，淡淡地想：「可憐的人——不管你現在落到法律或者兄弟的手裡，恐怕都是死路一條了。」

由於沉思，邱誠文慢慢忘記了心裡的害怕。病床正走到長廊的中段，光線從兩面的窗戶射進來，前後是筆直的通道，空盪盪的，不曉得什麼緣故，人群外圍起了一陣小小的衝突。邱誠文忽然心想，如果要動手，這一段走廊是最好的地點，即使埋伏得最近的警察跑過來，怕不也要幾十秒的時間。

愈來愈明顯的衝突果然證實邱誠文的想法。亂裡有人從腰中抽出一把白刀，往病人心臟的位置刺了過去。

「啊——」邱誠文慌亂地喊叫起來。

倏地有一個兄弟伸出胳臂要去抓刀，可惜那刀勢簡直太快，不得已整條胳臂只好趴下去頂那刀。只見到刀落血出，那受刀的兄弟也不叫一聲，對著兇手說：

「我早就說你要反了，他們不信。」

兩個刑警一見混亂，忙吹起哨子，走廊後頭衝出來許多不曉得刑警或是兄弟的人物。一時之間，逃竄的逃竄，廝殺、相持不下的，都扭成一團，來來去去，敵我不明，根本弄不清楚誰是誰。邱誠文低著頭，推著病床直跑，全嚇昏了頭。

他回頭去看，有個人持著彈簧刀，一邊跑刀子從刀鞘裡彈露出來，露出陰白的光，朝這邊追殺過來。四十多個小時沒闔上眼了，邱誠文也不知哪來的勁，推著病床飛也似地衝起來。

「混帳——」有個年輕力壯的刑警撲倒那持刀的人，將他擒拿，罵著：「刑警來了還敢留在現場——」

一轉眼，逃跑的逃跑，扭抓的扭抓，混亂馬上平靜下來，邱誠文推著病床氣呼呼地跑到長廊盡頭，轉過彎，正想停下來歇一口氣，忽然從轉角閃出來一個隱藏的人，大叫：

「阿旺，你聽著，我今天替鳥蛋報仇。」

邱誠文再推著床跑到盡頭電梯處，已經沒有退路了——偏偏電梯還不來。持刀的人對邱誠文喊著：

「醫師，沒你的事，快閃開！」

那只有很短的一瞬，邱誠文看見刑警正從幾十公尺處衝過來，喊著：

「不要衝動，你會坐牢坐不完。」

歹徒也回過頭去看，他和邱誠文都十分明白再也沒有猶豫的餘地。閃過邱誠文腦海倒只是很簡單的念頭，他想：「可憐的人，除了我之外，竟然所有的人都要殺你了。」

他望著身上的白色制服，想起自己的職責，竟不知哪裡來的勇氣，他高張雙手對歹徒喊著：「不要殺我的病人——」

說時遲，歹徒一把單刃尖刀已經砍了過來。

「啊——」邱誠文高叫了一聲，側身去迎他。

接下來的事邱誠文完全不記得了，要等警察把他們兩人從地上分開，替歹徒銬上手銬以後，他才回復知覺。歹徒狠狠地瞪了他一眼。

「喔——」他忽然明顯地感到大腿一陣疼痛，再定神看，那把尖刃還插在他的腿上，血流了一地。頓時頭暈目眩，碰的一聲昏倒在地上了。

等他醒過來已經躺在急診室了，急診室的醫師笑著對他說：「還好沒傷到什麼神經、血管，這刀劃得不深，片子照過，沒什麼問題。現在都已經消毒過了，只把傷口縫合起來就行了。」

他坐起來看大腿那個傷口，劃得筆直，竟令自己怵目驚心起來。他看了那傷口好久——抬頭告訴急診室的醫師：「給我一包三號羊腸線，四號尼龍線，我自己來縫。」

大概相信自己的技術吧。急診室醫師也不敢違拗他，把消毒器械以及針線、麻醉藥遞了上來。

是的，教授為一千多個病人的性命劃下那傷痕，他卻肯為了一個不相干的人不顧自己的性命。他一針一線地縫合自己的傷口，他的生命就那麼一寸一寸地走到高潮。時光一直往回流轉，他彷彿正在走那當初沒走完的里程。也不過只有二十幾公分的里程，從那人的下顎到胸口，也不過只有二十幾公分，他卻沒有走完。再怎樣卻也走不回去了。

每個人一生都有不少遺憾，卻沒有人像邱誠文一樣還能走回遺憾裡，重新再彌補一次。他一寸一寸地縫著自己，竟沒有想到曾經有一剎那，他有那麼激揚的胸襟與飛躍的生命。彷彿他曾流下的眼淚，一切一切的過去，都可以不算。

那一個夢，現在他也擁有了，筆直地刻在他的腿上。縫好了，他迫不及待要走出急診室去呼喊一番。他跳下床，快步飛揚地走了起來，急診室的醫師忙喊他：

「邱總醫師，你要去哪裡？」

他停了一下，回過頭說：

「病人還在開刀吧？我得去手術房看看。」

可惜教授已經逝世兩年了，否則他恨不得衝到他的面前，展示他的傷口，告訴教授：

「我也有一個，和你的一模一樣。」

他一點也不覺得痛，從急診室到開刀房，一路都是想跳的衝動。後來開刀房近了，他竟不顧一切地跳了起來。

紅顏

她常想起那年夏天，曾經有人輕輕地握住了她的手。

那時她才到這座山腳下的醫院報到不久。她穿著白色的制服，刻意在聽診器上別著小小緞帶的蝴蝶花。她曾試過正式的高跟鞋，由於必須在許多病房走動以及不算輕鬆的值班，過不久她又換回較輕鬆的平底鞋。

如果不是那張X光片，她想，也許這一切都會不一樣。那年夏天的病人實在真多。那是她在內科急診的一個病人，等病人急性呼吸急促漸漸穩定下來，她就帶他到放射線部去做胸部X光攝影。可是還等不及片子沖洗出來，病人的病情又發作了起來。

於是她迫不及待地想看X光的結果。

「我們都很忙啊，如果妳真的很急，自己進去暗房沖洗片子好了。」技術員告訴她。

她抱著那一盒片匣走進暗房時，他已經在裡面了。

「現在的醫師啊，十八般武藝全都要會，我也是在急診處被逼會沖洗X光片的。」他漫不經心地告訴她。

然後他就伸過手來輕輕握住了她的手，「這裡是定影劑，」他又移動她的手，「這裡是顯影液。」

暗房裡有一種紅色的微光，昏紅裡，她看不清楚他的身影。她只能聽到他的聲音，以及感受到他寬厚的手掌。他的手掌帶引著她，很篤定，給她一種安全。

「現在妳知道怎麼沖洗X光片了吧？」他問。

她在放射線部的閱片室才真正看到他。他站在那裡端詳片子，思考著那些苦痛。他的身體微瘦，眼神底有一種不在乎的靜謐。不知道為什麼，她忽然覺得自己很喜歡暗房裡那樣的黑暗，彷彿一切事物都停了下來，沒有苦難、病痛，也沒有呻吟、死亡或者哭泣。

差不多就只是這樣，那不過有五、六分鐘的光景。

故事差不多就這樣完了。整整有五年的時間，醫院蓋起了大樓，這個世界的苦難並沒有減少，愈多的病人以及愈難醫治的疾病不斷湧入這座醫院。

她沒有再走進那間暗房過。住院醫師第一年、第二年的時候，她盡力讓自己沉穩、冷靜。然而白制服、聽診器仍無法掩飾她那與病房格格不入的青春與氣息。到了住院醫師第三年，她甚至把聽診器上的緞帶蝴蝶拿掉。漸漸，她就開始有了那樣生、老、病、死的冷漠與特質。到了後來，那種特別的滄桑感就正式地注入了她的體內，很難見到她的笑容了。

也曾經有人替她介紹對象，她熬不過家裡的要求，去相過親。然而她真的是覺得疲憊，她那冷漠的態度，很快就嚇阻了那些有地位又有經濟能力的追求者。

她在醫院還見過他。外科的住院醫師，和她同級。她也輾轉聽到他和開刀房護士相戀又分手的消息。他們曾在醫院走廊碰過面，互相問好，也曾因病人病情的會診，而互相討論。然而僅僅止於那樣罷了。

走在醫院大樓間的走道，她常期望不期然與他相遇。因為盼望的緣故，她注意到了走道旁開著的花。春天是一整片的花海，怒放著杜鵑。夏天則可以看到一、兩株盛開的鳳凰。到了秋天，淡雅的白千層抽著細長的白穗。寒冬季節，她就在枝頭間找著櫻花。

有一個春天，她在花海前與他相遇。他說：「這些杜鵑開得真是美好。」他們一起在花前站了一會，像是欣賞，又像是感歎，在那個春天裡很短暫的一會。

一共是五年的時間，他們受完住院醫師訓練。他升上了外科的主治醫師，她則因為沒有缺額而必須離開醫院。

那是醫院舉辦的送舊晚宴，邀請所有的總住院醫師參加。那天下午，她對著鏡子，仔細地打扮起自己來。

她均勻地替自己鋪好粉底，打上腮紅，然後很仔細地畫上眉毛。她拿起唇膏，輕輕地畫過嘴唇，可是才畫到一半，她就激動地哭了起來。她就坐在鏡前，看著自己一直哭，直到她感覺到自己的熱淚漸漸地變冷，下定了決心。

她趕到會場時，幾乎所有的總醫師都對她讚歎起來。那時她已經重新淋浴過一次，把自己隆重地打扮起來。她變得自信十足，而且像打定了什麼主意。她微笑著，只要等一下他來邀她跳舞，她想。

吃飯的時候，她遠遠地望見他坐在外科那一群人的餐桌上，談笑風生。這些年，他變得比以前胖了些，但他仍然是那樣的眼神。不錯，正是那樣的眼神。她已決定好了的。曾經有一年夏天，那人輕輕地握住了她的手。等一會音樂輕輕的響起，他會再度執著她的手。音樂可得慢慢的迴旋，讓他再度執著她的手，而她將告訴他這一切。

是的，燈光正暗了下來，彷彿一切都止息了。沒有苦痛、孤寂、哭泣與死亡。音樂也慢慢流出來，她就用那樣的眼眸望著他，看他正朝她的方向走過來。

「張醫師。」她幾乎可以聽見他正在喊她，而她已準備好接受他的邀請，告訴他這一切。

寫到這裡，她的故事正進入高潮，可是她已經覺得很疲倦了。那是冬夜，窗外正下著雨。她起身去替自己沖了一杯咖啡。她披起了外衣，就站在陽臺前喝著咖啡。

夜雨正在她的面前款款落下，打在屋簷上發出美好的聲響。她想起今夜的事。沒有，他並沒有來邀她，一切都沒有發生過，什麼都沒有。散場前他就離去，留下她體面而傻乎乎地在那裡笑著，接受一些禮貌性的邀舞。

她喝完咖啡，仍然坐回書桌前替故事寫下圓滿的結局。那年她三十歲，已經用筆名在報章雜誌發表過許多作品。她寫完這篇文章，躺在床上想著，也許以後不再寫任何文章了。

夜已經很深了，這些年來雖然她已習慣半夜讓呼叫器吵醒，可是現在她真的覺得疲倦。睡吧，她告訴自己，明天下午還有專科醫師資格的面試要參加呢。

性變態

老高坐在急診室的病床上，整個人七上八下地，像等待審判的心情——一會兒那些穿白制服的年輕醫師把照好的X光片拿來，可夠老高難堪的。

他坐在病床上，強忍著下腹部一陣又一陣的陣痛。急診室各科分成一隔一隔的小隔間，人潮一波一波地來來去去，有抱著小孩乾著急的父母親、受傷流著血的年輕人，還有昏迷不醒的老人家。護士小姐推著換藥車穿梭其中。空氣裡瀰漫著一種消毒水的氣味，小孩哭鬧聲、嘈雜聲、呻吟聲——可沒有誰會注意到老高的。

原本老高也是這樣想的，他一到急診室，告訴那個年輕的大夫肚子痛，大夫隨便敲敲打打，還沒等他把詳細情況說完，大夫的藥已經開好了。老高領了處方單站在那裡動也不動，十分為難。大夫可不高興了，提高聲調說：

「高先生，藥開好了，趕快去繳費領藥啊，後面還有許多人等著看病，你沒看到？」

老高猶豫了一會，決定把實情原原本本告訴醫師，於是他湊到大夫耳朵輕輕地說話。老高四川人，鄉音原本就比較重，咿咿啞啞說了半天，大夫似乎顯露出不耐煩的神色。又比畫了半天，大夫忽然聽懂了，驚訝地叫起來：

「你說你把什麼東西塞到屁股裡去了？」

老高本能地伸出雙手，做出要阻擋醫師說話的動作，繼而他看到醫師神聖不可侵犯的表情與神色，忽然又縮回了雙手。護士小姐斜眼乜了他一眼，老高也看見了。這時他忽然覺得十分羞慚，彷彿全世界的人都注意到他了。

大夫沒有一點替他隱瞞的意思，一臉不高興的神色：「剛剛為什麼不早說。褲子脫下來，躺到床上去，整個人趴著，屁股朝我。」

老高遲疑了一下，恨不得不顧一切，奔出這裡。如果是十年前，他還是士官長的時候，他一定會這麼做，哪怕外面是槍林彈雨。可是現在他老了，患有嚴重的關節退化，走路一跛一跛地，何況他又是孤獨一個人，腹部疼痛得不得了。

「快點——每個人都像你這麼慢，我們病人看不完了。」護士毫不客氣地對他嚷著，粗暴又職業性地替他脫下長褲，還有裡面的棉褲、內褲——這些女孩子，一點都不像女孩子。

大夫戴上手套，沾著潤滑的軟膏便把手指伸進他的肛門去探索，探了半天，自己笑了起來說道：

「真的很硬，恐怕是金屬——」

說著又到隔壁去找來一個年輕的大夫，笑著對他說：「過來看一個有意思的病例——」那個大夫套上手套，又重新檢查了一遍，一邊檢查也是一邊笑，說道：「嘿，這麼老的都有。」檢查了半天，脫掉手套，告訴原來那個大夫：「上次我也碰過一個，是個女的，塞了一大截紅蘿蔔，這麼長——」

他用雙手比畫了一個長度。連同護士小姐，三個人看著老高，曖昧地笑了起來。

「是根棒槌，是不是？」原來的年輕醫師問他，「真想不懂，那麼粗，怎麼塞得進去？」

這時老高抓住了機會，非辯白個清楚不可，用他那口濃重的鄉音說：「原來還有一根，我只是想用這根把原來那根挖出來。」

他們幾個人就這根、那根地搞了半天，弄得外面等候的幾個病人也進來探個究竟。一時彷彿有什麼熱鬧似地，大家都擠在急診室裡面。隔壁的年輕醫師這時漸漸把他的話搞明白，睜大了眼睛問他：

「你是說，你的屁股裡面一共塞了兩根棒槌？」

老高本來還想把事情辯個清楚，可是沒想到引來那麼多人。他又孤獨一個人，他那口國語，怎麼說，大概也弄不清楚了。人群中，有人發出嘖嘖的驚歎聲，他聽見有人低聲地形容他是「超級」的。這回，他彷彿成了示眾的犯人，讓所有的人用眼光奚落他。

他感到無限悲傷，決定閉口不再說一句話。

「你倒是說說看啊？屁股裡面一共塞了兩根，怎麼塞進去的？」人群彷彿壯了大夫的聲勢，他更提高了聲調。

老高從沒有感到這般地恥辱，他決定不管一切；奔出這個醫院。他才下床，踉蹌走了兩步，就讓人群擋著去路，大夫喊他：

「喂，你要去哪裡，先去照張X光看看，這病要開刀的——」

不知為什麼，老高低著頭，拚命一跛一跛地往前衝，擋住他去路的人，都被他不顧一切地撩撥開。護士看情況不對，連忙高喊：

「警衛，警衛——快來抓住那個老人。」

人群中起了一陣騷動，兩個警衛連忙過來抓住老高，一人抓住一邊，老高掙扎地喊著：「不要抓我，不要抓我，我自己會走——」

護士忙帶著職業性的笑臉，過來對他說：「高先生，我們這樣做是為你好，你身上有病，也許還要開刀，你不要衝動——」

醫師很快地開好了X光檢驗單，請警衛押著他去照像。並且還對護士使了個眼神說：「會診精神科的醫師過來看一下，搞不好，是那個。」他順手比著腦袋瓜，做了一個癡呆的表情。

照完像後，老高慢慢安靜下來。反正到了這裡，都豁出去了。警衛把他的手腳約束在床緣就離去了。醫師仍然帶著倦怠的神色在看他的病人。病人見到醫師，個個都是畢恭畢敬，如見神明，沒有人像他剛剛那麼失態。

他坐在床緣，下腹部仍然陣陣作痛。從他士官長退伍以後，便秘的毛病就不時地困擾他。最初醫師只是建議他多吃蔬菜、水果，定期上廁所，規律運動。後來不行了，便開始吃藥，每天睡前吃二顆，隔天早晨就有排便。於是藥量慢慢提高，到了後來，改用球形灌腸器，三天灌一次。這幾個月來，連灌腸也不行了。他只好再找醫師，醫師對他這些半大不小的毛病似乎十分厭煩。那次醫師戴上手套，替他把肛門裡面的糞便挖出來，並且告訴他——這是最後的絕招了。在他想來，麻煩忙碌的大夫做這樣的事，似乎十分過意不去。他單獨一個人住，似乎也無法麻煩別人，自己的手做起來使力十分不便，於是找到了棒槌做工具，替自己扒糞起來。幾個月下來，他已經駕輕就熟，不知道為什麼，棒槌竟然沒入肛門口裡去了。他想盡辦法，沒能把棒槌逼出來，只得忍痛用另一支棒槌去掏……

想來人老就是這麼回事，似乎所有不幸的玩笑都喜歡開到老人身上。想睡時睡不著，坐在椅子上看電視卻又睡著了。所有的事隨記隨忘，過去的事卻怎麼也忘不了。他的腿關節痛得縮成一個奇怪的角度，一跛一跛地走路，稍微動一下，回來一定腰酸背痛好久。排便十分困難，排尿也好不到哪裡去，一個晚上總要上廁所十多趟，站了十分鐘，仍然滴滴答答，好像永遠有流不完的小便……

不久，有個穿長袍的主治醫師下來了，跟著大大小小的醫師，站在閱片架上看片子。老高遠遠看就認出了那是他的片子，別的不說，光那兩根棒槌的輪廓他是熟悉的。他們討論了半天，有個人指著老高的位置，大家把目光都集中在他的身上。那些疲乏的醫師，這樣的事大概勉強能替他們帶來幾分新鮮吧。老高不敢去接觸那些曖昧、好奇、興趣的眼光，彷彿那些帶著熱力，會灼痛人的。

主治醫師沒說什麼，只對老高吩咐：「等開刀房一空出房間，我們馬上替你開刀。」旁邊的總醫師笑著問他：「要不要我們順便把盲腸拿掉，免得你的親友一來問開什麼刀，你說不上來？」

老高仍然急著要答辯，咿咿啞啞說了半天，他相信主治大夫一定沒有聽進去，或者並不想聽這些，只是風馬牛不相關地回答：「好，好，你放心，沒有關係，你的病會治好的。」

年輕的醫師已經興奮地脫下他的褲子，輪流在他的肛門做檢查。那麼多人在他身上檢查，對他而言簡直是再殘酷無比的刑罰。過了二個小時，仍然還有人從樓上下來好奇地替他檢查。通常他們都是看著X光片，比對了半天，然後對護士小姐會意地曖昧一笑，一言不發地在他身上檢查起來。

過了好久，沒有一點開刀的跡象。仍然有許多年輕的醫師來檢查老高——這個新鮮的病例，一定全醫院上下都知道了。到了第三十幾個醫師來檢查時，老高再也按捺不住心中的一股怒火，對那醫師嚷著：

「不要檢查了，不要檢查了，不要把我當做實驗品——」

一時那醫師愣住了，過了一會，也露出兇惡之臉對他說：「你搞清楚，這是教學醫院，你的病那麼偉大，別人碰不得，你不會回去自己治自己？」

護士對醫師使了個眼神，低聲地說：「別惹他了，等一會精神科要來看他，搞不好有問題。」

老高坐在那裡，護士的話他也聽到了。不知為什麼，他決定不再多說一句話，不管是誰來問他。

他想起他還在軍中的時候，從不敢有兵這麼怠慢他。即使是官階比他高的那些軍官，也都敬重他的勞苦功高以及軍中豐富的經歷。抗戰、剿匪中幾個漂亮的戰役他可也是打過了，現在他們卻把他道地地當成了性變態。這個現象怪異的社會裡的性變態。陣痛仍然一陣一陣地侵襲他，可是比那更痛的卻是那一波一波在心裡翻騰無情的浪潮。

急診室裡仍然一波一波的人潮，忙碌的工作人員、病痛的人、焦急的親屬，在繳費處吵架的紛爭，來處理車禍事件的警員……巨大的浪潮幾乎把他淹沒。比起這些，他們也許不把他的羞辱當一回事。老高想起許多事，想著想著，竟忍不住激動，任眼淚嘩啦嘩啦地滾下來，整個人嗚咽不成聲。

有個護士看不過去，過來看他，說道：「唉──唉，年紀一大把，這麼點痛就哭起來，忍耐點嘛，馬上替你開刀了──」

醫師也過來看他，他們替他打了一針止痛針。

卓越之路

醫療版上一個小角落清晰地印著「家屬至地院按鈴申告，杜醫師濫行醫療實驗」，黃清順醫師還來不及看完，便急著要趕到動物實驗室去進行今日移植實驗手術。黃清順醫師邊走邊想，杜義文那個病例他十分清楚，事實上除了那個實驗性的方法，病人可說完全絕望了。問題是杜義文大可不必不顧自己的立場去冒險做這事，辛苦不說，還得提防被病人控告。要是不管病人，落得輕鬆，死了也就死了，反倒沒有人告他。

這邊黃清順在狗身上所做的心肺移植，已經到了緊鑼密鼓的階段。許多關於心肺循環幫浦、血管接合，以及手術後免疫排斥問題都有了新的突破。老實說，他並不明白國內別的醫院已經進行到什麼地步。萬一讓別人先實驗成功，搶著發表，這幾年來一切的努力可說完全泡湯了。這對黃清順而言，是再沉重不過的壓力了。

事實上，整個實驗計畫原先是由老主任主持的。偏偏在最緊要高潮的時候，老主任倒了下去。老主任六十多歲的外科醫師，禿個地中海頭，白色頭髮滿滿地繞了一圈。知道自己得了白血病以後倒也鎮定。每天躺在病床上安安穩穩地等主治醫師畢恭畢敬送來自己檢查的資料與報告，一頁一頁專心地翻著，十分仔細，待吩咐一些治療事宜以後才讓主治醫師離去。自己不慌不忙地交代醫囑，彷彿是別人得了白血病似地。

骨髓移植以後，老主任待在無菌隔離室，變得十分虛弱。黃清順換了全副武裝的無菌裝備進去看他。整個人一點元氣也沒有，因為虛弱，身上還掛著呼吸器，不能說話，只能用筆在病歷紙上寫字，雙手顫抖，字體歪七扭八地。一共寫了三條，第一條是這裡太空，很孤單。第二條是接桂芳回來。後來老主任感染了菌血，沒多久過世，想起來就是這三句遺言。

徐桂芳是老主任的獨生女。主任太太過世以後，就剩這麼一個女兒，寵愛有加。算來徐桂芳和黃清順的婚姻還是老主任一手促成的。黃清順長得俊挺，做事俐落。狗身上做心肺移植的研究計畫早在他當總醫師那年就提出來了。當初那篇費盡心血的研究計畫在科內會議提出來時，簡直遭到了空前的批評以及指責。

「科學要植基於真理，現在連肺臟、心臟單獨的移植尚在實驗階段，心肺移植要一起進行，簡直是空想嘛——」除了主任外，杜義文算是最資深的主治醫師，連他都這麼批評，那別的醫師就更不客氣了。

論文後來經修改冠上主任的名字、醫院的招牌，投到國外著名學術刊物上去，不到半年竟發表出來了。收到刊物那天，他興奮地把論文翻來翻去，喜孜孜地拿著去見主任。主任看了作品，一番品評讚許，看著黃清順，過了好久說：「我看你是塊料子，有些話不妨直說，希望對你有幫助。這篇論文不錯，但如果用你的名字，無論如何是刊不出來的。這點道理相信你明白，我是拉拔你，至於這點名分，我是沒必要同你搶的。我喜歡你的天分，也欣賞你的幹勁。但是你的時候還沒有到，懂嗎？我們的系統熬的本事比實在的工夫還重要，你少了熬的工夫，就算我想拉你，熬得比你更久的人也是不容許的。」

黃清順愣神神地站在那裡，弄不清主任話中的含意。

主任一邊翻論文，一邊問：「黃清順，幹完總醫師以後有什麼打算？還想留在醫院嗎？」黃清順一時張口結舌，留在醫院升任主治醫師自然是人人夢寐以求的事，一時他簡直不知該如何回答，過了好久才結結巴巴迸出一句：「全看主任安排。」

主任笑著點頭，似乎十分滿意他的回答，把論文交還給他，示意可以離去。黃清順臨帶上門，忽然被主任叫住，問他：「黃醫師還沒有結婚吧？有沒有要好女朋友？」

黃清順當時心裡一愣，怎麼問這個？堆出笑臉，搖著頭說：「一直沒有時間。」

「那好，」主任綻出和藹笑容，「這個禮拜天來我家吃一頓飯，我有事和你談。」

經過老主任的介紹，黃清順便和桂芳交往了起來。徐桂芳長得瘦瘦扁扁的，專科畢業，除了眼睛大大亮亮還露出幾分秀慧之氣，就學歷、容貌、做事方面，和許多曾向黃清順表露得相當明白的護士，實在無法相較。他們說當初老主任從大陸過來，過了幾年便娶了個臺灣女人，許多事沒考慮清楚。所以桂芳的許多方面，都要算是母親的遺傳。

黃清順初想也覺得不妥當，卻完全不知道如何向主任推辭。與他住在同一個寢室的葉醫師還勸說他：「黃醫師，你可想清楚，這回是主任看上你了。別的人想去爭取，拚了命還爭取不來的。況且主任的女兒條件再差，有什麼關係？你是個醫師，娶個聰明老婆幹嘛？天天陪你勾心鬪角？娶個漂亮的到外面去招搖？你搞清楚，是主任的女兒，娶了她你一輩子都不一樣了。要是說你真的不要，那推薦我，管他缺腿破相我都不在乎。」

常常一臺刀開到下午四、五點，大夥還在手術臺上，主任就提醒黃清順：「黃醫師，等一會你不是還有個約會嗎？先下去整理整理。」在外科手術房，這些規矩相當嚴格。通常一臺刀不到完全開完包紮上紗布，所有的醫師是不下手術臺的。然而主任的意思又不得不服從。次數多了，別的醫師也弄清楚事情的脈絡，使他非常難堪，總覺得所有的人都用異樣的眼光在看他。

不知怎麼回事，後來真正結婚，對於這些細細瑣瑣的事，反而記得清楚。他心裡也明白，這些事只能順其自然，然而每次刀開得疲憊，內心煩躁時，禁不住要把一切的不快都歸到桂芳身上去。

桂芳從小任性慣了，嫁給黃清順之後雖然性情收斂了些，然而每次吵到節骨眼，不免還是天翻地覆。吵到後來，哭成淚人兒，一句話也不說，收拾行李回去找爸爸了。兩個人個性都是倔強，弄得老主任不得不出來協調。老主任每次找到黃清順，就只一個勁地笑，笑著看他，看了半天對他說：「咱們都幹外科，許多家裡的事不用明講心裡都明白。從前我老伴還在時，我也打她。現在人過世了，心裡反倒有幾分疼惜。後悔當初沒對她好。桂芳是你的老婆，我沒話說。今天這個做爸爸的只能求你。」

每次這麼歡歡喜喜，哭哭鬧鬧，事情自然也就過去了。老主任過世以後，黃清順倒有幾分慌張了，依桂芳這麼強的個性，事情真還不知如何解決。葬禮那天，擇了一塊朝西的墓地，位在坡上，直接面海，取其望鄉的含意，將來有一天去了，要遷回湖南去。黃清順與桂芳披個孝服跪著與人答禮，從頭至尾，兩個人沒說過一句話。孩子托給弟弟幫忙照顧，抱在手上，不過四歲。

黃清順想起他真正對桂芳吼過，也不過兩次。一次是開刀開到一半，桂芳打電話進來手術房，問晚上要不要回家吃飯。那臺刀開得不好，回家黃清順心情自然惡劣。桂芳已經擺好了滿桌菜。吃到一半，黃清順放下筷子，問她：「不是告訴過妳，沒重要的事別打電話進來開刀房嗎？」

說著桂芳眼淚忽然流下來，說道：「人家好心煮了一桌菜，你一句話都不說，就只會罵人？」

「哭，哭，」黃清順語氣激昂起來，「妳只知道哭，我在開刀房，開的是別人的命，妳煮飯真的這麼重要嗎？」

桂芳抽啜了一陣，抬起頭說：「就因為我是主任的女兒，你怕別人說你怕太太，怕我管你管到開刀房去了，對不對？」

說時黃清順氣憤起來，把飯菜一股從桌面掃到地面，弄得一片狼藉，罵道，「主任的女兒什麼了不起？什麼了不起？」

那菜餚翻在地上，足足有三天沒人去收拾。都快發臭了，最後還是老主任打電話請了清潔公司派人去收拾。

還有一次也是為了飯菜，湯煮得太鹹了。黃清順不高興地說：「不是告訴過妳，先加一點鹽，嚐看看，味道太淡，再加一點，妳別這麼懶，依照食譜整個幾大匙就加進去？」

後來也是起了爭執，弄得飯菜滿地。這回桂芳倒沒有哭，鎮定得出奇，收拾了行李，一字不說就走了。那滿地的菜餚留在地上，一直沒有人收拾。老主任那時才骨髓移植，奄奄一息躺在無菌室裡，再也無法起來打電話請清潔公司派人。

喪禮繼續進行，到了一半，遠遠望見院長的座車開了過來。人群間低低地起了一陣細語。院長心肌梗塞才復原沒多久，這回挺著身子也來參加喪禮。看他爬著斜坡顯得非常吃力。這麼大熱天，穿著正式的深色西服領帶，也夠折騰的。

對黃清順來說，這些老輩人物耍起權詐來精明得可怕，可是偶爾也會見到真情，那種真情濃郁得驚人。不像新一輩，權術耍得積極，整個人卻沒有一絲一毫的感情。院長致詞沒二句，就說：「徐主任是我大學時代的同學……」說著哽咽起來，再也說不下一句話。

黃清順和杜義文忙去扶在院長兩側，撐著他的身子，攙他下坡。旁人見這兩人搶了最好的位置，都不敢再去搶地盤。兩個人各扶院長一側，狠狠地互瞪了一眼。

事實上，黃醫師和杜醫師在醫院帶了住院、實習醫師各自查房，碰了面彼此互不打招呼，這是大家都知道的事。杜義文原是老主任手下最得力的主治大夫。黃清順和桂芳結婚以後升了主治醫師，不滿的人有許多，來撐腰的人也有許多。這些不滿的醫師慢慢附到杜義文的陣營中，互通聲息，和黃清順這一方的醫師處處作對。老主任過了六十歲以後，不知怎地，開始清除這些不滿的醫師，用各種漂亮的手段逼走他們。到了最後只剩下杜義文一個，他在院長那邊有人，在科內也做了二十多年，想趕他並不容易。

做動物實驗的時候，議論紛紛的人有許多。這一組都是黃清順的人，喪禮過後，早已經把黃主任的稱呼喊了出來。一個姓王的醫師說：「我聽無菌室的護理長說有一次院長去看老主任，兩個人足足待了三個多小時。老主任那麼精明，必然把身後的事都辦得俐落。他和院長感情深，就算院長不同意，就看老主任的請託，也會被他說服。」黃清順聽這些話也不置可否，只是淡淡地說：「杜醫師比我資格老得多。醫院裡面有醫院的倫理，我們別管這麼多，好好把自己分內的實驗手術完成，別讓別的醫院領先，才是最重要的。」

走出動物實驗手術室，醫院鬧得滿天飛。黃清順接到一張傳單，大標寫著：「我們不是天竺鼠！杜義文殺人償命。」有個護理長告訴黃清順：「這家屬顯然準備得十分周到，又是傳單，又是抬棺抗議的，恐怕杜義文很難擺平了。」

黃清順站在走廊看發放傳單的人以及那一陣混亂。杜義文不曉得什麼時候才肯出面。他想起家裡還有撒了一地的菜餚，微微發臭，忽然對這一切感到十分厭惡。也許他早該脫掉白衣服，別幹這一行的。

或許當初真該不顧一切走的。那時當完總醫師就是想跑，一邊申請學校準備出去美國唸書，一邊辦機票。機票還沒辦出來，就讓主任找了去。主任問他：

「聽說你申請了學校，準備出去再讀書？」

黃清順點點頭。主任又問他：

「你和桂芳的事，有沒有什麼打算？聽桂芳說你們一直還交往的不錯。」

黃清順立在那邊，一句話都說不出來。

主任迴轉他的大背椅，轉過身背著黃清順像是陷入嚴重的沉思，過了好久，才轉過身來，長長地嘆了一口氣，說道：「好吧——我也不再多說。但是有一件，你一定要答應我，就是得和桂芳說清楚。」

黃清順點了頭說好。出了辦公室，把桂芳約出來，左談右談，隱約轉折，弄得桂芳迷迷糊糊地。待到後來，桂芳弄清楚了，竟哭泣起來。那是有始以來，黃清順首次看她哭，她從小讓父親慣著，生起氣來無可忍受，哭泣撒嬌卻有了那麼幾分動人，她擦著眼淚楚楚可憐地說：「我知道你不要我了……」

黃清順直哄她：「不是啊，我只是去讀書。」

後來又談了幾次還是不可收拾。黃清順眼見不行了，只有匆匆辦了機票，簡單行李，帶了一筆錢，先飛過去再說。卻沒想到在行李託運處遇見了桂芳，她笑嘻嘻地對黃清順說：「我想了很久，終於痛下決心，乾脆跟你一起去美國算了。反正綠卡我有，對你也比較方便。我們在美國結婚，此這兒方便多了。」

「主任知不知道？」黃清順嚇白了臉。

「你忽然提早要走，我匆忙忙訂了你那班飛機的機票，還來不及告訴爸爸。反正到了那邊我就全靠你，爸爸也會匯錢過來，我沒什麼好害怕。我告訴你，這些事都是我自己一個人偷偷去辦的，我從來沒這麼勇敢過，這全都是為了你。」

「桂芳，妳聽我說，」黃清順急得有些口齒不清，「妳別這麼任性。」

「是你任性還是我任性？」桂芳定定地看著他。

廣播響起了該班次客機人員進入海關檢查的播音。兩人在那裡定定地看著，直到桂芳撲簌簌地落下眼淚。

「當初你親口答應爸爸要和我說明白才走，現在卻不清不楚地。你知道，全醫院都知道我們的事了，你這樣一走，以後我怎麼辦呢？」

黃清順站在那裡看她。命運是一件很神奇的事物，為了遵照一切命定的安排，命運可以在轉折點的地方，不顧一切自然法則地改變了一切。就那一刹那，黃清順看著桂芳，覺得這楚楚可憐的女孩，竟也有一分強悍的力量，深深地懾動他的靈魂。

他們坐在計程車上，黃清順探頭出去看與他們比肩齊飛的飛機，漸漸飛高。像是兩條截然不同的命運，從同一點慢慢地叉開了。

結婚以後，兩個人開始編織起新的美夢。桂芳估計著說：「要出國也不忙著現在，主治醫師先幹個一、二年，請爸爸用醫院的名義幫你找個最好的醫院到美國受訓。我陪你一起過去。將來爸爸退休了接爸爸的主任職務，反正你還年輕，好好幹，以後當了院長都說不定。」

然而接下來不斷的爭吵、事件，使這些理想沒有一個實現。老主任怕黃清順不是美國學回來的，將來接主任有人說話，特別把他原來那個心肺移植的計畫找出來，花了大筆經費、購買設備以及延聘各方面專才來協助，從美國請醫師來演講，斷斷續續做了四年。臺大方面起步得晚，但也一樣在做，競爭得相當激烈。卻在最後一隻狗心肺移植才做完，就傳來桂芳服用過量安眠藥，被送到急診室的事。那是那次為了菜湯過鹹吵架，桂芳離家出走幾天後的事。老主任虛弱地躺在無菌室，手寫接桂芳回來，恐怕也是隱隱約約知道了這些事。

黃清順氣急敗壞地到急診室要抱走桂芳，她整個人還昏昏迷迷地。急診室的醫師勸他：

「黃醫師，黃太太現在還沒完全清醒，再留一陣子觀察，恐怕比較理想吧？」

黃清順破口大罵：「就算死了，也不能放在這裡丟人現眼，真是丟人現眼。」

懾於黃清順的主治醫師地位，急診室的住院醫師們也不再多說，讓黃清順把太太抱了去。過了兩天，桂芳自己清醒，沒頭沒腦又溜走了。

黃清順全心全意在狗身上轉，老主任的病情，還有其他許多事情都讓他身心俱疲，再也沒有時間管到桂芳。尤其後來那幾天，黃清順耳聞臺大已經用另一種手術方法完成了心肺的手術移植。現在一切的希望都寄託在狗的身上，誰的狗多活一天，誰就贏了。每天黃清順去看那幾隻狗。實驗用的狗鑑於噪音，都事先破壞了聲帶，呵——呵——地虛叫著。黃清順指示運用一切的抗生素、抗免疫藥劑，來維持狗的生命。

主任過世後一個禮拜，人事命令仍然沒有下來。主任的位置仍然懸缺。這一點倒令人有些奇怪，平時多半不會這麼晚的。

有個姓林的醫師跑來向黃清順報告：「我有個醫藥版的記者朋友告訴我，臺大的狗已經活了三個禮拜，再一個禮拜，他們就準備發布消息了，看來我們要快一點。」

黃清順屈指算了算，自己的狗才活了兩個禮拜左右，看來再耗下去，絕對沒什麼好下場。他問林醫師：

「我們的狗能下來走嗎？」

「滿虛弱的，但是可以試試。」林醫師說。

他們把狗牽了下來，慢慢地走著。一邊走，一邊想，黃清順告訴林醫師：

「你去找總醫師安排記者會，明天就開。」

「但是才活了兩個禮拜？」林醫師滿臉疑問。

「那你還希望牠活多久？兩個禮拜夠久了。記者只喜歡頭條新聞，大眾才弄不清楚牠到底活了多久呢。」

隔天，果然各報都派來醫藥版的一流記者，擠得會客室滿滿地，黃清順西裝筆挺地坐在席間，侃侃而談這是多麼偉大的壯舉，花費了無數的心血，是怎麼樣空前的實驗，對未來人類將有如何的貢獻。到了晚上，在電視新聞上，黃清順看到了自己牽著狗，悠閒地走來走去。

假如這就是成功，他也說不上來是什麼滋味。他聞到了好幾個禮拜前菜餚散在地上發出的發酵味。不知道為什麼，關上電視，他忽然很想去收拾那些亂七八糟的事物。他一分一分地撿著那些乾癟的飯粒與菜餚，想起自己的過去，也曾經是一個無限潛力的年輕人。生活就是那樣，慢慢你獲得了夢寐以求的事物，卻一寸一寸地失去了激情與活力。他也曾拒絕過桂芳，拒絕過桂芳後面的一切，毅然地飛到美國去。假如真的去了，他所擁有的美夢與理想，也會像這樣支離破碎地實現嗎？他漸漸變成自己曾經痛恨過的人，可是走上了這條卓越之路，他絲毫沒有辦法阻止自己。或者他只是拐了一個彎，繞了遠路，走到這裡來？他想著，生活也像那些菜屑，只是曾經擁有過意志的屍身，慢慢發酵、變臭了，卻又不得不去收拾它，他想著想著，感到無限地痛苦。

過一日，醫院前面放起了鞭炮，震聲連天。黃清順趕到醫院時，人事命令早已貼在公布欄上，大家都黃主任長、黃主任短地喊他。連院長都親自來道賀。這時黃清順才慢慢悟出人事命令要等到今天公布的道理。

鞭炮聲中，葉醫師悄悄地附到耳邊說：「杜醫師已經準備辭職了，病人那邊他也打算賠償，你看還要不要再鬧下去。」

黃清順笑了笑，心情特別愉快，也附到葉醫師耳邊去說：「這樣就可以了。給他們家屬一些錢，讓他們罷手了。至於杜醫師那邊他們要敲多少，那我不管。」

鞭炮弄得一陣煙霧迷濛，揚起輕塵，滿地都是鞭炮屑，只是熱鬧。黃清順定定地立著看那一陣，心裡有種很複雜的感覺。他想起他的孩子寄放在弟弟家，老是隨著弟弟的孩子叫自己伯父。還有桂芳，這回不知跑到哪裡去了。他忽然很想去找他們回來，好好地愛他們。他也需要有人好好地愛他。是的，假如身後那一片混亂也能夠收拾的話，他是願意不計一切代價的。

天堂的小孩

當他面對
迎面而來的乳白色豪華轎車時，
有種無法抑遏的衝動催促著他，
他暫時忘記
那是帶著死亡的無情機器，
彷彿那迎面而來的，
正是滿溢的美好、富貴與歡樂……

1

現在華醫師拿著病歷及病理報告，站在病房走廊前面，清晨白花花的陽光從盡頭窗口射進來，在他身後拉著影子。才過十二月，病房有模有樣地布置起耶誕燈飾。鎮日裡病房播著耶誕音樂，空氣裡到處都是愉快的氣氛。可是華醫師心裡並不輕鬆，他深吸一口氣，走進第二十五病床，然後他聽到自己吐氣的聲音，像是嘆息，又不盡然。

病童的母親挺著大肚子，交抱著手，焦躁地在病房踱來踱去。

「你們倒是想想辦法，想想辦法呀。孩子每天這樣叫，難道你們聽了心裡不會痛？

你們只會檢查、檢查。每天就會抽血、照X光、肝穿刺、抽骨髓液，什麼結果都沒有，我的孩子又不是標本……」

果然王太太一見到華醫師過來，連珠砲似的抱怨便劈頭而下。過去一個多禮拜，這個懷孕的母親，指責這個又指責那個，她和兩個護士、一個實習醫生吵過架，沒有人能使她安靜下來。

她的孩子，明顯得了某種怪病。她看著他腦殼一天比一天還要大，醫師卻無法確定那是什麼。他們在別的醫院檢查了一個月，找不出病因。現在他們轉過來這裡，一切重新開始。她仍然對每件事不滿意，和所有的人吵吵鬧鬧。

「天啊！誰來救救我們。」她交抱著手，誇張地擺動頭部。

護士小姐正替小病人注射靜脈點滴。那隻羸弱的小手臂，早布滿了瘀青以及坑坑洞洞的針孔，病人又這麼小，因此很難找到一條合適的靜脈。病人雖然神智不清楚，卻讓這樣的場面訓練出了反射動作。有三個強壯的護佐壓住孩子的手腳，免得他驚慌亂動。

華醫師蓬散著頭髮，立在旁邊看，沒說什麼。他一張孩子氣的臉，在那副邋遢裡，顯得格外純淨。等護士打好點滴，又把孩子的手腳穩穩地固定在病床兩側之後，他才走過去，看孩子的眼瞼、雙手，摸他的頸子、腹部，還用聽診器在孩子胸部聆聽。

「不能老是打止痛藥呀，你看他瘦成這樣。昨天晚上發燒，找值班醫師，醫師也下來，交代護士給一個冰枕。整個晚上燒還是退不下來，早上又吐了三次……」華醫師邊檢查，王太太便在旁邊不停地嘮叨。

「王太太，妳聽我說，」華醫師檢查完畢，臉上略略有些不耐煩。「我們昨天下午才接到病理報告。我希望妳心裡有個準備。小孩子的毛病已經診斷出來，是白血病。」

「白血病？」

「是的，我們早上才開過討論會。白血病是很麻煩的毛病。根據電腦斷層顯示，癌細胞目前恐怕已經蔓延至全身，連腦部都受到侵犯……」

「你是說，我的孩子不會再清醒過來？」

華醫師看著她，沉靜地點頭。

王太太覺得軟弱無力，退倒在病床邊那張大椅子上，她身旁都是零零碎碎的牛奶罐、奶瓶、水果刀、剖開的西瓜、鬧鐘、玻璃杯……她把臉埋在手掌裡，沉默不語。過了一會，華醫師聽見呵——呵，急促的聲音，他看不見她的表情，可是他知道她在哭泣。

華醫師覺得抱歉，不知道為什麼，他覺得整件事都是他引起的。他把一隻手搭在她的肩上，輕輕地問：

「我能幫些什麼忙嗎？」

沉默持續著。習慣了吱吱喳喳的嘈雜，突來的沉默反倒叫人驚心。過了好久，王太太把頭抬起來，淚水已經流了滿頰。

「我需要安靜。」她說。

華醫師不再說什麼，靜靜退出病房。耶誕音樂仍然響著，節奏裡隱隱約約可以聽見叮叮噹噹的馬車鈴聲。他看見遠遠的地方，梁國強背著小背包，一隻腿打著石膏，正嘻嘻哈哈和護士小姐嬉戲追逐。笑聲與歌聲之中，他彷彿看到了上帝派來的小天使。可是那只是他的新病人。早上他們也討論過這個病例。外科開完刀，轉過來的病人，等一會華醫師必須去看他。

2

盧倩如匆匆趕到醫院接班，她從更衣室換好全白護士制服走出來時，哇地叫了一聲。不知什麼時候，護理站架起了一棵和她一般高的耶誕樹，纏著閃閃發亮的燈飾。

護士們收到許多出院的小可愛寄來的耶誕卡片。她們把卡片夾在耶誕樹上，遠遠看去白花花一片，積雪似地。每天都有家長急著要孩子出院回家。年節愈近，醫師們愈因循苟且。像耶誕老人，把出院許可禮物般地分送。出院的病童，買了禮物，堆在耶誕樹下。病房愈來愈空，結果堆在樹下的禮物愈來愈多，照這樣下去，不但病童有禮物，恐怕連醫師、護士都能分到一份。

梁國強和護士小姐漸漸熟了，每天都來纏著護士。

護士小姐有好多工作要做。她們要換床單、記錄體溫、脈搏、呼吸、血壓、訪視、準備點滴、器械、聯絡醫師……有時梁國強也幫忙收拾一些垃圾。盧倩如借他一把聽診器，他便拿著到處去聽別人的胸膛。

護士小姐在護理站忙得團團轉，梁國強便站在護理站前面自言自語：

「我剛剛去遊戲室，有套圈圈十二個，電動玩具兩萬五千分，走迷宮四十二秒……」他瞪大眼睛看著每個護士忙來忙去，沒有人理會他。便自顧自跑到遊戲室去玩，過了一會，又跑回來報告：

「我這次套圈圈套了十三個，但是電動玩具只有一萬八千分。」

盧倩如工作停下來時，便逗著梁國強玩。他總是背著一個小背包，寶貝得很。每次盧倩如想看那個小背包，兩個人在病房的走廊嘻嘻哈哈地追逐著。那背包到底隱藏著什麼秘密，盧倩如並不真的有興趣，她只是喜歡那樣捉弄他。

有一次盧倩如問他：

「你住在這裡快不快樂？」

「快樂，」孩子睜亮眼睛，斬釘截鐵地回答：「我希望一輩子生病，永遠住在這裡。」

這是她首次聽見有人願意一輩子住在醫院裡，盧倩如笑笑，摸摸孩子的頭。

盧倩如很喜歡梁國強。她知道他是華醫師的病人，對他特別好。

說不上來為什麼，這幾天她總是想起華醫師那略帶稚氣的臉孔。從臺北到桃園的車程不過是三十分鐘，他們曾坐在一起喝果汁，說說話。也不過如此，這一切都發生過了，又好像什麼都沒有，她對所有的感覺都掌握不住，無法確定。

「到哪裡？我送妳過去。」那天下著雨，同樣是下班時刻，她在門口遇見華醫師開著車子過來，華醫師開門請她進來。

「我想回桃園，」她想起和華醫師不熟，「送我到車站就好了。」

「妳每天從桃園趕過來上班？」

「不是。」她在醫院附近賃屋。可是她並不想回到那個小空間去。儘管她可以替自己買盒餅乾、可樂，扭開電視，任那些通俗的笑話以及千篇一律的情歌將自己淹沒。她也可以洗個澡，躺在棉被窩裡看新出版的小說，任自己沉沉睡去。可是明天很快就會追上來，她厭倦這無窮無盡的循環……

他們停在車站候車，雨勢愈來愈大，車班都誤了點。華醫師問她願不願意喝杯飲料，她笑了笑，兩個人便坐在餐飲部聊天，隔著玻璃窗，看臺北市的繁華。後來天都黑了，華醫師便提議送她回桃園。

車奔馳在高速公路，才過林口，濃霧就落下來。汽車走得很慢，路燈在黑暗中照出一片一片偏藍的光暈。到了交流道，燈光變成排列的昏黃，在霧氣中透著模糊的亮麗。

不知怎地，她覺得好累。幾年來，她一直都是一個好護士，病人家屬把她們當傭人對待，大牌醫師無理的責罵、繁重的瑣碎雜務，沒完沒了的病痛、呻吟……她的薪水不高，可是幾年來她從不曾忘記臉上掛著微笑，努力工作。現在她平淡著一張臉坐在車內，忽然便覺得累了。好希望找個地方安歇下來。像華醫師的汽車一樣，一個擋住外面風、雨、霧以及黑暗的地方。

車過收費站，她不知不覺地唱起那首憂傷的歌。那首歌並不算憂傷，她不過是習慣那種唱腔。

沒錯。

他在病人右側大腿X光片發現金屬留置物，顯示右側股骨曾經發生骨折，打上固定鋼釘。此外，右側鎖骨、肋骨以及橈骨、尺骨遠端也發生過骨折，有明顯的癒合不良。

「妳看這裡、這裡、還有這裡都曾經骨折過。」華醫師指著X光片告訴護理長。

「警察說這個小孩子有不少竊盜前科，是個慣竊，會不會是被修理的？」

「慣竊？」華醫師不說什麼，卻有些驚訝，他直覺那是一個羞澀的孩子。

然而更叫人驚訝的卻是X光片上那些傷勢。一個十歲不到的孩子，彷彿經歷了一場戰爭，才從戰場後送回來。

護理長扠著手，安靜地看那些底片似的片子，並不時發出嘖嘖的聲音，像是驚歎，又像是惋惜。

護理站有人喊她。「喔——」護理長回過頭準備離開診察室，走了兩步，忽然想起什麼，轉身告訴華醫師：

「我差點忘記，我們大夜班護士要我交這個條子給你。」

那是一張普通的紙條，寫在病歷紙上，工整地對半摺，上面釘著釘書針。可是護理長臉上卻充滿了曖昧的微笑。

「謝謝。」華醫師向護理長點點頭，接過紙條，順手放進裝聽診器的口袋裡。

等到護理長離開後，他又不經意摸到口袋那張紙條，便把它拿出來，小心翼翼地打開閱讀。上面只有一行簡短秀麗的字體，寫著：

你有興趣參加醫院的耶誕舞會嗎？

華醫師看完紙條，若無其事地放回口袋去。他仍抱著手，百思不解地盯著那些X光片看。可是他的臉頰和耳朵漸漸紅熱起來，心臟怦怦跳動。他有一種錯覺，以為全世界的人都看到了那張紙條。

4

陣痛持續著，這幾天孩子不斷地在肚子裡踢她。

產科門診候診室零零散散坐著孕婦以及陪伴她們的男士。門口高掛著號碼顯示牌，每跳動一個數字，護士便呼喚一位孕婦進去應診。落單的男士並不自在，他們抱著手，故作鎮定地在門口踱來踱去。

幾個禮拜前她的男人撥了一通電話回來，告訴她船在加勒比海。那是越洋電話，電話費很貴，聲音沙沙的，不太明晰。他問她家裡好不好？孩子好不好？錢有沒有收到？他寄給她一條印第安人的項鍊有沒有收到？她握住話筒，很緊張，不知道該說些什麼，末了她告訴他，小維在發燒。三分鐘的時間很短，話機裡嘟嘟地響，她聽見他的聲音，帶小維去看醫生，聲音夾雜在嘟嘟的干擾聲中，像溺水的人，發出求救的呼喊，那線路陡然就斷了。她握住話筒，聽見嗡嗡的聲音，心裡有無限的委屈。她坐在椅子上，丟下話筒，便顧不得一切，開始抽泣……

他們在法院公證結婚，那時候懷小維已經三個多月。三個多月的小腹，穿著白紗有些勉強。雙方家長都沒有來，零零星星只有幾個朋友。結婚場面上，她故意把肚子挺得高高地，希望所有人都看見了，那會使她好過一些，她並不是恨她老頭才那樣做。

她從來不曾愛一個人愛得這麼辛苦過。即使生下小維後，老頭為了這件事仍不肯原諒她。過年時她打電話回去問候，父女就在電話中吵了起來。老頭是個退伍軍人，有時候她會忽然同情起他戎馬淒涼的一生來。可是一旦他們吵開來，她全忘了這些事。老頭拿對付共產黨的本領對付她，而她正好也繼承了他頑強，不畏強權的性格。

春天的時候，她的男人回來。孩子揮舞著圓胖的臂膀喊他：

「爸爸。」

那個眼裡閃動孤寂的男人，跑遍了全世界。海洋、風雨波濤、寂寞、痛苦都來煎熬，他低頭默默承受，不肯多說些什麼。可是現在他手裡抱著肥肥胖胖、嫩嫩圓圓的孩子，眼淚卻爬了滿面……

那時候小維已經快滿一歲。過去一年裡，只有這個孩子陪她入睡。她輕輕地哄他，教他喊「爸爸」。一遍又一遍，孩子睜著雪亮的眼睛，真純地看著她。他不曉得爸爸是什麼東西。

「王太太。」護士喚她。

她走進診療室，看見產科醫師笑嘻嘻地看她，她也朝著醫師笑笑，褪下衣褲，坐上診療椅。

「看來這一、兩個禮拜就要臨盆了，」做完內診，他把手套丟進垃圾桶，又在她的肚子上這邊按按，那邊摸摸，「孩子的爸爸在外面嗎？」他問。

「他很忙，沒有空來。」

醫師點點頭，沒說什麼。他在她的腹部塗滿膠液，從抽屜摸出胎音聽診擴音器，開始在上面搜索。

她半躺在診療椅上，望著天花板，感到無助。她很後悔整個春天他們的愛情都化成了口角、爭執、冷戰，相對的折磨。這一切對他們來說都太不公平了，可是他們都不曉得該抱怨誰，只好彼此抱怨，在對方身上發洩。在一個風雨的夜晚，她的男人打翻了桌上的菜餚、酒瓶，離開這個家便沒再回來。差不多是一個月之後，她收到那男人從關島寄回來的信，以及一張二十萬元的支票……

咻，咻，咻——聽診器在左上腹的方位停了下來。透過擴音器，發出動人的聲響。

「妳聽。」醫師告訴她。那是胎兒的心跳，咻，咻，咻，節奏很快，像蒸汽火車在鐵軌上走著。她閉著眼睛，感到無限安心。咻，咻，咻，那是她聽過最美好的音樂，她希望能一直陶醉在這樣的音響裡，永遠不要醒來。

「我可以多聽一會兒嗎？」她問醫師。

「我們還有很多病人。」護士對她不友善地瞟了一眼。

「孩子很好。」醫師安慰她，移開聽診儀器，給她一張衛生紙，擦乾腹部的膠液。

王太太乖順地擦掉膠液，整好衣服，可是她仍然坐在診療椅上。

「還有什麼問題嗎？」醫師問她。

「我想知道白血病會不會遺傳，我的另一個孩子得了白血病，他已經昏迷了一個多禮拜。」

「白血病不會遺傳。」

她不安地看看護士，又看看醫師。「那我的孩子會不會醒過來？」

「這恐怕妳要問小兒科醫師才知道。」

「他們說他不會再醒過來。」

醫師沒說什麼，帶著抱歉的眼神看她。

護士催促她從診療椅下來。她看見另一個孕婦已經走進來，尷尬又客氣地對著她笑。

離開診療室，她走在門診部的大廳裡，現實又一步一步地來窺伺她、逼她，要榨乾她生命的一點一滴。她看見嘩啦嘩啦的人群，生老病死的人群。她的男人、小維、她的老頭，無窮無盡的這一切，而她只擁有一個小小的胎兒，咻咻咻地在她肚子裡跳動著，跳動著她生命中僅有的一點點樂趣。那聲響在她腦海裡，愈來愈大，愈來愈響……

她走在大廳的中央，聽見有人喊她王太太，一陣虛弱，便在那裡癱軟下去。

5

夜深之後，華醫師從病房忙完走出來。盧倩如坐在護理站寫病歷，一盞桌燈照著她的側面。華醫師站在那裡、隔著距離看她。她抿著嘴，那唇很厚，透著紅。削瘦的側臉不知怎地帶著冷峻，可是笑起來的時候，溫柔與嫵媚便都有了一些。

一個護士推著藥車與華醫師交會而過，他們淡淡地交換微笑。病房靜寂寂地，只有護理站前的燈飾，一閃一閃地明滅著。

那天落著雨，盧倩如撐著傘走在雨中。華醫師開車過去，遠遠瞥見她的側影，倏地覺得驚心動魄，他以為看見了十年前的黃雅雯。霎時之間，沉澱在靈魂深處那些不安的成分又再度被翻攪起來。後來他們在車站餐飲部喝果汁，華醫師仔細端詳她，才覺得她們並非真的那麼酷似。可是說不上來理由，有些什麼淡淡地挑起往事種種……

和黃雅雯分手時他還只是個醫學生。別人都笑他傻，說黃雅雯甩了他，他也不說什麼。有個男孩子和黃雅雯發生了肉體關係，打電話來問他們從前是否也做過同樣的事。他想知道黃雅雯是不是隨便的女孩子。

「請相信我，這對我很重要，」那聲音很誠懇，「我本來只想和她玩一玩，可是現在我已經無法自拔……」

「你聽著……」

他握住電話，無名火冒上心頭，可是他隱約感覺出那個男孩的痛苦，又沉默了。無可置疑，黃雅雯相當美麗，甚至美得致命。他那時候初戀，把一切對愛情、生命的憧憬都寄託在那上面。

「以後畢業了，我們結婚，就到一個沒有人願意去的鄉下開業行醫。我們要蓋一棟大房子，還有最好的設備和器材。天沒亮就醒過來了，我們要穿上漂亮的衣服，手牽手到田間去散步。這時候，如果剛好有個農夫經過，他會高興地與我們打招呼，心裡想著，啊，這是華醫師和他最美麗的情人……」

「我們還要養一隻狗、一隻貓咪，還有一對鵝。」黃雅雯興奮地補充。

醫學院的男生教他，去牽她的手。把手搭上肩膀。在她耳邊輕輕說話。然後吻她的頰，然後是唇、舌，伸手過去輕輕愛撫……然而大部分時間他只是像個大孩子似地看著她。「妳好美。」他稱讚她。此外，他什麼都沒做，生怕一不小心，就要把一切都捏碎了似。他覺得光是美麗也可以是一種莊嚴，而那份莊嚴，正好牽動他生命中的一些什麼。

分手那一陣子，課業繁重，心情不好時乾脆一頭泡到解剖實驗室去動手剪那些屍體、對照圖譜，藉著工作麻醉自己。很晚了，助教便把鑰匙交給他。空蕩蕩的實驗室只剩下華醫師、一盞孤燈，還有十幾具默默平躺的屍身。他向屍身訴說自己的心事，屍體都靜靜地聆聽。偶爾，他剝開一層肌肉的內裡，它們便回報他辛辣的福馬林氣味，薰出眼淚來。他的眼淚一直流，停不下來。

後來他還在校園裡見過黃雅雯。身邊總伴隨著不同的男孩子。各種惡劣的言語在校園中流傳著，有一次，他在社團裡面親耳聽見一個高年級學長敘述著與黃雅雯從舞會到上床之間，一夜的過程。那故事很精采，帶著趣味性，可是他的態度很睥睨，像敘述一次作弊經驗似地。他還批評黃雅雯的身材。後來聽說她訂婚了，準備嫁給一個實習醫師。可是隔不了多久，他們發生爭吵，她的未婚夫把戒指要了回來，還從樓梯口把她推下去。有好長一陣子，她打著石膏，在校園裡走來走去。

畢業之後，華醫師在電視看見她參加歌唱比賽，挑戰失敗。後來她變成了一個益智節目的助理小姐，也在電視劇裡演過幾個角色。報紙偶爾刊刊她的泳裝照片，和一些著名男星若有似無的緋聞。她改了幾個藝名，似乎一直沒有紅起來。後來嫁給了一個華僑，結婚的時候，還寄了一張紅帖子給華醫師。

華醫師三十多歲的男人，愛情當然不再是生活的全部，可是有時候他覺得能像學生時代那樣理直氣壯哭一哭，總是好的。他覺得自己的愛情，漸漸和櫥窗上擺著的商品沒什麼兩樣，有世俗傾向，也有市場機能，可以比較，也可以討價還價。科主任、護理長、老病號都樂意把自己的女兒、妹妹、親戚朋友，甚至鄰居的女孩介紹給他。有時候拗不過這些門當戶對的人情世故，只得硬著頭皮去應付。當然這些過程他都熟悉，一群人努力營造融洽的氣氛，誇張或者含蓄的歌功頌德，臨時有事必須離開的不相干人士，然後他帶著一個陌生的女孩去散步、看電影、聊天……

幾個禮拜以前，華醫師在急診室值班，救護車把黃雅雯送進急診室來。她服下了二十幾顆安眠藥，那劑量並不足以致命。她歇斯底里地和她的丈夫又吵又鬧，內科醫師很費力才把她鎮壓在病床上，插上胃管，替她洗胃。後來她終於沉沉睡著，華醫師過去看她，他聽見一個影劇記者告訴內科住院醫師：

「這種小牌歌星鬧鬧自殺沒什麼大不了。我們看多了，也沒什麼人稀罕。這條新聞，影劇版的花絮搞不好還擠不進去。」

華醫師覺得黃雅雯那張臉，已經沒有記憶中那麼美好了。滄桑的歲月一點一滴地吞噬著她。華醫師想起他們曾經有過美好的夢想，便覺得無限淒涼。生命中一切的單純與美好，稍不留神，就變質了。生活很快變成回憶，熱情又立刻化為嘆息，一切都在沉淪，無法倖免……

現在他看見盧倩如坐在那裡，說不上來為什麼，忽然覺得很安心。彷彿那裡仍有一個潔淨明亮的地方，他可以沒有感慨。

「華醫師，」盧倩如看見了他。她去冰箱端來一份切開的蛋糕給他，「我們病房的吳小姐結婚了，請大家吃蛋糕。」

華醫師接過蛋糕，咬了一口，覺得甜甜的滋味。或許活著需要一些錯覺吧？他想。

「我收到妳的紙條。」他淡淡地說。

「這句話算是一種邀請嗎？」她笑咪咪地看他。

華醫師拉開笑臉，對她點頭。

發藥的護士已經走回來了，遠遠就扯著嗓子大嚷：

「好啊，我還以為蛋糕吃光了，原來被盧倩如藏起來，留給華醫師吃……」

6

盧倩如在電梯裡，看著指數往上升，擔心錯過了查房、護理長交班的時間。電梯停在七樓，一打開門，她就聽見玻璃摔在地上，傳來清脆的破裂聲。

「玻璃杯這麼一碰就破，我的孩子是肉做的，車子這樣撞，不會痛嗎？我問你們，你們的心肝是不是肉做的？你們到底有沒有良心？」

她一眼看見華醫師和梁國強在人群裡。似乎發生了什麼事情，護士都圍在那裡，並不急著交班。一個三十歲左右的女人正和另一對夫婦爭得面紅耳赤。那女人披頭散髮，一身看來昂貴的衣服，可惜幾天沒換洗的樣子，有些髒髒綯綯。

「別做賊喊捉賊。上次拿走五萬，前天三萬，說要幫孩子買牛奶、營養品，現在牛奶在哪裡？我問妳，妳來醫院看過孩子嗎？妳盡了母親的責任嗎？」

「你們撞了我的孩子，我沒去警察局告妳，現在妳反過來問我有沒有盡責任？今天我就要盡母親的責任，找警察來評評理……」

「妳以為我們怕妳？」那個太太閃身過去抓住小孩，粗魯地翻起他的上衣，「好，讓警察來看看孩子身上的傷痕，看看妳這個盡職的母親，到底怎麼細心照顧妳的孩子——」

梁國強的母親氣得滿臉通紅，粗暴地推開那個女人，不由分說，一個巴掌朝孩子啪地刷下來，破口大罵：

「你什麼都翻給別人看，你變成了誰的兒子？」

「沒有。」孩子撫著熱臉頰，低下了頭。

「沒有？警察都來參觀你身上的傷痕了，你還沒有？」女人歇斯底里嚷著。她本來還要衝上去給孩子兩個巴掌，被護佐攔住。

華醫師機警地蹲下身，抱起孩子，對孩子的母親說：

「別在這裡打小孩，他是我們的病人。」

「是誰三餐給他吃，三餐給他穿，辛辛苦苦養他這麼大？我沒權利打他，誰有權利打他？」

孩子在華醫師懷裡，不安穩地掙扎，他乞憐似地哀求著：「媽——」

「別叫我媽，我告訴你，你現在恨不得我死，有一天我真的死了，你也不會快活到哪裡去。」

「沒有，我沒有。」淚珠從孩子眼眶轉出來，他愈哭愈傷心，終於掙脫華醫師的懷抱，不顧腿上的石膏，從護理站那邊一跛一跛地衝過來。

「梁國強。」華醫師在後面追他。他們在另一側走廊盡頭的窗戶前停了下來。這邊爭執仍斷斷續續進行著。盧倩如看見華醫師和梁國強一大一小站在窗戶前面說話，她聽不見他們說什麼。後來爭執停了，華醫師也說服了梁國強，抱著他走向病房這邊來。

華醫師經過護理站時對盧倩如無可奈何地笑了笑。她知道那笑裡有很多意思，可是華醫師現在沒有空解釋。

7

「從前我也讀過小學，讀了半年。我記得有一次，我數學考一百分，老師還稱讚我是一個好學生呢。」

現在梁國強想起了過去那些美好的日子，他站在病房走廊盡頭看著窗外。華醫師就站在他的身後。

「你想不想回學校讀書？」華醫師問他。

梁國強點點頭。沿著他的視線望過去，是對街國民小學的大操場。廣播系統播出導護老師的聲音。然後是愉快的進行曲。整個操場密密麻麻布滿了掃地、排隊，準備放學，歡樂而吵鬧的學生。

「以後我有了錢，要創辦一所大學校，請所有的小朋友都免費來讀書。」梁國強淡淡地說。

「你是說你們沒有錢，所以不能繼續讀書？」

「我們是沒有錢，」梁國強笑笑，「可是有時候我媽媽忽然賺了很多錢，她會抓一大把鈔票塞在我的手裡，花都花不完的錢……」

「我小時候根本沒有什麼零用錢。」華醫師從口袋掏出口香糖，遞一片給梁國強。

梁國強接過口香糖，剝開包裝，塞進嘴裡。

「那你媽媽對你不錯。」

「嗯。」梁國強回答華醫師。

咀嚼著口香糖，他想起在高雄那次，媽媽臨時拉了一個男人回旅社過夜，把他藏在衣櫃裡。他從衣櫃縫隙裡，睜著眼睛看那男人粗魯地剝去媽媽的衣服，還在床上赤裸裸地幹那件事。媽媽平時板著臉孔，可是那次梁國強聽見她哼唧哼唧的呻吟以及浪蕩的笑聲，使他感到非常不安。他知道媽媽戴著假面具過日子，可是他分不清到底是那張正經的臉，或者是蕩笑的臉才是她本來的面目。

後來他在衣櫃裡放聲哭了起來。赤裸的男人循聲打開衣櫃，不可置信地搖晃他的頭。他匆匆穿上衣服，丟下一疊鈔票，說什麼都要離開這個房間，見了鬼似地。

那個晚上媽媽喝得酩酊大醉回來，見到梁國強就是拳打腳踢。

「我到底前輩子造了什麼孽，跟著你這個拖油瓶……」

雨點似的拳腳，落在梁國強身上。他害怕地縮在牆角啜泣，不敢發出聲音。直到她一點力氣都沒有了，癱坐在地上，抱著梁國強痛哭。

「我可憐的孩子，媽媽對不起你……」

她總是威脅著要打死梁國強，然後撞牆自殺。然而吵吵鬧鬧之後，她就抱著他痛哭，那是他的媽媽，梁國強早已習慣。可是那以後，他便不曾和媽媽一起睡過。不知為什麼，他對媽媽的身體下意識裡有種嫌惡。他們從臺北流浪到屏東，媽媽賺錢工作時他就自己想辦法，他睡過公園、碼頭、地下道、停車場、警察局……

「口香糖好吃嗎？」華醫師問他。

梁國強陷在沉思裡，抬起頭，看見華醫師正笑嘻嘻地看他。他想是口香糖的緣故，便點點頭，跟著傻愣愣地笑。

「我很想知道你背包裡面到底有什麼東西，看你整天背著。」華醫師問他。

梁國強看著華醫師，猶豫了一下。他滿喜歡華醫師，可是又覺得華醫師和他並不同一國。

「你保證不告訴別人。」他問華醫師。

「我保證，這是我們的秘密。」

「好吧。」他把口香糖吐出來，卸下背包。

當華醫師第一眼看見那些金屬汽車標誌時，差點驚訝得叫出來：「你怎麼會有這些汽車標誌？」

「偷來的，」梁國強從背包裡把那些標誌一一拿出來展示，有賓士車的三星環、奧迪車的四圈圈、富豪車、愛快羅密歐、雪佛蘭……十多種名牌車系，他不放心地瞄華醫師一眼，「你保證過不告訴別人。」

華醫師點點頭。「可是，你為什麼要偷這些標誌？」

梁國強沉默了。痛苦的回憶又來敲打他的心靈。

他應該從巷口衝出來，撞擊車子側前方，然後沿著右前輪側方駕駛視線安全翻滾過去。那天他們站在豔陽高照的街頭，有三輛適合的漂亮進口轎車從他眼前奔馳過去，他無法鼓起勇氣。他可以感覺到舊傷口尚未完全癒合，隱隱作痛。

後來有輛漂亮的ＢＭＷ車駛過來，他深吸了一口氣，那車的速度不快，一、二、三，他心裡默數著，可是就在衝出去的一剎那，他又後悔了。

「找死啊？」汽車緊急煞車，司機探頭出來破口大罵。

他看見媽媽躲在街角轉彎的地方焦慮地望著他。陽光照得到處白花花一片，不太真確。走在街道上都是歡樂的人群，穿著豔麗的服飾……他的媽媽孤孤單單站在那裡，不知為什麼，他忽然為自己對母親的嫌惡感到心痛與後悔。他覺得媽媽是全世界最可憐的女人。

撞擊、側身、翻滾，這些步驟他都熟悉。可是那天下午，當他面對迎面而來的乳白色豪華轎車時，有種無法抑遏的衝動催促著他。他暫時忘記那是帶著死亡的無情機器，彷彿那迎面而來的，正是滿溢的美好、富貴與歡樂……

8

他們在孩子身上裝上心電圖監視儀器，又在他身上打了許多瓶瓶罐罐的點滴。護士推來緊急救護藥材車，許多護士手忙腳亂地抽取注射藥物。一個護士，掰著小維的下巴、努力地把一條管子插進他的嘴巴裡。華醫師則兩隻大拇指壓住孩子的小胸脯，上下擠壓，他緊急地發號施令……

王太太站在一旁，被這紛亂的場面嚇住了。她不曉得發生了什麼事情，也不敢去打擾現場的任何一個人。好在情況似乎漸漸穩定下來，有幾個護士收拾了器械離開病房，華醫師也漸漸鬆開他的雙手，抱在前胸，看著心電圖監視器嘟——嘟地一下一下跳動。

「華醫師，我的孩子真的不會再醒過來了嗎？」

華醫師嘆口氣，搖搖頭，沒有回答她，自顧自走出病房。

「剛剛妳的孩子差點死了，我們暫時把他救回來。」一個忙著收拾的護士好心地告訴她。

王太太過去看她的孩子。新裝上去的呼吸器規律地吹動他的胸廓一起一伏。她覺得孩子只是安詳地睡著了，她不相信他會死去。

「我的孩子真的不會再醒過來了嗎？」

過去幾天，她總是問著相同的問題。癌症細胞蔓延到孩子全身，此外，菌血症、腎臟機能受損，更加重問題的嚴重性。除非奇蹟出現，華醫師相信孩子不會再醒過來了。否認、憤怒、妥協、沮喪、接受，這一切幻滅的過程都需要時間，華醫師儘可能委婉地讓王太太接受這些事實。

王太太像是奮戰不懈的拳擊手，一拳一拳地承受重擊，她坐在床畔那張大椅子上，愣愣地發呆。

「可是，我的孩子真的不會再醒過來了嗎？」

過不了多久，她又問著同樣的問題。包括華醫師、護士、實習醫師、病人家屬……

她問每個人相同的問題。直到最後，再也沒有人堅持真理，他們異口同聲地安慰她：「孩子一定會醒過來。」

「謝謝。」她優雅地回答他們。然後安心地坐回那張大椅子上，哼著小調，等著她的孩子醒來。

呼吸器仍規律地抽送著。她覺得好累，肚子裡的孩子不斷地踢她，漸漸，她趴在病床上沉沉地睡著了……

夢裡，呼吸器的聲音隱隱約約仍能聽見。那時候，遠洋漁船都已經入港了。她帶著小維到碼頭去迎接她的丈夫，小維還太小，抱在襁褓裡。到處都是飛揚的旗幟以及彩帶，他們意氣風發地手牽手走在一起，還在碼頭上買了冰淇淋吃。

醒來時，小維仍沉睡著。

「小維。小維。」她輕輕地喚著孩子，可是孩子仍未醒來。

天氣好的時候，蔚藍的晴空透過病房窗戶映進來，王太太便自言自語地向孩子講那則老故事。

「很久很久以前，森林裡住著一隻狼……」

梁國強住在隔壁，一聽到故事起了頭，便拄著楞杖，一跳一跳過來，規規矩矩坐在床畔，睜大眼睛聆聽。

那是關於大壞狼的故事。梁國強已經聽王太太說過許多次了。可是他仍然渴望聽她用那種語調，再說一次。

那時候耶誕節近了。幾株擺在護理站前的耶誕紅開得鮮豔。差不多能出院的病童都出院了。廣播中的耶誕音樂如果停了下來，病房便有點冷清的味道。護士穿著皮鞋走在空蕩的走廊上，咔嗒咔嗒的回聲都可以聽見。有個母親，正用最溫柔的語調，對著三個孩子說一則老故事。

那故事每個人都聽過好多遍了。

很久很久以前，森林裡住著一隻狼，最愛吃小孩……

9

走進華醫師辦公室共有三個人，一對是撞到梁國強的肇事夫婦，另一位四十多歲的中年人，頭髮梳得光亮，西裝筆挺，裝扮服飾，無不極為講究，華醫師並不認識。他的辦公室狹窄，一張桌子、椅子、書櫃、衣櫃，並沒有多出來待客的桌椅。他們把隨手帶來的禮盒放在華醫師辦公室桌上，四個人便站著說話。

「華醫師時間寶貴，今天很冒昧，」肇事先生客客氣氣地彎腰鞠躬，「為了小孩子的事，我們有些問題想特別請教華醫師。」

「哪裡。」華醫師到隔壁會議室搬來三張椅子，又用紙杯倒了白開水過來。四個人一番謙讓寒暄，才各自坐了下來。

「發生了這種事，老實說，內人和我對這個孩子都感到十分內疚。這些日子，多虧

「這些日子，梁國強都麻煩你照顧，華醫師請不要客氣……」

他們客氣地把禮物推來推去，結果華醫師還是收下來了。他抱著禮物走回辦公室，心裡都是紛紛擾擾的想法。他下意識地拆開禮盒包裝紙，拆到一半，想起什麼，又自顧自走過去病房，找出梁國強的X光片，一張一張放到閱片架上去。

他抱著手，站在閱片架前沉思，光線照得他的顏面亮晃晃地。在華醫師遇過的病例中，前十字韌帶斷裂多半是摩托車騎士，前膝受到撞擊所引起。一般車輛撞擊，由於反射動作閃避的緣故，多半發生側面聯合韌帶斷裂，或者直接引起骨折，至於這樣前十字韌帶斷裂，倒是第一次遇見。

他以右手當作汽車，左手模擬孩子從垂直交叉巷口衝出來的模樣。幾番比畫，華醫師恍然大悟，心裡起了一陣冷顫。

「啊，是故意的——」他幾乎叫了出來。

10

盧倩如把晚禮服從乾洗店拿回來時已經入了夜。現在她洗完澡從浴室衝出來，一團濕熱的水蒸汽尾隨著她。她拿著吹風機呼呼地烘撥著頭髮。梳妝臺前高高低低擺滿了乳液、營養霜、粉底、眼影、唇膏、眉筆……還有一只石英鬧鐘。那鐘滴滴答答地跳著，跳得她有些心慌……

遠遠響起了鐘聲，因為是耶誕夜，覺得格外明顯。她聽見窗外似乎有一陣稚嫩的童音合唱，撥開百葉窗去看，她看見一群可愛的孩童，手裡拎著小小的燭火，正在樓下喜樂地唱著聖歌。

愛是恆久忍耐又有恩慈，
愛是不嫉妒，
愛是不自誇，不張狂，
不做害羞的事……

從上面望下去，燭光照亮每個孩童純真的臉龐，非常美麗。讓人覺得許多希望與榮耀。

她停下吹風機，開始仔細地在臉上打粉底。動作再不快些，赴華醫師的約會就要遲到了。她當然不希望如此。她在臉上均勻地撲著粉，一邊考慮華醫師今夜會穿什麼樣的衣服。她希望華醫師能著正式的西服領帶，那正好搭配她的晚禮服。可是她又想起華醫師平時似乎不太注意修飾，萬一他穿著一襲自在的休閒服，那麼她的晚禮服就顯得隆重了。

撲胭紅、描眼影，她對著鏡子眨眨眼睛。她不明白事情為什麼變成這樣，她知道有不少女孩子對華醫師很有好感，況且她也不是那種愛跳舞的女孩。寫紙條給他，不過想問一問他去不去。萬一華醫師微笑著婉拒，她也會覺得心滿意足。在病房工作久了，她厭倦那些拖拖拉拉的打情罵俏，無止無盡的感情捉迷藏、風風雨雨的傳言。可是她也不喜歡心麼樣嘛？總不能孩子都跑出來，還趕他回去吧？」

「華醫師——」

華醫師一抬頭，看見病床上孩子睜開眼睛。本來他以為自己看錯了，再仔細一瞧，他真的醒了，而且還慢慢地擺動手臂，似乎要說些什麼。

「真的醒了……」劉醫師喃喃唸著，一臉不可思議的神色。

他們交抱著手，緊張地看著這一幕。只一瞬間，孩子擺動的手漸漸停下來，心電圖監視器波形發生了變化。

「護士小姐。」劉醫師機警地跳過床畔，開始在孩子胸骨上做心肺按摩。

華醫師也立刻脫去西裝外套，又把領帶扯下來。「腎上腺素注射液。」他吩咐護士。

護士小姐匆忙推來急救車，抽取針劑，準備器材。

打完腎上腺注射，似乎沒什麼起色。華醫師顯得面色凝重。「阿托平注射液。」他又吩咐護士。

「這是癌症末期，況且今天急救過兩次，」劉醫師提醒他，「有必要做得這麼激烈嗎？」

華醫師接過阿托平注射液，打入點滴管。「我來。」他接過劉醫師的位置，以更快的速度做心肺按摩。

他似乎沒有聽見劉醫師的建議，不斷地在孩子身上做最後努力。護士拔下呼吸管銜接器，伸抽痰管進去抽痰。這時華醫師應該暫時停下急救，可是他似乎疏忽了這些，一不小心，把孩子肺部泡沫狀的積血擠出來，噴得身上、襯衫，到處都是。

「華醫師。」劉醫師輕輕地喊他，覺得他已經有點情緒化了。

他完全沒有停下來的意思，也不擦去身上那些血，彷彿和誰賭氣似地。

「腎上腺心室腔內注射。」他吩咐護士。

劉醫師嚇了一跳，華醫師還要採取更激烈的手段。

他把長長的針頭，沿著肋骨間，刺入心臟內，迅速注射腎上腺溶液。孩子睜開的眼睛一直不曾闔上。他靜靜地看著華醫師。

華醫師一下一下地壓著，不知過了多久，監視器已經呈現毫無起伏的直線。孩子的眼睛仍然睜著，華醫師甚至感覺到孩子已經不再看他，可是他不甘心……

「華醫師，孩子死了。」劉醫師輕搖他。

他絲毫不肯放鬆。

「沒有用了，華醫師。」劉醫師提高聲量喊他。

這時他放開手，傻愣愣地看著劉醫師，又看著監視器上的直線。過了好久，才恢復過來，他沒說什麼，靜靜地走出病房。

他解開鈕釦，脫掉血漬斑斑的襯衫。不知道為什麼，感受到一股前所未有的疲憊。他伸直腿，便靠著牆壁坐在走廊上。耶誕樹上的燈飾閃爍地照著華醫師白色的汗衫，映出一會兒紅，一會兒綠的色彩。

不知從那裡傳來一陣歌聲，相當幽微，可是旋律卻十分熟悉。

平安夜，聖善夜……

華醫師拾起那個調子，像個孩童，坐在那裡哼著。他看見護士拔除了孩子身上的點滴瓶、呼吸管，拿著那些廢棄物走過來。護士也看見了華醫師，兩個人都不說什麼。這時候，王太太的新生兒不知順利分娩下來沒有？他很想去看看她。可是見到了王太太，他該說些什麼呢？告訴她，孩子真的醒過來了？

他從沒碰過這樣的事，他甚至也無法解釋這樣的現象。如果他真的告訴王太太這些，她會相信嗎？而當他無可奈何地笑笑，她懂得那笑的含意嗎？

思緒不斷地衝擊著華醫師。他把襯衫披在肩上，站起來往產房走。那音樂仍持續著。平安與喜樂這麼卑微的渴望在音樂裡斷斷續續地透露著。不知為什麼，華醫師忽然從那快樂的樂聲裡聽出了無限的可悲。人類歌頌著一千九百多年前誕生的那個嬰兒，祂許應了真理，許應了道路與光，可是過去了這麼多日子，無窮無盡的這些遺憾仍不停地重複著……

他走近了產房，聽見嬰兒哇哇的哭聲，忽然不想再走進去了。他把頭別向窗外，那是黑夜，靜寂寂地。星星掛在天空，一閃一閃地眨著眼睛。更遠的地方是霓虹閃爍，似乎許多狂歡派對正舉行著。那時夜已深，華醫師忽然想起他已經錯過了一個約會……

12

華醫師過去看梁國強時，一切行李、離院手續都已經就緒。那些是非恩怨的爭執恐怕還會持續下去。華醫師沒說什麼，如同往常一樣，他丟過一片口香糖，靜靜地坐在孩子身旁，看他拆開口香糖包裝，塞進嘴裡，一口一口地咀嚼。

孩子抓著一具無敵超人模型，在空中飛翔、翻滾，那是他的耶誕禮物。過了一會，他忽然一臉正經地問華醫師：「你知道耶穌和上帝嗎？祂們都住在哪裡？」

「祂們住在天堂裡。」華醫師笑著看他。

「祂們也像無敵超人一樣，為維護正義以及世界和平而奮鬥嗎？」

「對呀。」

孩子滿意了，哼著卡通影片的主題曲，一會兒把超人飛到華醫師眼前，一會兒又飛到他的腳上。過不久，他停下來又問：「天堂是什麼樣子？」

「天堂開滿了花，還有草……」華醫師猶豫了一下，這是一個困難的問題，「反正那是一個充滿歡樂，沒有痛苦的地方。」

「一個歡樂，沒有痛苦的地方？會比這裡還要好嗎？」

「那當然。」

孩子高高興興地坐下來，他把無敵超人放在地上，拿起那個小背包。

「我有禮物要送給你。」他把背包送給華醫師。

華醫師看見背包裡面一塊一塊的汽車標誌，嚇了一跳，「你為什麼要送給我禮物？」

「因為你是我遇過最好的醫師。」

「可是好醫師不能隨便收別人的禮物啊。」

華醫師看梁國強，梁國強也嘟著嘴巴，默默地看著華醫師。兩個人僵持了一會，華醫師終於說：「你一定要送給我？」

梁國強點點頭。

「那麼這樣，華醫師代替你保管。以後你心血來潮，可以回來看看這些標誌，順便看看華醫師。」

孩子終於開心地笑了。

他們在病房外亮麗的陽光中分手。分手之後梁國強還回過頭來問華醫師：「你說的那個地方是真的嗎？」

「什麼地方？」

「一個歡樂，沒有痛苦的地方。」

華醫師向他點頭，沒說什麼，孩子一直用力向他揮手道別，那姿態他一直記得。

13

孩子被送來急診室時，已經斷了氣。

他躺在病床上，側著頭，一道破裂傷從耳後拉到頸前。他的母親喊他、搖他，用力晃動，他只是沉悶著一張空白的臉，像抗議著什麼似地。等華醫師匆匆忙忙趕到病床前，值班住院醫師無可奈何地搖搖頭。

華醫師看著梁國強的母親。「為什麼？為什麼？」他逼問她。

梁國強的母親低著頭，壓抑不住那一波一波的情緒，發出斷斷續續的嗚咽。華醫師讓住院醫師輕輕地抓著，嘆了一口氣。整個急診室是忙亂的腳步聲，器械、呻吟、交談的聲音，警察在護理站做記錄，似乎沒人特別注意這樣一件不幸。

華醫師輕撫著孩子蒼白的臉頰，想起這張真摯的臉，將來要創辦一所大學校，請所有的小朋友免費來讀書……可是他的生命竟停在這裡。儘管命運加諸於他的這一切，可是孩童的心並不明白。他找來酒精棉花替他拭去臉上血跡，一點一滴拭出一張乾淨稚氣的臉，華醫師感到無限心痛與不忍……

華醫師縫合孩子的傷口，還沒縫完便停下來了。他把工作交給住院醫師，自己抱著手站在那裡。

「我可以幫什麼忙嗎？」肇事的男人回答過警察的問題，過來看孩子，手足無措地站在那裡。

這時孩子的母親回過頭去看他，似乎下定很大的決心。「你可以把汽車的標誌送給他嗎？」她拉住肇事者的手，神情激動地說，「他被汽車撞到，就要去偷人家的標誌，可是，現在……他，再也沒辦法，去偷了。」

華醫師想起梁國強的背包，「等我一下。」他匆匆忙忙趕回宿舍取那個背包，等他趕過來時，他們已經縫合好，把孩子的屍體從急診室推出來。

那是一個陽光迤邐的日子，華醫師想起那天他們分手，他揮手道別的樣子。一個歡樂，沒有痛苦的地方。他記得他那樣說。他打開背包，翻出一塊一塊的標誌，賓士、奧迪、富豪、雪佛蘭……一塊標誌是一次的撞擊，不知為什麼，他再也壓抑不住自己的情緒。

「梁國強——」淚水沾濕他的眼眶。

孩子並沒有回答。他看起來很安詳，彷彿只是睡著了。

14

過了很久，華醫師又見過更多的遺憾以及不幸的孩子。有一年冬天，當人們又和往常一樣開始在病房布置起耶誕燈飾的時候，華醫師經過護理站，有人端一塊蛋糕請他吃。

「這次是誰結婚了？」他笑著問。

「盧倩如。」新來的護士告訴他。

華醫師站在那裡，有些淡淡的什麼湧了上來。那一夜，當他趕到會場時，舞會已經散了。那個盧倩如曾經流著淚氣憤地離開的地方，只是一片空蕩蕩的廣場。幾年來，他一直很想知道盧倩如那夜的模樣。可是他已經錯過了。很多事只是一瞬間，他向盧倩如道歉，她也理智地接受他的道歉。他們在病房相見，彼此都善意而客氣地帶著微笑。華醫師心裡想，那天晚上，他錯過了一種美麗、一種心情，一切也就錯過了。

那時候，有個可愛的孩子過來拉著華醫師的衣服，天真地問：「他們為什麼把燈泡裝在樹上？」

那個孩子很漂亮，他得了腸胃炎，不停地拉著肚子，可是現在他已經差不多康復，過幾天就可以出院了。華醫師看著他純稚的臉，說不上來為什麼，忽然想起梁國強，想起那年耶誕夜，以及他遭遇過所有人生無可避免的遺憾……

他抱起那個孩子。靜靜地看著護士把那些花花綠綠的彩帶以及燈飾裝置上去。華醫師打定了主意，他準備告訴孩子關於一個歡樂，沒有痛苦的地方，以及天堂的許多有趣故事。

亂色調

1

胡啟華醫師趕到病房時，走廊擠滿了護士、醫師、急救設備。鈴聲正響著。他們把大門緊緊地拉住，透過玻璃窗可以看見病人躺在病床上。有個年輕護士正坐在地上哭泣，她的衣服沾著新鮮的血漬。

「發生什麼事？」

「愛滋病。」一個護士冷冷地回答。

教堂

這是陽光迤邐的星期日，星期日早晨的教堂。葬禮還沒有開始。胡啟華醫師看見趙院長大紅色的座車沿著道路緩緩開過來，停在入口處。幾個科室主任立在那裡鵠候，等他從座車走出來，立刻簇迎上去。趙院長穿著暗灰色的西裝，其他人也都差不多的裝扮，遠遠看去烏壓壓地一片。多麼美好的星期日，可惜這些人都來了，醫院那幾塊網球場，大概也就空了出來。

星期天並不是胡啟華上教堂的日子，他結婚時曾依著麗怡的意思在教堂轟轟烈烈熱鬧一番，可是離婚以後就沒有再走進過教堂。昨天夜裡他宿醉，醒在麗怡的住所，頭痛的厲害，伸手要抓案頭衣服口袋的阿斯匹靈，不想卻抓響了鬧鐘，鈴鈴作響。麗怡惺忪醒來，沒頭沒腦就問他，要不要給劉教授葬禮發篇報導或追思什麼的。胡啟華搖搖頭，空著腹吞下阿斯匹靈。

「幾點鐘飛機？」他問麗怡。

「十一點半。」

「我不去飛機場送妳了。」阿斯匹靈的滋味酸酸澀澀，說不上理由，他想起劉教授、湯主任、演講、電視報導……好多人，好多事，便再也睡不著。

而現在是星期日的教堂，陸陸續續有人前來參加劉教授的喪禮。王醫師走過來附在他的耳邊說：

「我看見昨天電視上的報導，還有那場演講，」他翹起大拇指，比個激賞的手勢，「今天報紙上簡直是愛滋病滿天飛。」

胡啟華笑笑不說什麼。他看見湯主任從入口處走了過來，陽光照著他禿禿亮亮，又有些滑稽的頭頂。教堂內疏疏落落坐著人，幾個劉教授從前的學生、親戚，另外還有幾個老頭子，看得出來是跟不上潮流的鄉下醫生。

等湯主任走到胡啟華面前，便站定凝視他。那眼神似乎包含了威嚇、警告，可是胡啟華只是報予靜靜的冷漠。他是湯主任的屬下，但他並不畏懼他——特別是經過昨天的事以後。

演講廳

演講就要開始。現在胡啟華醫師從前排座位起身，回首向聽眾致意。他慢慢繞過側面，步上講臺。

空間裡有股沉默，他可以感覺到，一種期待性的沉默。沉默的背後是聽不真確的嘈雜聲，唏唏嘶嘶地，來自沉重的空調系統、廣播擴音機、幻燈機抽風散熱的聲響。四面厚重的黑色窗簾早已經拉下來，室內亮晃晃地點著日光燈，卻有一些遮不住的日光從窗簾縫隙透進來，拉出一片細細薄薄的平面光，映著演講廳內特有的情調。

儘管醫院內新的建築物不斷站起來，可是幾十年來演講廳仍是這樣。從胡啟華還是個學生，他們就坐在臺下破舊的椅子間聽演講，每隔一段時間要換位置，和透進來游移的日光捉迷藏。已故病理大師武博士在這裡演講過，美國微生物學家傑森在這裡演講過，胡佛醫師也在這裡開過討論會，還有故程院長，劉教授……數不盡的醫學界巨人，在這座不起眼的演講廳裡以微弱的聲音，發表他們震驚世界的論文。沒有人願意改變這個地方什麼，他們刻意留住這些陳舊的感覺，彷彿那些偉大的心靈並沒有離我們遠去。

一九八〇年起，愛滋病的論文陸陸續續已經發表出來了。現在談愛滋病或許不算什麼。可是畢竟這是臺灣少數的完整愛滋病的報告，從病程、治療、X光片、各項檢驗，到死亡、病理解剖，都有再詳細不過的紀錄。愛滋病毒正在臺灣成長、茁壯——多麼聳動的一件事，過了明天，傳播媒體又將再興起一波愛滋熱，他的名字，他所講過的每一句話，將一再地被重複，然後有許多見過愛滋病、沒見過愛滋病的醫師、行政人員、社會學者、心理學家，忙著要上電視、報刊，邊出風頭邊解釋愛滋病之乎也者，分享這塊愈來愈大的餅乾。

胡啟華托托眼鏡。他站在演講桌前，白色西裝配上圓領蝴蝶結領帶，使他看來格外亮麗。他很優雅地調整麥克風角度，向每位觀眾發出巡禮性的微笑。電視記者正在調整攝影機，他注意到各報刊的醫療記者似乎都到齊了，數量不下於來聽講的醫師。有幾位攝影記者搶先到臺下來拍照，一時咔啦咔啦的鎂光燈閃爍，此起彼落。他盤算著在關掉燈光打出幻燈片之前，或許該有一段較長的開場白，好讓記者從容拍照。

麗怡

警方似乎抵擋不住抗議的人潮，往後撤退了一步。抗議人群的氣焰再度被挑高了起來。胡啟華的救護車正在現場待命。那時他和麗怡離婚已經好幾年了，島上街頭抗議、暴力遊行的氣氛正緊張。

群眾簇擁著頭部流血的麗怡，推推擠擠把她送上救護車來。

「打死那個記者。」不滿的群眾叫嚷著。

胡啟華與麗怡相對愕然，彷彿隔世。

兩排警衛頂著護甲，試圖替救護車撐開一條路。救護車陷在推推擠擠的人群之間，一閃一閃地亮著紅燈，發出嗡嗡的警鳴。

嘩嘩的呼喊一波接著一波，憤怒的臉，扭曲的臉，有人拍打著車身。可是胡啟華仍試著剪去麗怡的一部分頭髮，用紗布壓迫出血的傷口。在那僅容身的空間裡，他嗅出她身上混著化妝水的熟悉氣味，感到格外鎮靜。或許是螢幕的緣故，或許只是那氣味，使他有種錯覺，覺得麗怡並不曾離開他。

麥克風粗糙破裂的聲音，人群的嘶喊、警笛……不知道為什麼他想起那個菲律賓軍閥。那是他們婚姻最動盪的時候。他突發奇想，跑到中正機場接機，想給麗怡意外驚喜。那次菲航班機誤了點，胡啟華拿著花圈在候機室苦候。他想像有幾個攝影記者背著大袋小袋器材走出來，然後他見到她，替她掛上花圈，告訴她這些日子是多麼想念她……

胡啟華很後悔當他看見麗怡和柯立福親密地挽著手從海關走出來時，竟把花圈掉在地上。他可以選擇沉默或者大吵大鬧；他不願意吵鬧，只好掉進那種荒謬的和平陷阱裡。於是他們客客氣氣地相互介紹，還讓柯立福禮貌地把他推進那部豪華的賓士汽車。一上車他就後悔了，如果是動物界，兩隻雄性動物定要起來撕咬一番，然而這只是文明世界，繁華的市街，透明的玻璃，人工打造的坐墊，滿車的皮箱，一個金融界鉅子兼軍閥，一個美麗的首席新聞播報員，另一個是病理科的小住院醫師。如果他真的做錯什麼事，那就是他不該是麗怡的丈夫。

「胡醫師在病理科做事？」

「對。」一場爭鬥就要開始。胡啟華謹慎作答，他知道自己正節節敗退。

「病理科那個老頑固，姓劉對不對？他好像一點人情世故都不通。去年你們科裡在議會有筆預算，說要買電子顯微鏡，被我們硬是刪了下來。」他從後視鏡看胡啟華，停了一下又說：「你是病理科的主治醫師吧？」

「我只是劉教授手下的住院醫師。」

「住院醫師？」柯立福猶豫了一下，似乎沒想到勝利得來這麼容易，「住院醫師很辛苦吧？」

即使後來簽離婚協議，他們也沒有吵吵鬧鬧。可是那一次機場回來，麗怡提起她在菲律賓所受到閱兵式的歡迎，他們算是吵得夠了。

「難道你不明白我們的差距愈來愈遠了嗎？」他一直記得那句讓他椎心泣血的話。幾年來，他不停地咒罵她，即使她攀著那些男人爬得再高，她仍舊還是個娼婦。

過了很久以後，砲火仍在菲律賓轟隆轟隆地響著，柯立福在一次政變中喪生了。他在電視上看見報導：

「在這次軍事政變中，政府軍一共處決了七十二人，包括我國僑銀董事柯立福……」

麗怡坐在主播臺上，就這麼咬字清晰、態度溫和，一字一句地唸著，她的臉上竟不曾抽搐一下。那時候，胡啟華在這個人與人錯綜複雜的拚殺中陷得深了，他想起菲律賓漫天的烽火。可是在這安和樂利的臺北市，那一波又一波的殺戮、搶奪，不同樣以各種方式在進行著？就在那一刻，忽然他能體諒麗怡當時的心情與無奈。

遠方似乎又推倒了一輛警車，澆上汽油，燒出濃濃黑黑的煙幕。現在他看著麗怡一張冷漠的臉，想起她曾在電視上親切和藹地播講那些戰爭、遊行、政治理念、貿易談判、環境保護……不知怎地便有一些心疼。他盯著她的眼睛看，試圖找出一些他曾熟悉過的東西。透過救護車玻璃看出去是混亂的街頭，整座城市彷彿就要陷落。他靜靜地看著她的眼眸，堅信那裡面還剩著一些什麼。

一切都迅速得叫人措手不及，他們相識時都還是學生，然後畢業，她進入電視臺、結婚、跑新聞、爭吵、播氣象、冷戰、播報新聞、離婚……

冷漠、空白、無奈，漸漸胡啟華在她的眼睛看出了柔弱、無助。

「我好累，真的好累。」她在胡啟華懷裡大哭。像還沒結婚，第一次他們做了那件事之後一樣。然而相對於劇變的這一切，似乎連眼淚都不算什麼。

「沒事，沒事。」命運讓她再度在胡啟華懷裡，讓他安慰她。

胡啟華嘆了口氣。這張在他懷裡哭泣的臉，代表著理性、公正、客觀與真理。每天當千萬人扭開電視機，從那黑箱子裡接收所謂的真實報導、新聞紀錄時，他不禁懷疑起這個時代。

救護車似乎又搖晃了一下。他轉過頭，正好有一顆石頭飛過來，打碎右前方後視鏡。

2

胡啟華醫師趕到病房時，走廊擠滿了護士、醫師、急救設備。鈴聲正響著。他們把大門緊緊地拉住，透過玻璃窗可以看見病人躺在病床上。有個年輕護士正坐在地上哭泣，她的衣服沾著新鮮的血漬。

「發生什麼事？」

「愛滋病。」一個護士冷冷地回答。

「我們都是醫護人員，為什麼害怕呢？愛滋病只經由性交、血液傳染，這是起碼常識……」他抬起頭，忽然發現所有人都冷冷地站著，帶著譴責的眼光看他。

「你為什麼不告訴我們病人是愛滋病？」

沉默中，有個虛弱的聲音從病房傳出來。「救我。」

那聲音驅使他推開大門往前走，由於窗簾的緣故，室內十分晦暗，一步一步走著，病人蒙著一張大棉被躺在病床上，他看見地上一把刮鬍刀片，牆上、地下到處都是掙扎過的血跡。

教堂

這是陽光迤邐的星期日，星期日早晨的教堂。葬禮進行著，仍有人陸續走進教堂。風琴彈奏出悲傷的樂曲，然後他們用最美好的話語讚頌他的一生。

儘管劉教授已經安息了，可是他背著手走在長廊裡的畫面，栩栩如生地在胡啟華的腦海裡浮現。他總是一個人，拎著一瓶酒，在餐廳小酌。吃完晚餐，就背著手走回醫學院。他坐在病理實驗室前面的長廊，看學生在草坪上踢球，追逐嬉鬧，風偶爾吹起他那斑白的頭髮，沒有人知道他在想些什麼。

天暗下來，他又走進實驗室讀那些切片。實驗室傳出來浸泡臟器淡淡的福馬林氣味和明亮的燈火。二十多年來，除了例假日，一直是如此。稍晚，燈光熄滅，人們知道那是八點半，教授又結束了他一天的工作。

「劉教授的一生都奉獻在病理的研究與教學，可以說是臺灣基礎醫學第一人……」那聲音回響在教堂裡，誠懇而厚實。胡啟華忽然覺得感傷。他寂寞地活了一生，活著的時候人人都怕他、恨他，現在死了，隔著距離，大家都開始敬愛他了。他們總是兩、三個醫師聚在一起，罵劉教授、罵別人。別的醫師聚在一起時，又是罵劉教授、罵另外的一些別人。結果是每個人都私底下彼此罵來罵去，劉教授挨所有人的罵。

只有劉教授是站在演講廳臺上，光明正大地罵所有的人。外科把人家整邊乳房都切下來了，他的病理報告是「除良性纖維瘤外，無其他異常」。他的「正常子宮組織」也讓做全子宮切除的婦產科醫師站不住腳……沒有人能在那種場合輕鬆下臺。稍有過失，他指著姓名罵人，像一心一意替死者伸冤復仇似地。大家都不喜歡那樣的態度，醫師幹久了，從真理到過失之間的點點滴滴，大家都有一套共識。脫下制服，醫師也不過是個普普通通會犯錯的人類，沒有誰明白為什麼他非得把別人逼到角落，去承擔過失殺人的罪惡不可？

「事後有先見之明當然容易，我不相信開刀之前劉教授憑著有限的資料與症狀，能做出更正確的判斷？」

諸如此類的爭執在討論會上層出不窮。而現在那些曾經與他爭吵過的人，都來哀悼他、敬愛他。劉教授，穿著他最嚴肅的衣服，在黑色的盒子裡，這時候如果醒了，目睹這一切，他會說些什麼呢？

胡啟華開始有逃離病理科的念頭是剛和麗怡離婚的時候，他忽然警覺到，或許他就要像教授那樣，枯寂地走上那條無止無盡，沒有掌聲，沒有未來的路。他想起日本的河合教授，花了一輩子時間去尋找接受荷爾蒙刺激的H受器，到了他臨死之前，才證明出來H受器事實上並不存在……

至今胡啟華仍百思不解的是，當他戰戰兢兢提出辭呈，打算走較熱門的內科時，教授竟不曾罵他。他只是輕輕地嘆了一聲。仍然一個人喝酒，背著手，坐在長廊上看學生踢球。只有在歡送胡啟華那次，教授喝多了酒，激動地用日語說話。胡啟華附身過去聽，聽不太懂，模糊的日語夾雜著閩南話，似乎在說：

「這款亂世，人找不到真理。」

過了那麼久，喪禮的風琴都響了起來，胡啟華仍不明白，當時教授為什麼不曾罵他？

演講廳

而演講廳內演講仍進行著。現在燈光暗了下來。兩架幻燈機發出強烈光束，平行映射在講桌後方銀幕上。在黑暗中，特別亮麗。兩張幻燈片，一張藍底白字，大大寫著「後天免疫缺乏症候群」（Aquire Immune Deficiency Syndrome, AIDS），另一張拍出患者臉部，罪犯似地用黑色膠帶貼住眼睛，露出的部分，長滿了大小不等暗褐色的卡波西肉瘤。

「一九八一年開始，愛滋病在美國迅速蔓延開來，世界各地，包括歐洲、非洲、澳洲、南北美洲，各地都有病例發現。雖然流行的情況因地而異，但幾乎每隔半年至一年，病例就增加一倍，有關的論文也不斷地增加。截至目前我們對治療並沒有任何突破，可以說這種傳染性的死亡，已經成了本世紀最嚴重的課題……」

幻燈片一張一張滑動過去，照片指出病人嚴重消瘦、中度貧血，兩側頸部、腋下、鼠蹊部有指頭大小之淋巴腺腫大，肝腫肋骨下兩橫指幅，脾腫一橫指幅，還有一張血液檢驗數據分析表。胡啟華醫師指著這些數據，詳細地分析、報告病人的臨床狀況。

他環顧會場，發現湯主任那個位置仍然空著。

打從那篇關於肝炎研究的論文發表之後，他們的衝突便開始明朗、白熱化。那篇論文再怎麼說，和湯主任都扯不上邊，可是稿子在秘書小姐那邊時，他竟好意思以科內的名義擅自打上自己的名字頭銜。胡啟華忿忿不平，拿回來刪去湯主任的名字，自行郵寄，論文刊載出來時，湯主任氣憤憤地拿著期刊，當面一頁一頁把論文撕得粉碎。

「你算老幾？輪得到你嗎？」

胡啟華一轉身，頭也不回地離開。他不明白一個連最基本的心律不整心電圖都會判讀錯誤的人，竟能安穩地坐著內科主任的位置，罵出那麼理直氣壯的話。

湯主任晉升主任那年，胡啟華也在。宴會上院長過來喝酒，湯主任一馬當先就是敬院長，呼嚕呼嚕喝下一瓶紹興酒，還說了許多赴湯蹈火，誓死效忠的噁心話，湯主任的酒量算是厲害的，偏偏院長也是個老頑童，喜歡那調調。

那天晚上胡啟華在洗手間看見湯主任紅著眼睛，掐著自己的脖子猛挖，痛苦地吐出一堆紅紅黃黃泡沫狀殘渣。匆匆忙忙沖完臉，又趕出去跟在院長後頭嘻嘻哈哈，彷彿什麼都沒發生過似地。幾年來他們幾乎沒交談過幾句話，嬉笑怒罵背後那張痛苦的臉，給胡啟華很深的震撼，叫他不肯跟湯主任妥協。害怕自己也掉進去了同樣的陷阱。

「這是病人晚期的胸部X光片，我們可以發現兩側彌漫性的發炎現象，這是典型的Pneumocystis Carinii感染。」那些唏唏嘶嘶的雜音似乎都不見了，只剩著胡啟華的聲音，透過麥克風，四處散播。

幻燈片顯示出X光照片以及彩色病理細胞切片。等到Pneumocystis Carinii，肺炎感染出現，大概見習醫生都猜得出來什麼毛病。那段期間，湯主任總是有意無意地要他把這個病例提出來討論，胡啟華便藉故資料不足繼續拖延。

然後這一切又變得詭異起來了。先是病人的X光片、檢查報告、電腦斷層常常無故遺失，再來是有些奇奇怪怪的人不經照會就去訪視病人。有一天早晨開會時，從湯主任講義夾掉下來一張資料，正好飄到胡啟華腳前。他彎下腰去撿，發現那是一張影印資料的愛滋病論文，劃滿了紅線與重點。當他抬起頭，與這位號稱從來不看書的湯主任目光接觸，忽然就明白那些詭異到底是怎麼回事。

胡啟華醫師趕到病房時，走廊擠滿了護士、醫師、急救設備。鈴聲正響著。他們把大門緊緊地拉住，透過玻璃窗可以看見病人躺在病床上。有個年輕護士正坐在地上哭泣，她的衣服沾著新鮮的血漬。

「發生什麼事？」

「愛滋病。」一個護士冷冷地回答。

「我們都是醫護人員，為什麼害怕呢？愛滋病只經由性交、血液傳染，這是起碼常識……」他抬起頭，忽然發現所有人都冷冷地站著，帶著譴責的眼光看他。

「你為什麼不告訴我們病人是愛滋病？」

沉默中，有個虛弱的聲音從病房傳出來。「救我。」

那聲音驅使他推開大門往前走。由於窗簾的緣故，室內十分晦暗，一步一步走著，病人蒙著一張大棉被躺在病床上，他看見地上一把刮鬍刀片，牆上、地下到處都是掙扎過的血跡。

他翻開棉被，噴泉似的鮮血從病人手腕冒出來，棉被、衣服、床單到處是紅紅黏黏的血液，沿鋁床縫隙一點一滴流下來。

他手足無措地去壓住那條割斷的橈動脈，可是血液仍然噴出來，濺在他的衣服、眼鏡、頭髮、臉上。胡啟華的臉承受不住那血，慢慢開始糾結、扭曲，他崩潰似地大叫。啊——

麗怡

儘管所有的症狀都顯示這是愛滋病，可是ＨＩＶ的檢驗報告還在進行之中。況且在臺灣還沒有類似的經驗，因此胡啟華不得不想盡辦法保密。他很害怕這個病例落到湯主任手裡，那只會使事情更糟。況且湯主任即使想插手這個病例，也不希望把這件事鬧開。因為那樣只會引來衛生署嚴重的關切，以及更多的專家，專家又帶來蒼蠅似的記者，使得事情比更糟還要糟。

胡啟華很想委婉地表達他的觀點，試著在錯綜複雜的情勢中理出一個清晰的脈絡。麗怡坐在他的對面，帶著職業性的疲倦，簡單地在筆記簿上寫字。

「我懂你的意思，很多地方都是這樣，這並不複雜。」她把筆記簿收進皮包，起身對胡啟華說，「對不起，我去打個電話。」

侍者恭恭敬敬端過來一杯熱咖啡。他望著麗怡的背影，忽然想起從前剛認識時，麗怡在他家練習演講，胡啟華幫她撰寫各式各樣的稿子。縱使那些獎杯、獎金、掌聲交雜的日子，使得生活似乎格外生動，可是過了很久以後，他想起那些什麼「莊敬自強，同舟共濟」、「消滅共匪，解救同胞」等堂皇的口號，覺得那不過是一些空洞、無意義的言辭罷了。

「我真不懂，裁判們為什麼喜歡這些東西，有時候連我自己都覺得好噁心。」他記得有一次麗怡練習至一半，笑了出來，開始抱怨。胡啟華也跟著笑，安慰她，「我就是欣賞妳能把這些噁心的話說得這麼自然、生動。」

胡啟華舀匙糖放進咖啡攪動。白色的奶精沿著杯緣滑入漩渦裡，拉出漂亮的迴旋線條。環顧四周，後現代式的餐廳建築，蠟燭、名畫，未加工過的水泥牆，綠色盆栽，復古裝扮的侍者，透明玻璃，凝著冷光的不鏽鋼欄杆，音箱傳來胡琴演奏的維瓦第四季小提琴協奏曲。生動而美麗的謊言，他默默地想著。然後他看見麗怡打完電話，帶著笑容走過來。

「等一下吉米會過來，他是我們部裡負責醫療科技組的人，我已經關照過，你可以和他談談，他會照你希望的方式去做。」她坐下來，點著一支香菸，過了一會，淡淡地說，「你熬了這麼久，也該出頭了。」

胡啟華沒說什麼，靜靜地看著她纖瘦的臉在煙霧裡，覺得她似乎爬得太快了，快得來不及去想別的事情。

麗怡抽出吸管包裝，摺摺縐縐地躺在桌面上。她攪動果汁，心不在焉地滴水在包裝紙上，看著包裝紙吸了水，像隻毛毛蟲似地脹大，活動起來。

「這些日子過得還好吧？」胡啟華問她。

「怎麼說呢？」她笑了笑，「只是覺得累了，想到美國看看。」

「什麼時候走？」

「就最近吧。」

「還回來嗎？」

她搖頭，聳聳肩。「我也不知道。」

「柯立福的事我很難過。」

麗怡攪動冰塊，喝了一口。「有時候，我想想，他死了也好，其實我並沒有那麼愛他。」她抬起頭，看著胡啟華不解的眼神，「我並不是你想像那樣的女人，我很壞，你懂嗎？」

「別那樣說。」

「今天早上梳頭髮時，頭髮一把一把梳下來，我忽然很懷疑，我覺得好可怕，好可怕……」她邊搖頭邊說，「我不曉得我還有能力去愛誰，或者擁抱什麼，你懂嗎？」

「我懂。」胡啟華知道她要哭了，遞給她一條手帕。

「對不起，」她露出抱歉似的微笑，邊擦眼淚，「我本來不是這樣，不曉得為什麼碰到你，特別脆弱。」

透過暗褐色的玻璃窗看過去是喧囂的城市，閃爍的霓虹。工人正把一塊百貨公司的大招牌拆下來。胡啟華突然想起劉教授人找不到真理那句話。或許從他離開病理科，投入另一場競爭廝殺起，就注定了他的墮落。像這塊招牌，像這個城市，這個時代。那時候他與麗怡也曾真心相愛，牽手走過這家百貨公司，以為那塊招牌會一直存在下去。而現在他們正把招牌拆下來，他與麗怡坐在這個詭異的餐廳，想起他們所失去的一切。

3

胡啟華醫師趕到病房時，走廊擠滿了護士，醫師、急救設備。鈴聲正響著。他們把大門緊緊地拉住，透過玻璃窗可以看見病人躺在病床上。有個年輕護士正坐在地上哭泣，她的衣服沾著新鮮的血漬。

「發生什麼事？」

「愛滋病。」一個護士冷冷地回答。

「我們都是醫護人員，為什麼害怕呢？愛滋病只經由性交、血液傳染，這是起碼常識……」他抬起頭，忽然發現所有人都冷冷地站著，帶著譴責的眼光看他。

「你為什麼不告訴我們病人是愛滋病？」

沉默中，有個虛弱的聲音從病房傳出來。「救我。」

那聲音驅使他推開大門往前走。由於窗簾的緣故，室內十分晦暗，一步一步走著，病人蒙著一張大棉被躺在病床上，他看見地上一把刮鬍刀片，牆上、地下到處都是掙扎過的血跡。

他翻開棉被，噴泉似的鮮血從病人手腕冒出來，棉被、衣服、床單到處是紅紅黏黏的血液，沿鋁床縫隙一點一滴流下來。

他手足無措地去壓住那條割斷的橈動脈，可是血液仍然噴出來，濺在他的衣服、眼鏡、頭髮、臉上。胡啟華的臉承受不住那血，慢慢開始糾結、扭曲，他崩潰似地大叫。啊——

人群都抱著手，擠在門口的地方觀看。性變態、同性戀、罪有應得，他聽見人們譴責著。

「救他，誰來救他。」胡啟華歇斯底里地叫著。

這時候王醫師戴著手套、頭罩、口罩，全副武裝，十分困難地走進來。他拉住胡啟華，在他耳邊咆哮：

「你瘋了，你要把他救回來，好讓湯主任接手？」

演講廳

現在病人完完全全是屬於他了。幻燈片映出死者全身，鋸開了胸肋骨，拿走腹部肌肉，像隻青蛙似地露出完整的內臟。從圖片可見大多數臟器已經壞死，顯出髒髒暗暗的面貌。胡啟華拿著指示燈，詳細說明病理解剖的情形。

幾天前湯主任便聲稱腹瀉躲進了特等病房，不再接見任何人。望著他留下來那個空著的座位，胡啟華突發奇想，湯主任會不會躲在病房裡面哭泣？他哭泣又是什麼樣子呢？時代無情地淘汰掉劉教授，等把教授折磨夠，箭頭又轉向湯主任來了。而湯主任之後呢？

他敘述過了關於愛滋病的流行，傳染、病程、實驗數據、治療、預後，以及實驗的臨床經驗，再看過幾張病理切片，整個演講會就要落幕……幻燈片滑過下一片，映出一顆血淋淋的心臟，下一片，是破破洞洞的肺臟，下一片……

「你知道，教授就是在這裡倒下去的。那時候他正要切斷主動脈，把心臟拿下來。

他動動左手，發覺有一邊不能動，他鎮定地把器械交給我，喃喃說了一聲，腦中風。我還弄不清楚怎麼回事，人已經倒下去了……」

主持這次解剖的是病理科蔡醫師。那天他們特別在解剖臺下加裝防漏水槽，所有人戴上口罩、頭罩、眼鏡，穿兩件消毒衣，戴兩層手套。整個現場電鋸起落，骨灰飛揚，刀斧落處，血液四濺，如臨大敵。

胡啟華靜看著蔡醫師，想起他剛到病理科時，幾乎天天挨罵。有一次，劉教授氣得把蔡醫師整本報告丟到樓下去。「醫學院都畢業了，還寫這種報告，你英文到底及格不及格？」

胡啟華匆匆忙忙跑到樓下，看見蔡醫師坐在長廊上翻那幾頁被刪改得紅紅一大片密密麻麻的報告，眼淚都流出來了。

「我不曉得我那裡得罪他，教授為什麼這麼恨我？」

胡啟華比蔡醫師多待一年，懂得教授的脾氣，便給他打氣，並帶著他找資料，一字一句地重新打字、訂正。那一年，蔡醫師喊胡啟華「學長」喊得殷勤，差不多所有呈給教授的報告胡啟華事先都看過、訂正過……而現在，胡啟華靜靜看著蔡醫師，看他純熟的技術，一舉一動，都是教授的影子。他忽然對那些排山倒海而來，又滾滾而去的時光感到冷顫，如果當時自己沒有離開病理科，或許現在也正是這個樣子吧？

教授的確再也不能站在演講廳內理直氣壯地罵人了。可是他多麼希望當初要離開病理科時，教授曾經狠狠地痛罵他一頓，至少那會讓胡啟華覺得好過一些。他想像教授如果還活著，一定要破口大罵：「全世界從來沒有一個愛滋病是自殺、流血過多致死的，況且還住在醫院裡面。你們到底有沒有救他？連簡單的動脈出血都救不回來，你們還當什麼醫師？」

「我知道我應該能夠救他。」可是胡啟華沒有，他不願意再多說什麼。

蔡醫師看著他想一想，拿起筆，在死亡原因一欄填下休克致死，然後簽上自己的姓名。他抬起頭，淡淡地說：

「我欠過你的。」

而演講仍進行著。愈來愈接近尾聲。那些血淋淋的病理解剖圖片一張一張滑過去。休克致死。幻燈片停在那裡。更正確地說，那應該是出血致死。休克致死，在幻燈片中不顯眼的一欄可以是心臟性、敗血性、低容積性，可以是很多別的意思，可是如果是出血致死，那就完全不一樣了。

是的，他們一起欺騙了所有的人。

胡啟華輕輕地嘆息，那聲音微弱得沒有人聽見，然後他聽見掌聲一波接著一波響起來，有人打開了演講廳內的日光燈，那光線竟有些刺眼……

麗怡

胡啟華已經醉得搖晃不定，他把鐵門敲得篤篤響。麗怡拉開大門，門鏈還掛著，她隔著門縫看他。

「讓我進去，我知道妳要走了，我有話跟妳說。」

麗怡聞見他身上的酒氣，她很猶豫，不知道該不該把門打開。「你回去，我求你，我已經和你說過再見了。」

「讓我進去。」篤篤篤……那門被胡啟華敲得一陣急似一陣，他的整個腦海都是麗怡，那聲音愈來愈響，麗怡、麗怡、麗怡……幾乎就要奪胸而出，最後他再也承受不住，便立在她的門前嘔吐，一陣接著一陣紅紅黃黃的殘渣。

麗怡慌了手腳，攙扶他進去沙發上。自己拿了拖把去收拾那一灘殘渣。客廳的電視螢幕重播著愛滋病的報導，院長正在講話。胡啟華躺在沙發上，覺得十分恍惚，聽不清楚他說些什麼。那些跳動的片段似乎他都連貫不起來，然後他看見衣冠楚楚的自己，在螢幕上說話……

麗怡擰了熱毛巾過來替他擦臉，胡啟華看見電視上的自己，陌生而又遙遠，忽然便難過了起來。

「我殺了他，」胡啟華激動地抓住麗怡，「是我殺了他，妳知道嗎？」

麗怡幫他鬆開領帶，替他擦乾一張臉，沒說什麼。他的眼淚又滑了下來，「我正在失去妳，也失去我自己，妳懂嗎？我們正在失去一切，妳懂嗎？」

麗怡別過臉，拿著毛巾起身，胡啟華緊緊地抓住她：

「不要離開我，求妳不要離開我，就像當初妳離開自己一樣，好嗎？好嗎？」

麗怡靜靜站著，怨怨地看他。她漸漸顯得激動。「你到底要我怎麼樣，我們都已經離婚了。」她咆哮著，聲音轉為哽咽，衝進浴室，打開水龍頭，沖洗毛巾，任水嘩啦嘩啦地流……

胡啟華似乎愣住了。可是他仍搖搖擺擺走進浴室，站在麗怡背後，輕輕地撫摸她的頭髮。

「別管我，讓我安靜。」她嗚咽著。

胡啟華從背後抱住她，把頭靠在她的肩上，他輕吻她的頸肩，麗怡微微地抗拒，驚慌地說：

「不要……求你，我們已經離婚了。」

「讓我們重新開始，好嗎？」

「都亂了，一切都亂掉了，我們再也走不回去了，難道你不明白嗎？結婚不是萬靈藥，去美國也不是萬靈藥，沒有什麼是萬靈藥，你懂嗎？」

胡啟華仍吻著她，麗怡不再抗拒。他並沒有注意到掛在麗怡臉頰那兩行淚。

教堂

一波接著一波的掌聲仍在胡啟華的腦海裡響著，然而這只是陽光迤邐的星期日，星期日早晨的教堂。他們都穿戴整齊，肅穆著心情，來參加教授的葬禮。執事牧師正講解著聖經那個故事，那時眾人抓到一個行淫的女子，要用石頭打她。耶穌就直起腰來，對他們說，你們中間誰是沒有罪的，就可以先拿石頭打她。

你們中間誰是沒有罪的，就可以先拿石頭打她？那故事胡啟華早聽得熟悉了，可是從來沒有像這樣感覺驚心動魄過。他看見人們抬起教授的棺木移動了起來，伴著肅穆的風琴，一步一步地往前走。

弟兄們，我告訴你們，血肉之體，不能承受上帝的國；必朽壞的，不能承受不朽壞的。無知的人哪！你所種的，若不死就不能生。並且你所種的，不是那將來的形體，不過是子粒……

第一次，胡啟華感到教授這次真的是離他而去了。他彷彿看見那座把他領進醫學殿堂的塑像，沉浮在時光的洪流中，愈漂愈遠……

跟著教授後面長長的一排人，沉靜而憂傷。那些虔敬與溫柔的心情叫人撩起一絲美好的想盼。可是胡啟華再明白不過，那些只是死亡短暫的發酵，讓他們忽然記起生命是怎麼回事。過了明天，所有的人將會遺忘這一切，如同以往一樣，彼此相愛、相恨、相廝殺，卻又互相需索……

想著悲歡的心情便又荒謬地雜混在一起了。人群推推蹭蹭，把他推到院長身邊，院長笑著看他。

「昨天電視上大家都說我看起來比本人還要胖，」他的臉圓圓的，帶著微笑，「倒是你那場演講不錯，以後要好好幹。」

胡啟華跟著笑，覺得冷冷訕訕。他一回首，看見湯主任那雙不安又閃爍的眼睛。

忽然就不想再走動了。他擠出人群，站在草坪上，遠遠地看著喪禮的行列。或許只要人類存在一天，沒完沒了的這些恩怨就會持續不斷吧？他看見湯主任在人群之間，小小的個子，有些可笑。總覺得他似乎仍醉著酒，搖搖晃晃地跟在院長後頭。而時間是如此地無情冷酷，他反而開始有些同情起湯主任來。

一架飛機從他的上方飛過去。胡啟華抬起頭，靜靜地看著那飛機。飛機的背後是一片蔚藍的晴空，吸引著他，注視了好久……

等他低下頭來，棺木已經上車。人群進入各色汽車裡面。他聽見引擎聲，所有停下來喘息的一切，這時又重新動了起來。更遠的地方是樹木、道路、號誌、行人、建築……胡啟華瞇著眼睛，不知怎地，那些色調一時之間便亂了。

聶醫師的憂鬱

不錯，假使你越過邊境的話，你就會聽到無法逃避的笑聲。可是假使你再往前走，超越了笑呢？

——米蘭．昆德拉

050，50歲那年……

在五十歲生日宴會上，聶醫師舉杯向所有致賀的人答禮。他正正領帶，清清嗓門，接過麥克風，終於發表感想：「我願意用五十年來的一切來交換，如果有人替我生個胖娃娃，接續我的生命……」

現場一片鴉雀無聲。五十年來，聶醫師一直給人們帶來意外。無疑這句話惹了禍，包括副院長以及所有唯唯諾諾、阿諛奉承的人，同時都傻眼了。大家不約而同把眼光集中到惠美身上。然而在這節骨眼上，夠格出來說句什麼的人實在沒有。惠美一句話不說，仰頭喝完高腳杯中的香檳酒，自顧自往門外走。這時聶醫師抓住麥克風，仍然振振有辭地演講著他的生命哲學，可是已經無人有心情去留意他在說些什麼了。

幾秒鐘之後，聶醫師的演講果然被迫停了下來。那時惠美正好走到門口，一個按捺不住，轉身把高腳杯拋了過來。玻璃杯砸在聶醫師額頭上，冒出鮮血，麥克風摔落在地面，不斷地發出嘎嘎的雜音沒人收拾。現場一片零亂。

惠美頭也不回奔回房間去。

午後的陽光穿過百葉窗照進屋子裡，映得地面上陰影一格一格。她很理智地拉攏百葉窗，關上大門。這一切都在沉默中進行，沒有人聽見什麼。然後她把頭蒙進棉被裡，開始放聲大哭。她覺得自己愈來愈愛哭。二十二年來，她從沒哭得這麼厲害過。生命曾給她許多委屈，她已經老了，應該有權利哭一哭。

過了不久，副院長在外面敲著門。

「聶太太，妳還好吧？」

她抬起頭，看見塵埃映著射進來的陽光，在空氣中閃動，忽然有著隔世般的陌生。

她想起那天下午，副院長和王醫師拿著骨髓穿刺檢驗報告過來，憂心忡忡地站在她面前。

「是血癌，嗯？」她關切地在他們臉上找答案。

當副院長沉重地點頭以後，惠美並沒有猶豫很久。事不關己似地，惠美泰然地告訴他們：

「過幾天聶醫師要過五十大壽了，暫時別讓他知道，懂嗎？」

那時候，她看見了走廊那邊直射過來的陽光，白花花地一片，幾乎叫人昏眩，可是她深深地吸了口氣，沒讓這一拳擊倒。

「聶太太。」

她還聽見副院長在敲門。

是了，那是她的一生。可是惠美不甘心，還是有那麼多沒做完的事，為什麼偏偏是她呢？

篤篤篤，敲門聲敲得她心煩。可是她的人生還有一小段，她不得不迎起笑臉去面對它。惠美相信至今聶醫師仍為二十八歲那年的事恨她。時間是那麼地有限，再不趕緊就來不及了。

對五十歲的聶醫師而言，二十八歲那個時代的記憶已經沒有事實那麼明晰了。甚至他覺得那些事實也不過是靠著記憶勉強維持的幻影罷了。由於遺忘的緣故，他必須替空白的部分不斷的填補上新的色彩、新的詮釋，以至於那些錯亂的記憶，看起來像是塗著嶄新水泥漆的一級古蹟那麼不可置信。

他記得那天下午和往常沒什麼兩樣，他拿著病歷走進一般外科病房檢查新病人的乳房纖維瘤。

吃過飯的午後，護士都趴在護理站沉沉睡去。他踩著急促的步伐跨入病房，估計在檢查完病人之後或許還有時間小睡片刻。可是他一走進病房，就讓端端正正坐在床畔等他的惠美給震懾住了，說不出來什麼緣故。陽光從她的身後映過來，照出閃閃發光的輪廓。

「我是妳的醫師，聶醫師。」

「我知道。」惠美肯定地回答。聶醫師一直端詳她。她臉上抹著濃厚的底妝，粉彩似的眼影腮紅，他懷疑那不是看診，而是赴一場約會。她一直在那裡等他。

聶醫師翻起掛在床前的名牌，低著頭登記姓名、年齡、籍貫這些基本資料。

「哪裡不舒服？」聶醫師職業性地問她。

再抬起頭看惠美，她沒有回答，僅僅羞怯地笑了笑，隨即溫順地解開上衣。她一顆一顆地解開自己的釦子，專心而細膩。慢慢那襯衫褪了下來，可以看見頸項與身體之間，明顯露出妝粉與膚色的界野。陽光在她胸肩細微的起伏間閃動，折出動人的光線與質感。

聶醫師嗅到一種高雅的香水，混合著女人特有的生物性氣味，喚起他未曾有過的深層慾望。惠美猶豫了一下，稍後，她背過手去解開背後胸罩扣環——澀嫩地望了聶醫師一眼。胸罩在她那女性特有典雅而動人的姿勢中滑脫下來，浮現出嫩白的乳房。

在這之前，他曾經診視過數百個乳房的病例，也曾在手術臺精細地沿著表皮切割，滲出血液，然後是黃色的脂肪細胞、結締組織、腫瘤細胞，還曾經在顯微鏡底下見過那些排列不規則，細胞核怪異的腫瘤細胞。說不上來什麼理由，這個女病人撩起他的慾望。那些血液、結締組織、乳腺細胞很巧妙地被壓抑下來，那是一種訊息，繞過了他訓練有素的理性防衛系統，直達靈魂。

乳房差不多是捧在手掌中的大小，聶醫師輕輕地觸摸，一邊熟練地在病歷記載檢查的結果，纖維瘤長在右側乳房外下方，深約〇．五公分，大小2×3×2公分左右，規則，可以移動，無沾黏現象……聶醫師無意中碰觸了病人的乳頭，感覺到她慢慢挺硬起來。而同樣的生理變化也發生在他的身上……

那種閃現即逝的幸福忽然又再度降臨他的身上。那時候他們幾個孩子比賽爬竿，爬著爬著，那種緊迫的感覺沉沉地壓迫著他，逼他爬得更高，更高，終於在他達到頂點的一剎那，有股無可言喻的感覺從他身上流動過去，讓他體會到一種新的可能，孩子們遠了、地面遠了、一切一切都遠了，他有種超越邊境的感覺，不斷地升高，直到不能再高，他慢慢滑落下來。那是他首次經歷的高潮，一種陌生、幸福的感覺閃現即逝。

「這裡長了東西。」聶醫師聽見病人向他抱怨腹股溝位置長出大小不等的顆粒結節。

接著發生的事情離譜了，可是聶醫師並沒有察覺。他盡責地撩起惠美的裙襬，病人配合著把內褲褪至膝蓋。他的視線沿著女人身上的曲線，跳過零亂的衣衫，一路撫摸下來，可是他沒有看到腹股溝結節，病人便拉著他的手去撫摸……

病房大門虛掩著，聶醫師見有人從門外走動過去，同時他聽見病人大喊救命的聲音，本來他以為那是他自己心裡聽到的聲音，或者是自己聽錯了……可是剎那間，他反應過來怎麼回事，已經來不及了。

病房內早衝進來形形色色人物。惠美衣衫不整地縮在床角，有模有樣地哭泣，指控這位猥褻的醫師。

050……

搶案發生在醫院發薪水當日。會計人員從銀行領回八百多萬當月發放的薪水，走下計程車，在醫院門口當場遭到搶劫。

搶案進行不到一半，有人打破沉默，尖叫出來——因為大家同時都發現歹徒手上其實是一把手術刀。更令人驚訝的是，即使歹徒蒙上口罩、戴著鴨舌帽，每個人仍然很容易從體形及動作認出來那是聶醫師。

惠美匆匆忙忙阻止打電話報警的人，也衝出來阻止所有人的行動。大家站著看歹徒，費力地提著現款手提袋，氣喘吁吁移動到轉角，招呼上一部計程車，完成了這次成功的搶劫，揚長而去。

惠美傻愣愣地站在她辛苦建立起來的綜合醫院門口，說不出一句話來。幾乎所有的人都議論紛紛，縱使聶醫師做過許多不可思議的事，可是搶劫自己的財產——畢竟這還是第一回聽過。沒有人明白聶醫師真正的動機。

幾個禮拜之後，屬於聶醫師自己的新診所在不遠的幾條街開張起來，人們才恍然大悟，這又是聶醫師神秘的逃亡計畫的一部分。也有人認為事情肇因於生日宴會那次不愉快的爭執，這不過是普通的夫妻失和。

過去一年來，他最成功的逃亡行動只到達隔街的牛肉麵攤。那一次，他穿著綠色無菌衣，踩著拖鞋，成功地在眾目睽睽之下，逃離醫院。要不是覺得肚子餓了，他本來可逃得更遠。麵攤老闆以及警員根本不明白那身看起來襤褸的衣服其實正是外科醫師崇高權威的標誌，更別說向他們解釋為什麼手術衣上沒有裝鈔票的口袋。整個完整而偉大的計畫竟失敗在枝微的細節上，是聶醫師始料未及的。他是一座十二層綜合醫院的院長，卻付不出一碗牛肉麵的錢。

033……

到了三十三歲，聶醫師已經離開原先的教學醫院，在惠美的幫助下，成功地建立起私人外科醫院。一切瑣碎的業務都由惠美負責。因此，除了門診、開刀之外，他不需再操心任何額外的工作。

病人是這麼多。

每天清晨，他吃下惠美為他準備的牛排，拍拍肚子，便開始了這一天的工作。更衣、刷手、比對X光片、消毒、上手術臺開刀。那時候，他已經十足成為一個外科醫師了，包括暴躁的脾氣、驚人的酒量、摔器械的姿勢，以及躲在手術房更衣室裡抽菸的壞習慣，他都不曾叫人失望。

手術房裡，無影燈鎮日亮晃晃地照著，那裡面見不到外面的陽光，分不清是白天，或是晚上。病人送進來一個又接著一個，日子過去一天又一天。新的一天和舊的一天彷彿沒什麼兩樣。更嚴重的時候，到底過著什麼日子都迷糊了。聶醫師常常穿好無菌衣，忘記了到底吃過今天的牛排沒有？因為不確定，他又走回餐廳再要一份牛排。牛排的滋味都差不多，有時候他吃了三份牛排，竟以為過去了三天。

儘管如此，醫院的業務在惠美處心積慮的策劃下，蒸蒸日上，諸如收買計程車司機，刊登不實廣告，聯絡黑社會幫派分子，宴請當地政客、稅務人員……惠美都不遺餘力地去努力。

走過聶醫師診所前面，從玻璃窗望進去，滿滿坐著耐心等候看診的人。候診室的人有愈來愈多的趨勢。起先，惠美還要花錢請些不相干的人坐在候診室充充場面，漸漸，那滿滿一屋子的人就真的都是自動上門求診的病患了。當然這需要一點小小的技巧。就拿打點滴來說吧，一瓶成本二十五元的生理食鹽水，收費是兩百六十元。因此不管是誰來了，先請護士問問病歷。當然每個人的毛病不同，但重點是先打上點滴再說。要不然誰有心情帶著病痛，坐在候診室裡乾瞪眼一、兩個小時呢？再說拴著一條點滴管，像條繩子綁住了花花綠綠的鈔票。再怎麼樣也不能抬著點滴瓶說走就走吧。雖然只是二十五元的一瓶食鹽水，可是人們至少對它懷著一種恐懼的尊敬。

一點一滴慢慢地滴，一屋子的病人就安安靜靜、心甘情願地坐在那裡候診。隔著醫院透明的落地玻璃放映到街上去，變成強而有力的活廣告了。這是惠美關於點滴的開業律——愈長的候診時間，吸引愈多的病人上門，兩者之間有種等比級數的關係。她的點滴打得又準又好，每次看見皮膚下淺青色的靜脈，總聯想到青花花的鈔票，鈔票鼓舞她的信心。

而這些都不過是千千萬萬成功秘訣的一小部分。當地的病患似乎都曉得，即使是感冒之類的小毛病，聶醫師開出來的藥方，也遠比其他醫師的處方來得神速、有效。這些類固醇藥物一些不太明顯的副作用，人們或許注意不到。一、兩年之後，他們突然發生了臉腫、體胖、多毛、圓月臉等怪異現象時，多數人都不會把這些遙遠的事件聯想在一起。惠美很熱心的介紹病人到教學醫院找某教授求治之後，巧妙地把原先病歷燒毀了。

事實上，惠美和這位教授素不相識，她只不過是曾在某本通俗健康雜誌上讀過他所寫的一些內分泌相關問題。沒想到，轉介過幾名病患之後，惠美收到該教授的來函，感謝聶醫師轉診這麼多罕見的庫欣氏症候群病例，供作研究參考。

很明顯，這是一個說謊的時代。電視平均每三分鐘就說一個謊話，洗髮精有爸爸用的、媽媽用的、失戀用的、考試不及格用的，受性騷擾的人吃一種口香糖，被退學的人吃另一種口香糖。在聶醫師治好一位女編輯母親的子宮肌瘤後，他們在報紙擁有了一個健康專欄。聶醫師當然沒空撰寫，可是五、六年級的醫學院學生很樂意做這件事，他們樂得拼拼湊湊、翻譯抄寫一些教科書上的準則，賺取一些約會的基金，慢慢地，聶醫師的專欄收到了許多回響，他曉得他們必須跟著說謊，因為再不用力說，自己就會被別的謊言淹沒了。

有件事可以證明聶外科醫院的努力並沒有白費。曾經有兩個沒搞清楚狀況的混混跑到醫院裡來胡鬧。他們可能忽略了吊掛在候診室幾塊「妙手回春」、「華佗再世」等匾額上，各幫派角頭的落款簽名。惠美沒有理會那幾個看似兇惡年輕人的威脅，她只是笑笑，二話不說，走進掛號室裡撥了一通簡單的電話。幾分鐘之後，一個臉上有疤痕的中年人，穿著西裝，客氣地請走那兩個年輕人。

往後一個多月時間，到了下午，候診室的病人總看到那兩個年輕人，匆忙跑進醫院，恭恭敬敬對著匾額行三鞠躬禮，然後帶著羞愧的神色，倉卒離開。

050

起初，人們對聶醫師新的診所充滿了期望。

聶醫師的新診所裝潢得非常漂亮，鎮日播放著巴哈的鍵琴音樂。除了聶醫師以外，並沒有別的工作人員。診所剛開始時還有一些舊病患，然而聶醫師對於醫院經營管理似乎並不在行，他總是拖著病人講解一些推心置腹的人生哲學，沒有人能明白那其中的道理。慢慢連那幾個少得可憐的基本顧客也消失了。

而聶醫師本人似乎沒有察覺這些變化，他坐在診所診療室裡，並不開大燈。醫院裡昏昏暗暗，他就著桌上一盞燈，埋進那裡面閱讀著厚重的醫學書籍。

差不多每天下午四、五點左右，他習慣帶上大門，走出診所，拖著過度閱讀而疲乏的身體到花店去買花。他蹙著眉頭，很用心地挑選那些花。

花店的老闆不得不預先藏起一部分的玫瑰花給後來的客人，因為聶醫師總是挑鮮紅的玫瑰花，並且買走全部。

他穿著白袍，走在路上，一大束玫瑰花抱在胸懷裡，遠遠看著彷彿淌著血。許多小孩都來圍著他，學他走路的樣子。偶爾有玫瑰花掉在地上，孩子們便撿起來別在髮梢。過了黃昏，光線漸漸暗下來，聶醫師仍不去打開診所的日光燈，只剩一盞桌燈伴著他。所有的黑暗、孤獨都來吞噬他，他堅持著一種等待，不知等著些什麼。並沒有病人上門。

謠言不停地流傳著。據說有人曾在河邊看見聶醫師和女孩騎著協力車一起出遊。還有人曾經在雨後的車站，看見聶醫師苦苦哀求女孩不要離開他。甚至有人言之鑿鑿地指出，年輕女孩騙走了聶醫師所有的現款之後，便消失了蹤跡。

惠美把這些傳言都一笑置之。有時，她恨不得這些都是真的，聶醫師只是掉進了桃色糾紛，而不是生命的陷阱裡。事實上，大火之後，聶醫師根本就沒有性行為能力可言。他們曾經嘗試過種種技巧以及心理治療，談了又談，試了又試，都白費了力氣。

那以後，聶醫師便很認真地要起一個孩子來。他還把這個願望拿去到處張揚。惠美不能生一個孩子，她有吃了悶棍的感受。畢竟性無能不是什麼光彩的事，惠美不願拿這個把柄與他針鋒相對。此外，聶醫師還喜歡當著眾人的面，捏一下她的胸部，講黃色笑話，或者在手術房，把手伸進護士小姐裙子裡，摸她們雪白圓滾的屁股，惠美也一概一笑置之。聶醫師不過想證明他的存在。

後來雨一直下了一個多月沒有停過。聶醫師仍守候在那座空曠的診所，國王似地守候一座棄城。或許他自己也漸漸明白，不會再有病人上門，他不過是堅持著一種孤寂的姿勢罷了。

惠美撐傘，踩著高跟鞋，走到聶醫師診所坐落的這條大街上，隔著雨幕，望著這片街景，她忽然興起一種說不出來的滄桑感。幾年前，他們曾合力鬧出一場轟轟烈烈的桃色緋聞，現在，他們都已經老了，再也揮霍不起那樣的相互殘殺。

隨行的護士在街口的地方停下來，看著惠美一步一步走向聶醫師的診所。沒有遲疑，也沒有猶豫。水花濺起來，潑在她穿著絲襪的小腿上。

那時聶醫師正好帶上診所大門，走出來買玫瑰花。他們在屋簷下相遇。惠美撐著傘，站在雨中，隔著簷前的一片珠簾雨幕看他。

「我們都老了——」惠美嘆口氣。她注意到聶醫師的眼光透著迷離的散渙，可是散渙中，又有一種說不出來的神態，帶著蓄意要與過去割離的堅決。

「聽我說，」聶醫師搖著頭，「沒有什麼是萬靈藥，金錢不是，孩子不是，我們的愛情，也不是萬靈藥。」

說完這些，聶醫師慢慢地走進雨中，兩個人朝相反的方向分開。留下惠美站在簷前，面對幕後的一片空白。

036……

終聶醫師一生，都在進行著那樣連自己都不完全明白的秘密脫逃計畫。每天晚上，診所的大鐵門轟隆隆地拉下來，他也腰痠背痛地看過一晚上所有的門診病人。那時，會計小姐清算一日賬目，整個部門正忙。聶醫師走過那裡，看見惠美在一疊一疊鈔票之間周旋，總覺得恍惚——他彷彿聽見了一段莫札特的鋼琴旋律，從遠方飄過來。可是所有的人正忙得不可開交，無閒暇理會他，再說，他們也沒聽見什麼莫札特的旋律。

聶醫師還清楚地記起那一次，他和丁心文逃離鋼琴教室的午後。他們脫光了衣服在溪裡游泳。後來他們都累了，便坐在溪畔唱歌。丁心文的鋼琴彈得真好，可是他唱歌真是難聽。那天聶醫師得意地指出這點，丁心文竟也開心地笑了……

幾天以後，在一場全國性的青少年鋼琴比賽中，聶醫師敗給了丁心文。他很清楚丁心文演奏的是莫札特的鋼琴奏鳴曲。他穿著深藍色西裝，紅色大領結，一副黑黑圓圓的眼鏡使他看起來有幾分滑稽。丁心文演奏莫札特時幾乎近於冷漠，沒有沉醉，沒有熱情，只是面無表情地做著他的工作。

俏皮的莫札特音符從丁心文的手指間滑動出來，彷彿那不是音樂，而只是天籟，丁心文很巧妙地控制著出入口，讓樂聲自然流露出來……

鋼琴比賽那年，他是十四歲，丁心文是在聶醫師十六歲那年交通事故喪生的。那次他千辛萬苦通過複賽，贏得挑戰丁心文的資格。丁心文卻狡猾地逃出鋼琴教室，退出比賽，退出了一切。

過了很久，時光與滄桑漸漸沖淡這一切，聶醫師心中仍有一些說不出來的什麼。即使在往後的考試、生存競爭中，聶醫師一直扮演著勝利者的角色，他常常無由地聽見那段輕快的鋼琴旋律，或者覺得丁心文正帶著冷冷的笑容看他。當一切記憶變得蒼白時，聶醫帥仍不免忿忿地覺得，丁心文的死亡或多或少是帶著惡意的。

聶醫師坐在候診室裡，慢慢莫札特的鋼琴旋律愈來愈響亮，那調皮的節奏應和著會計人員數錢的動作，不知怎地，竟有一種淒涼的味道出來。那不知名的什麼，又開始鼓動聶醫師的心靈，逃，逃，逃……必須趕快逃離這一切。

畢竟他還是沒有逃開。後來他要求把自己一部分財產換成硬幣，用卡車載回來，滿滿地堆積在一間專用的貯藏室裡。他甚至為這些硬幣在後院建了一座許願池。每許一個願望，他就丟下一把硬幣。

聶醫師許過各式各樣的願望。擁有一個沒有病人的假日，快樂的打一場網球，看一場棒球賽，鍛鍊日漸變形的身材，或者出門立刻被車子撞死……而聶醫師是如此地忙碌，慢慢許願池被他的硬幣填滿了。他大部分的願望，都不曾實現。

050……

大雨之後，惠美就開始病了。斷斷續續地發著高燒，弄得惠美非常煩躁。都說是淋了雨的緣故，除了副院長與王醫師之外，別人並不曉得這件事。

副院長開了各種強力抗生素，預防感染的蔓延，還不斷地輸血。每天，護士小姐把惠美從這間房間推到那間房間做檢驗，什麼抽血、放射線檢查、超音波、電腦斷層，每天排得滿滿的檢查項目。到了下午，檢查報告嘡嘡地從病房的印表機印出來，副院長便撕下來閱讀，看了表他只是笑笑，不說什麼。

惠美暗暗託人去找聶醫師，她擔心自己馬上就要死去了。請託的人是上回陪她去的護士。護士回來只告訴她聶醫師已經把診所大門關起來，好幾天不見人影，並不曉得到哪裡去了。事實上，那次大雨之後，聶醫師便開始在自己身上注射Demerol（成癮性麻醉藥）。後來他在大街上攔截路人，聲稱要解救他們脫離苦境。直到有一天，有人發現聶醫師昏倒在人行道上，好心地送他到大醫院去急救。醫院裡的住院醫師很快診斷出這是典型的麻醉劑成癮症狀，在他清醒之後，立刻將他轉入精神科病房。整個綜合醫院的人都曉得這件事了，但沒有人能決定要不要告訴惠美，或是該怎麼向她啟齒。

燒退了以後，惠美便開始接受化學治療。那些化學藥物都帶著劇毒，五顏六色裝在點滴瓶裡，一點一滴地滴著，一不小心，血管的留置針漏了，皮膚便潰爛一大片。惠美很不適應化學藥物，持續幾天，她不斷地噁心、嘔吐，直到綠綠的膽汁都嘔了出來。惠美非常恐懼，原來世界可以隨時別過臉，把她拋棄。她覺得自己的狀況一天比一天還要差，進進出出的人都裝著笑臉，小孩子似地哄她。她有種被背叛的感覺，醫院上上下下這麼大，只怕沒有一個人可以商量了。

奇怪的是，聶醫師的事反倒比惠美的病情更快傳進她的耳朵。注射完第一階段化學治療後，惠美已經病得奄奄了。可是她竭盡全力爬起來站在床畔，她要去接聶醫師回來。

「聶太太，妳這個樣子，到公共場合會感染的。」副院長以及王醫師都來阻止她。可是惠美堅決得很。

再晚就來不及了。她一旦倒下去，爬不起來，一切只能任人擺布了。

惠美那時頭髮掉得厲害，戴頂帽子，蒙上口罩，露個眼睛骨碌地轉，整個人虛虛弱弱地讓護士扶著。看見聶醫師時他已經不認人了，只是愣愣地笑著。整個人動作十分遲鈍，吃了抗精神藥物的緣故，臉部明顯地發腫。惠美想起自己的苦，一時按捺不住情緒，眼淚撲簌簌地流下來了。

「這是種很嚴重、很嚴重的憂鬱症，」一個衣冠整齊的中年人指著聶醫師告訴惠美，「不過再怎麼憂鬱也不過是憂鬱症罷了，妳想，這個世界上活著的人，誰不或多或少生著病？單只是憂鬱，又算什麼呢？」

惠美抬頭看他一眼，以為他是一個醫師。不過，那只是另一個病人。

大部分的時間，聶醫師都坐在病房的康樂室裡彈著鋼琴。他流利地彈著巴哈的音樂，那一首一首的練習曲，他每個音符都記憶得非常清楚。惠美從沒有聽過聶醫師彈鋼琴，她不曉得聶醫師能把鋼琴彈奏得如此流利。對惠美而言，那背著她彈出那麼優雅音樂的人，簡直是另一種深不可知的靈魂，那不是她的丈夫。

雨來的時候，病房窗口便透入一股偏藍的光，映在點滴架上、病床上，反射著冷冷的氣氛。聶醫師的鋼琴慢慢地彈奏，使人渴望一把小提琴來應和出一首淒涼的歌。可是並沒有什麼小提琴主旋律。生命是暗啞的背景音樂，並沒有什麼主調。冷調的藍光，還讓惠美想起一部感人的電影，漸漸搖開的結束畫面……

終究生活不是電影。惠美每天都去看他，一天比一天還要虛弱。時間剩著不多，她的頭髮不停地往下掉，她相信等她的頭髮都掉光，自己也差不多死掉了。

在循環不停的歲月裡，聶醫師仍舊彈著巴哈的鋼琴曲，惠美的生命，便在那些音符之間，一寸一寸地死去。直到有一天，聶醫師的鋼琴聲忽然停下來，他聲稱聽見了槍聲。

「槍聲。」他喊著，可是並沒有人聽見。

那時候，聶醫師恍惚大夢初醒，惺忪地問：

「我為什麼在這裡？發生了什麼事？」

然後他認出了惠美。惠美想伸手去擁抱他，整個人都是想哭的衝動，可是她一點力氣也沒有。

幾年之後，大火在一夜間燒掉整棟醫院建築。

聶醫師讓消防人員從火場搶救出來時，全身僵直，無法言語。奇怪的是，他仍然能清楚地知覺到救火車叮噹的聲音、看熱鬧的人群、赤紅的焰火、白色的濃煙，以及水柱噴在火苗上，發出來嗤嗤的聲音。那時候，新的醫療大樓正在旁邊的空地興建中。由於風向的緣故，僥倖地避過了這場災難。現場一片混亂。他可以清楚地看見惠美正為一些他不熟悉的證件、產物，奮不顧身進出火場。同時正有人趁著慌亂，搶劫擺在街道上的財物。

聶醫師在一片慌亂中，靜靜地回顧自己一生種種片段，竟開始後悔。那時候，他生命中美好的時光已經過去了一大半以上。他發現，大多數的青春歲月，他都為成為一個醫生而犧牲、努力。等到醫生的夢想實現，他卻又淪為死亡的祭品。總是在死亡、呻吟、病痛中窮忙。更多的手術、門診，成就他的財富，財富又帶來更多的建築、設備、更多的病人。天天有那麼多人要死去。他永遠都在這個美麗的陷阱裡，動彈不得，直到死亡吞噬了他自己為止。

目擊這場大火的人指出，這場不幸的大火必須歸咎於聶醫師在更衣室裡的抽菸行為。甚至有人覺得，那根本是聶醫師蓄意縱出來的一場火災。

顯然，這與聶醫師的認知完全不同。聶醫師記得非常清楚，他看見幾個麻醉護士神色匆匆從手術室裡衝出來大喊大叫——當時，他正好點著香菸。突然間，他無法聽清楚她們喊叫的內容（時間在這裡被動了手腳），漸漸她們的動作，隨著聶醫師的思考，緩慢下來。勤務人員、護士以慢動作的速度推著手術病人，一邊擠壓氧氣氣囊，從開刀房一路奔跑過來。其中，幾個病人敞開的腹腔甚至來不及縫合，露出了一截一截的腸道。聶醫師想伸手去阻止，可是他的動作遲鈍、無法移動、喊叫……畫面持續進行，他不明白他們為什麼要奔跑……直到香菸燙到手指，從他的指間滑落下來。開始有了火焰燃燒，蔓延開來。

問題的關鍵在於時間的順序。可是人們似乎無法理解這麼簡單的道理。大火之後，整整一個禮拜時間，聶醫師麻木僵直，不言不語。精神科醫師在他身上敲打、檢查，認定這是過度驚嚇產生的症狀。他們替他注射點滴，還有許多特別藥物。一個禮拜之後，除了不停地喝水，聶醫師已經逐漸清醒，和平常沒有什麼兩樣。

他瞪大眼睛告訴每個人事情的真相，可是沒有人肯相信他。儘管如此，他仍然堅信，時間在那場大火中，玩弄了某種詭計，甚至藉著那樣的詭計，向他展示自身的奧秘也說不定。

值得慶幸的是，並沒有人在這場火災中喪生。那些手術進行一半的病人，都被轉送到附近醫院急救。惠美在大火中，完整地救出了所有的病歷，這是她最引以為傲的事。

保守估計，財物損失約在三千萬元以上。燒去了所有的東西，僅存著病歷，那也就夠了。惠美是隻浴火重生，愈燒愈熾的鳳凰。在工作人員還沒聽膩彼此的逃生故事之前，新建大樓已經接通水電，冠冕堂皇地營運起來。

接聶醫師從精神科病房回來那次，還是聶醫師抱著她走進這個房間。輕輕地把她放在床上，替她蓋上棉被。後來，她沒再走出過房間，甚至沒離開過這張床。

多半的時間她都在沉睡。惠美常常做夢，總是夢見自己興高采烈地盪著秋千，突然間，秋千斷了，她不斷地往下掉，往下掉，那一頭是醫院、她的丈夫，還有許許多多朋友，她回頭拚命要抓，可是卻什麼也抓不住……

等她醒來，疼痛、噁心、昏沉，那些沒完沒了的感覺又來叨擾她，這些都是真的，可是對她而言，不過是另一場惡夢。

「我知道這輩子你一直恨我。」還有那麼多事，可是都來不及了，惠美只能挑最重要的說。

她的聲音這麼微弱，聶醫師不得不彎下腰，把耳朵湊近，再問：

「嗯？」

「我覺得你一直恨我。」

這回聶醫師聽得清清楚楚，可是他不說什麼，惠美的時日已經不多了。何況幾十年過去，一切都只剩下殘存的影像與記憶。他甚至無法確定正確的時序與記憶的真相。

二十四歲的惠美，那張豐盈燦爛的笑容，這時慢慢又浮現在聶醫師腦海，他陷入迷谷似的記憶裡。他聽到律師的爭辯、檢察官的質詢，還有法官敲著議事槌的聲音，可是那些吵吵鬧鬧言詞的內容，他已經完全不復記憶了。

「妳明明知道我並沒有對妳做什麼。」他們還曾舉行過一場私下的談判，彼此都秘密地帶著小型錄音機。聶醫師還想起那天中午，惠美挺翹的乳房在他手裡盈握，他曾感受到自己蠢蠢欲動的男性，以及一種超越現世生命的幸福……

聶醫師相信惠美的律師曾經透過傳話，希望以金錢結束這場緋聞事件。可是他又懷疑那不過是歲月與心情在他的記憶上動了手腳，況且律師早在幾年前讓黑道人士砍殺，他們根本無法求證。話又說回來，過去了那麼久，誰又在意事情的真相呢？

而當聶醫師終於在汽車後座，強暴了惠美，那樣的心情，對他自己，對惠美，對所有的人恐怕永遠都是個謎了。他不瞭解為什麼當時惠美不曾抵抗，甚至半推半就地鼓勵他做這件事？當時惠美趴在汽車後座，翹得高高滾圓的屁股讓他從背後抽送，他覺得自己和一條公狗沒有什麼兩樣。後來他達到高潮，他生命中某種說不出來的成分也就死去，不再回來了。他恍惚地坐躺在汽車後座，感到無限空虛，生命是許多混亂與荒謬片段的組合，到底有什麼真理是值得堅持的呢？

我覺得你一直恨我？惠美問他。

二十多年後，答案終於一層一層揭曉了。聶醫師愛她，貪戀她的青春、肉體，以及不可抗拒的一切。正因為愛，所以聶醫師恨她。恨她在他身上加諸的一切，所以聶醫師要和她結婚，好讓自己能一直恨下去。正如一條公狗體會到某種單純的快樂一般，聶醫師發現原來自己也不過是一個普通人，活在普通的世界，彼此互相愛戀，互相仇恨，互相需索，卻又互相咒罵著……

在一個漫長的午後，當陽光照到床前地面上時，惠美顫抖著虛弱的手去拉開床邊的抽屜。在一疊一疊衣服底下，她找到那包保存完美的塑膠袋。塑膠袋裡有一把剪刀，還有所有關於那次事件的所有剪報。報紙都已經泛黃了，可是字裡行間那種氣氛彷彿昨日。

過了二十多年，惠美慢慢在那些緋聞中讀出可笑的味道。她一張一張地讀過去，驚訝地發現那些我們一直堅信的事物與事實之間竟有那麼大的差距？她很想大笑，可是沒有一點力氣，只能微微地牽動嘴角。

護士開始尖叫時，惠美的床畔已染得到處是血了。剪刀以及剪報都散落在地面上，也沾著血。惠美的手臂上割了兩、三道傷口，血液緩緩地從傷口滲出來。

她是那麼虛弱，以至於只能劃斷淺層的靜脈。當聶醫師趕過來時，血已經止住。那時，惠美正歇斯底里地抽啜著，體弱的緣故，哭聲竟像小孩嗤嗤的笑聲。

「你會原諒我嗎？我是這麼愚蠢。」惠美死命地抓住他的手，再晚就來不及了。

聶醫師看見她的傷口，不知怎地，有一陣痛從他心中過去。他便很認真地安慰她：

「別難過，這不過是場夢。終有一天，這一切都會過去的。」

他過去抱著她，發現她竟變得這麼脆弱，彷彿稍不留神，就能夠把她弄碎了。

044……

聶醫師堅信，在不知不覺中，時間或者不知名的什麼，正欺騙著我們。

大火之後，聶醫師的逃亡行動便如火如荼地展開了。那些似是而非的理論，似乎無人能夠理解。

他常常整夜不睡，盯著時鐘一分一秒地跳動，他害怕我們稍不留神，闔上眼睛睡著，時間便恣意地大量流失，像個不老實的生意人。有時候，他又懷疑生命只是人人串通好與他對手的劇場。終有一天，我們聽到冥冥間有人喊著，結束了，一切都結束了。這時天地布景被拆開，人人拿下面具，放下自己的角色，一起快樂地唱歌、歡笑。喜悅、痛苦、死亡、憂傷，原來不過是舞臺上的道具……為了證實自己的想法，他常常神經質地閃到沒有人注意的角落，察看是不是正好有個傢伙偷懶休息，忽略了自己扮演的角色，被他抓住了把柄……

而時間是那麼詭異的傢伙，把一切做得毫無破綻。聶醫師帶著牙刷、牙膏、毛巾、肥皂，準備逃亡。可是沒有一條路能脫逃時間的監獄。他覺得自己像玻璃窗前的蜜蜂，嗡嗡地飛著。他看見一片廣大無限的可能，卻掙脫不出那一片透明。

後來聶醫師就失蹤了。沒有人知道這回他又逃到那裡去。一個禮拜之後，有人在兩百公里外的南部城鎮，發現聶醫師的蹤跡。他衣衫襤褸、流落在街頭上，找不到回家的路。

精神科醫師一口肯定這是一種早發性的癡呆。縱使就一個四十多歲，正在巔峰時期的外科醫師而言，這個診斷似乎殘酷了些，他們仍然十足把握地預測：

「絕大多數的病例情況都愈來愈糟，恐怕他沒辦法再繼續開刀——」

最初，聶醫師只能模仿醫師的樣子在紙上畫圓圈、正方形、三角形。漸漸他能夠做出右手捏左邊耳朵，左手捏右邊耳朵的困難動作。複誦雨傘、月亮、鉛筆。慢慢他可以回答民國幾年幾月幾日，中華民國總統是誰？還有在路上撿到一封未投遞的信件該怎麼辦這些抽象問題。他以一種跌破專家眼鏡的速度復元。

「我們從來沒見過這樣的病例。」精神科醫師托托鼻梁上的深度近視眼鏡，決定不再發表他們所知道的早發性癡呆理論。

後來聶醫師完全恢復了正常，而且正常得出人意料。他透露一段恐怖的綁架經歷。據他自己宣稱，是在門前乘涼時，被歹徒推入準備好的汽車中。歹徒共有兩名，一高一矮，操本省口音。較高者上唇還蓄了短髭，手持開山刀。上車之後，他隨即被蒙上眼睛。約車行兩小時——他可以感覺大部分的時間車子走在高速公路上，聶醫師佯稱尿急，下車如廁。車子停在苗栗附近鄉間，聶醫師利用茶園掩護，乘機逃跑。逃亡過程中，另一名較矮的歹徒掏出白朗寧手槍，發射了兩槍，都被聶醫師機巧地躲過。他相信沒有人聽到槍聲。

聶醫師形容得如此栩栩如生，加上他又曾經治好警察局長岳父的膽囊結石，因此沒有人懷疑這段過程的真實性。他們還用電腦畫下兩名歹徒的面貌、特徵，向全省發出通緝令。

兩個月之後，竟然有兩個歹徒落網了。他們是在搶劫運鈔車的過程中被警方逮捕。三天三夜不眠不休的審訊，他們坦承一共犯下四宗搶劫案、兩宗殺人案，以及兩宗綁票案。包括綁架聶醫師未遂這一件。歹徒一共被判處兩個死刑、一個無期徒刑，以及三十七年又六個月的有期徒刑，褫奪公權終身。

惠美把這一切都歸諸於過度忙碌的生活。因此他們決定拋開一切，到海邊去度個長假。

他們在海邊的生活過得相當愜意，除了開車兜風之外，他們就到處吃吃海鮮、與人聊天。他們在汽車後座做愛，也曾在海灘上飲酒。那的確是十多年來第一次他們的度假，可是聶醫師發現，除了做愛之外，他們已經沒有什麼共同的興趣與話題了。

經年累月的操勞，已經使惠美的身體鬆垮下來，甚至有些虛浮。聶醫師撐著手臂，在她身上抽送，總要弄得兩個人滿身大汗，油油黏黏。他模模糊糊地想起二十八歲那年，正當社會版新聞，把這件醫師緋聞渲染得正熱熾時，心裡那種矛盾與恐懼。那時聶醫師知道惠美蓄意要把這件事情鬧大了。他不得不陪著她死拚到底，否則，他自己是不可能有勝算的機會。然而衝突愈升高，他便愈無法忍受惠美對自己那種青春、美麗的自信與挑釁。事情似乎變成聶醫師愈堅持自己的真理，他的慾望就愈臣服於惠美的美麗與肉體……

十幾年之後，當他在同樣的肉體上達到高潮時，忽然油然而生無限的懊悔與罪惡感。那時候，他發現，不管他再如何追尋，那些抽送，不過是機械式的動作。而機械動作背後有些不知名的什麼，已經徹徹底底死了。

「槍聲——」聶醫師躺在床上喘氣，叫了起來，他明明白白聽到兩聲槍聲。

惠美側耳傾聽，只聽見旅館外邊海浪的濤聲，並沒有什麼槍聲。

可是吃早餐時，她看見剛送來的早報，刊載著那兩名搶劫要犯被槍決正法的新聞，時間是清晨五點二十分，正好是聶醫師大叫的時刻，她訝異得差點把食物都吐出來。

惠美最後那段歲月裡，聶醫師幾乎都躲在地下室裡瘋狂地彈著鋼琴。

那時候惠美已經瘦得剩著皮包骨，鎮日虛虛弱弱躺在床上無力地呻吟。聶醫師吩咐每四個小時給惠美打 Demerol 止痛。才不久前，惠美才看見聶醫師從麻醉藥物成癮中恢復過來，而現在，她對麻醉藥的依賴已遠超過聶醫師。惠美消耗麻醉藥的數量變得十分驚人，她總是一、兩個小時不到便急急要索。麻醉藥加速惠美的死亡，當她不再有力呼喊時，便用手臂拍打桌面，發出篤篤的聲音。那聲音沉甸甸地，給人一種深沉的痛。很久以後，當一切都過去，大家彷彿還聽到那樣幽微的聲音，沉沉厚厚地響著，像是什麼永無止盡的抗議。

聶醫師聽到聲音走過來，醫護人員已經替惠美打麻醉藥了。打藥後的惠美，沉沉地躺在床裡睡。她的頭髮都掉光了，乾癟癟、光禿禿地臥在那裡。看起來似人非人，像是某種原生動物，或者是浸泡在福馬林液裡未成形的胚胎標本。說不上來為什麼，惠美的病情愈重，聶醫師的感覺便愈淡。活了一輩子，再強烈的愛恨怨憎，也不過是那樣，抽離掉這些煙障，便剩下空蕩蕩的感覺，有股涼意，從聶醫師背脊冷上來。然而除了感受之外，別無他法。

大部分時間，聶醫師都在琤琤切切地彈著鋼琴。大家都很清楚聽見地下室傳來莊嚴肅穆的琴音，安詳而動人。沒有人明白，聶醫師為什麼以那麼瘋狂的態度不分日夜地彈著鋼琴。後來惠美要斷氣了，他仍然在地下室裡。惠美勉強地搖動頭顱，吩咐護士不要去打斷他。

聶醫師彈著巴哈的鋼琴奏鳴曲，他已經老了，可是仍然記得他十七歲那年所練就的每一個音符。音符帶著他往回走，他清清楚楚地聽見奏鳴曲的旋律走進時光的脈動裡，然後是掌聲，一波接著一波的掌聲，彈完最後一個音符，他站起來向聽眾答禮，他知道他又贏了這場比賽，終於他要面對丁心文了。有人送上來一大把玫瑰花，讓他抱在懷裡，掌聲仍然一波接著一波……他覺得微微昏眩，皮膚溼冷，額頭冒汗。那片血般的紅在他眼前漾開，事物在他眼前飄浮了起來。

他看見玫瑰花脫離枝梗，花瓣脫離，在空中翻飛。血紅的花瓣愈撒愈多，漸漸占領他的視野，下起一場繽紛的玫瑰雨……像他們所見過的所有愛情、血液、淚水，紛飛、飄零。

丁心文給汽車撞死了，你知道嗎？

他聽見有人在耳邊輕輕地說。可是在那片紛飛的猩紅裡，他卻看到丁心文，仍舊戴著圓圓的滑稽眼鏡，穿深色西裝，打紅色領結，面無表情地彈著莫札特的樂音。這時聶醫師已經老了，他的精神系統及泌尿系統都有嚴重的問題，可是丁心文仍然是那個翩翩少年。

多年來，他一直盼望著這一刻，他要坐到鋼琴前彈奏巴哈，與丁心文的莫札特較量。可是這時，他在繽紛的玫瑰雨裡，看見丁心文燦爛的笑容，清純明淨得像九月的天空。那種無法沾黏一絲一毫污點的完美，站在時光的另一端，冷冷地嘲笑著……不知為什麼，那些想盼，竟然變成了悲傷。

而聶醫師的琴音仍然持續著。生命對他是一種無窮無盡的懲罰，它有太多疑問，卻沒有任何答案。這時他想起所有曾在他手裡流失的事物，那些活著、掙扎著、死去的面孔。他清清楚楚地感覺到這些怎麼一點一滴地流失。

惠美在那時候斷氣，幾乎是同時，他們聽見聶醫師拍打鋼琴的聲音。他趴在鋼琴蓋上，啜泣起來。

062……

惠美過世以後，聶醫師的逃亡計畫仍斷斷續續地進行著。曾經有一次，他躺在太平間冰涼的推床上，替自己蓋上白布，像所有死去的人一樣。過了三天三夜，他身旁所有冰涼的屍體都被推走了，他仍然還活著。他忿忿不平地大罵，死亡把他遺棄了。還有一次，他躲在裝米的大陶缸裡，兩天一夜，希望持續流動的時光會忽略掉這一個不為人注意的角落，放他一馬。可是當廚房的阿嫂驚訝地發現他時，聶醫師同時也發現到時間仍然殘酷地侵略了所有的領域，無所逃脫……

到了聶醫師更老的時候，他仍能承受大型手術長久的體力消耗，不會發生一般外科醫師常見的顫抖現象。他是如此地熱愛外科。所有裸裎的肉體躺在手術臺上，對聶醫師而言，都是一樣的。在手術房裡，沒有神聖、卑微，也沒有什麼偉大、永恆的區分。聶醫師用消毒溶液，碘酒棉花，在病人身上同心環狀由裡向外，一層一層消毒，他有一種心滿意足的喜悅。

偶爾，他會聽到遙遠的聲音，衝著他呼喊，逃、逃、趕快逃離這一切。這時手術正在進行，他抬起頭，忽然忘記自己正在做什麼事？他愣愣地問：

「現在是什麼時候？我是誰？」

起先，助手醫師對這個突發問題感到緊張，漸漸他們習慣聶醫師的舉止，毫不驚訝地接過手術刀，任他一個人，傻傻地走出開刀房。

聶醫師背著手，默默地在醫院裡晃來晃去。所有走過的人，都朝著他微笑、打招呼，他卻認不得其中任何一個人。所有的人對他都是陌生人。他見到了瀕死的人、聽到呻吟的聲音，可是那些都不再能感動他。他曾經負擔所有的事，這些現在都漸漸被遺忘了。

只有那個不明確的衝動還在喊他，逃、逃、逃……慢慢，連那個聲音都模糊不清。他想不起自己究竟在逃些什麼，逃到哪裡去，為什麼要逃。他走到醫院大廳，看見服務臺上擺飾的一朵玫瑰花。

遺忘很快追上一切，連逃亡這件事都被遺忘時，聶醫師只能坐在那裡，面對著一朵玫瑰發愣。

孩子，我的夢……

獻給我所知道的白血病的孩子——
當我們不再能為他們做些什麼努力時，故事便不忍心再寫下去。
我只能夢想，假如時間可以倒流，
彷彿錄影帶倒帶一樣，
也許一切都會恢復美好……

靜些，終於你睡著了。

他們告訴你那不過是一場夢。但是你仍躡著腳起床了。趁著曙色，沿著時光，無聲無息地溯回去。在可愛的護士阿姨以及頑皮的醫生叔叔還沒有開始來找你的麻煩之前，偷偷地，懷抱著你的秘密，謹慎地走回去。

再不快點，昨天就要來了。太陽從日出的方向漸漸落了下去。大夫們都帶著憂戚的眼光看你。憂鬱是他們特有的神色，他們習慣穿著白色制服來逗你。班長叔叔把你放回推床上，倒退著推出無菌室。護士阿姨都來不及向你道再見。推床推回電梯，退回大廳，經過一道長長的走廊。別怕，醫生叔叔、爸爸、奶奶、伯伯都在身旁陪你。

向左，再向右轉，退過一道自動門，爸爸、奶奶、伯伯和你分手，他們把你推回手術房去。此刻，醫生叔叔都換上了綠色的制服，蒙著臉，只露出憂鬱的眼睛讓你看見。

在更遠的時光裡，他們將會用同樣憂鬱的神色看待許許多多的小朋友，直到他們自己也變成小朋友，忘記什麼叫憂鬱為止。你不喜歡那樣的神色，為什麼要把那麼多憂鬱留給你呢？

你聽見他們在嘆氣。

「希望太渺茫了。」

紅紅的骨髓從媽媽身上抽取出來，他們又把紅紅的骨髓種植到你的體內。或許醫生叔叔早已經忘記了，但是你仍然記得血液的感覺。你有你的秘密，只有你自己知道。不久的將來，你會在母親的子宮裡，藉著臍帶的幫忙，與她的血液再度相遇。

他們說，這不過是一場夢。

走回去，走回去，他們不明白，並不是每個孩子都有自己的秘密。在路途上的每件事你都記得十分清楚，你在走一趟逆溯的時光之旅，你是一個沒有未來的小孩。

黑夜慢慢變成黃昏，黃昏又變成下午。你覺得非常虛弱，放射線照得頭髮不喜歡住在你的頭上。你變成經日戴著口罩以及毛線絨帽的小孩，露出大大的眼睛，像電視上的蝙蝠俠一樣。

你聽見媽媽的哭聲。她立志要堅強，要竭盡全力和你一起奮鬥。可是她仍然忍不住要放聲哭泣。

背後有人在說，血壓112／80mmHg，脈搏96次／分鐘，體溫37．2度，呼吸20次／分鐘，小孩在昏睡狀態，偶有激動……

靜些，別吵。他們並不明白。他們懂什麼呢？

醫生叔叔拿著鑽子在媽媽身上的骨頭打洞，紅紅的骨髓從骨頭流動出來。你聽見媽媽在哭泣。

媽媽也怕疼痛嗎？別哭，別哭，要勇敢。

是不是每個人都會生病？我們每個人都必須為了別人讓醫生叔叔在自己身上到處打洞嗎？

你想安慰媽媽，可是你很虛弱，不曉得該怎麼做？媽媽別哭呀，你會儘快康復起來的。

一切都在後退，迅速地後退。媽媽別走。可是他們用輪椅推著你，後退，後退。

醫生叔叔把你放在冰冷的臺面上，很仔細地把你擺好。他們都慌張地退出房間外面，剩下你和黑漆漆的房間。巨大的燈塔懸在你的頭上，向你發出咔嚓咔嚓的光。這時候你並不緊張，勇敢地瞇著眼睛，不停地向燈塔眨眼。他們為什麼那麼害怕呢？那不過是放射線。

放射線有什麼好害怕呢？

你聽見媽媽在你耳邊輕輕唱著催眠曲。

「快快睡，快睡，寶寶就在這裡睡。」

枝頭的小鳥不再有心情唱歌。清晨迅速地朝夜的方向後退。星星正燿燿發光，它們都為你這麼勇敢的小孩布滿天空。

天空的星星有許多是你的朋友，你認識有兩隻熊、兩隻狗，還有一個獵人，一支杓子。

當媽媽讀起小王子的故事時，你聽見他就在你的耳畔輕輕細語。

「當你晚上仰望天空的時候，因為我住在其中一顆星星上面，因為我將在其中一顆星上面笑，於是對於你好像是所有的星星都在笑，你，你將有懂得笑的星星。」

於是你笑了。小王子接著又說：

「當你將來找到安慰的時候，你將會因為認識我而感到滿足。你將永遠是我的朋友。你將想同我一塊兒發笑。有時你打開窗，像這樣，只是為了好玩……而你的朋友將會驚奇地看到你望著天空發笑，然後你對他們說：『是的，那些星星，常使我發笑。』他們會認為你瘋了。我將會像是開了一次很大的玩笑一般……」

你又笑了。

你總愛問媽媽同樣的問題。

小弟弟也住在天空的某一顆星球上嗎？他有沒有心愛的玫瑰花？他會不會替他的玫瑰澆水？到了晚上他要替玫瑰花蓋上玻璃罩嗎？羊會不會吃掉他的玫瑰花呢？

小弟弟好小，小得你可以抱著他，到處走來走去。他裝在小小的棺材盒裡，埋在插著美麗十字架的泥地下。然而別急，這只不過是冬天，很快你們會再度相遇。

媽媽對你笑笑，可是她看起來卻很悲傷。媽媽常常望著蔚藍的窗外發愣。媽媽的朋友也住在其中一顆星上面笑嗎？或者媽媽在尋找自己來時的星星，可是白天並沒有什麼星星呀？

第七天，你從虛弱中慢慢恢復過來。護士阿姨也來拆除你身上的點滴管。你又興奮地和別的孩子追逐、嬉戲。你靠近他們，卻好像正在遠離，你真心真意地笑鬧，叫喊，然而那只不過是遊戲。

你又開始吃餅乾、喝牛奶，麥片粥。過去幾天，你老是嘔吐，吃不下東西。媽媽還帶來你喜歡的冰淇淋、巧克力糖、大紅色蘋果。

你原來是一個貪吃的小孩，你還喜歡吃巧果、蜜餞、魷魚絲、甜不辣、蚵仔煎、花枝羹。

你愈吃愈多，可是媽媽卻愈來愈疲乏。你從沒有看過那麼蒼白的媽媽。

護士阿姨威脅你會變成胖小孩，你仍然還吃。

快醒醒吧，這一切不過是一場夢。他們不斷地提醒你。但你仍是一個勇敢的孩子，沿著時光逆流，躡手躡腳地溯游回去。

時間阻擋不了你，死亡也阻擋不了你。

夢醒時你仍然持續地發燒，起起落落，偶爾還有盜汗、畏冷的現象。

然而你並不孤獨，小弟弟總是從他居住的星球老遠飛來看你。他仍然插著他的氧氣管，貼著心電圖貼紙，親暱地在床上陪你玩耍。他會向你表演學會的新本事以討你的歡心。他還不會說話，只能咯咯地笑。可是你懂那笑聲。

「你會覺得難過，我看起來像要死去一樣，而這將不是真的……」

你一句話也沒有說。

「你懂嗎？路太遠了，我沒辦法帶走我的軀體，這太重……」

小弟弟來自天空的某一顆星球嗎？他有沒有心愛的玫瑰花？他會不會替他的玫瑰澆水？到了晚上他要替玫瑰花蓋上玻璃罩嗎？羊會不會吃掉他的玫瑰花呢？

「許多人有不同的星星。對於那些旅行的人，星星是他們的嚮導；對於其他一些人，星星只不過是小小的亮光。對於那些科學家，它們是一些問題。對於那位實業家，星星是黃金。但是所有的這些星星都不說話、不作聲，然而你將有一些別人沒有的星星……」

一切都在後退、後退。爸爸、媽媽為了你的病情爭吵。你不懂化學治療、放射線治療、骨髓移植有什麼重要？

他們抱在一起痛哭，不久他們又將要分開，不顧一切地爭執，像仇人一樣地吵架，直到他們再度擁抱在一起為止。你聽見一些人在安慰別的一些人。

「別哭，別哭，這一切都會過去的。」

看慣了這些，你便不再喜歡聽他們吵鬧了。你喜歡和胖胖圓圓的小醫生叔叔玩耍。他會玩聽診器打電話的遊戲、會摺紙，還會學鴿子的叫聲。你還讓他知道你的手肘背面一條青青綠綠的靜脈血管，好讓他很容易把注射點滴的小小蝴蝶針打上去。

冬天來了，你便靜靜地趴在大狗熊枕頭上。窗外呼呼地颳著風，還有雨點唏唏嘶嘶落在水泥屋瓦上的聲音，你也能聽見。

你想起家裡的哈利。毛茸茸的白狗，髦毛都蓋住牠的眼睛了，還在庭院裡蹦蹦跳跳。都生小孩的老狗了，還迎著雨水，又吵又鬧。

哈利吃飽了嗎？你問媽媽。然而媽媽只是對你笑笑。

護士阿姨還來替你打針。餵你吃早餐。餵完早餐還向你道早安，又把你放回床上，交給黑夜，任你迷迷糊糊地睡去。

黑暗留不住，黃昏留不住。午後從百葉窗射進來一格一格白花花的陽光也都留不住。小心，當陽光變得溫柔的時候，霧輕輕地來到你身邊的時候。瘦瘦高高的老醫生正吃完三明治火腿蛋，喝了半杯咖啡，撚著他的仁丹鬍鬚，把皮鞋踩得唧唧作響，一步一步地向你走過來了。

穿著白衣服的醫生叔叔們、護士阿姨們都緊緊地跟著他，謹慎得像睡前忘記刷牙讓媽媽發現的小孩。他帶來很壞很壞的消息。他要和媽媽交談很久很久。每個醫生叔叔都來摸摸你的額頭，捏捏你的肚子，在你的身上用聽診器到處聽聽，用他們口袋裡的小槌子敲敲打打。

這時候千萬不要為自己感到驕傲。因為一會兒媽媽就要昏倒了，讓爸爸攙扶著進來。媽媽將愣愣地坐在你身邊流一天的眼淚，不發出一點聲音。她不再餵你吃飯，不讀小王子給你聽，也不想和任何人說話。你是一個識時務的小孩，在這一天千萬不要惹她傷心。

過了這一天，又是黑夜，事情就容易了。你聽見淒厲的蜂鳴聲，還有紅色的閃光掃過你的窗戶。這時你可以瞪著大眼睛，看見叔叔們慌慌張張把病人從救護車上抬下來，推進急診室的方向。你並不明白發生了什麼事。有好多警察伯伯，還有不認識的阿姨、叔叔都圍在一起商量事情，你聽不清楚他們在說什麼。

然後雨又開始黏黏濕濕地下著。映照著水銀燈像箭鏃一樣落下疏疏落落的光芒。

你還注意到躲在角落傷心哭泣的阿姨。她忘記帶傘，雨都淋濕她了。

你覺得好冷。夜那麼深，星星都睡著，連小王子也不來看你了。你覺得有些厭煩，為什麼要哭得那麼傷心呢？

下了這麼多雨，都是誰在哭呢？阿姨不哭，媽媽也不哭，是不是雨就停了呢？

你想起小王子拜訪過的每一個星球，有穿著黃鼠狼毛絳紅色大禮袍的國王、戴著禮帽的虛榮者，為了忘掉喝酒恥辱而喝酒的酒鬼、實業家、點燈人、地理學家……那時候你已經拜訪過這個醫院的許多部門，有張著圓圓大嘴巴的電腦斷層，頂個烏龜殼的核醫攝影，三明治夾心的X光照相。打針、抽血、吃藥、穿刺你都不怕，做完了這些，只剩下門診老醫師的一張住院證，你就可以離開了。

這時千萬不要慌，老醫師摸著他的仁丹鬍子，你並不知道他正在想什麼。你一定要沉住氣，等他蓋完章，你也就自由了。

你聽見他們低低地耳語，血壓１１２／８０mmHg，脈搏９８次／分鐘，體溫３７．２度，呼吸２２次／分鐘，小孩在半昏睡狀態，有些微動……

但是，別吵呀……

你的頭髮漸漸長長了，這時你快活多了，雖然還有一點燒。你們撐著傘，來到掛號處。爸爸還一邊抱怨媽媽不小心讓你淋雨感冒。

冬天過去很快。櫻花樹上的花朵慢慢結成花苞，花苞又化為枝上的露水。泥地裡的枯葉也甦醒過來，像蝴蝶一樣翩翩飛舞上枝頭，變成了綠色，迎著風，愉悅地唱著混聲合唱。

秋天是國旗的季節。那時節慶的氣氛正濃，工人們把才收拾的國旗又展開掛回旗杆上去。你坐著車子從橋上過，臉都貼到玻璃上去了。你看見紅紅藍藍的旗海在風中壯麗地招展，還有許多憲兵走來走去。

日曆愈撕愈薄了。你又可以抱著哈利在草地上打滾。哈利全身毛茸茸的，像在替你搔癢。吃飯你習慣在哈利身上擦擦手，畫完粉蠟筆，你也喜歡在哈利身上抹抹，哈利是一塊最可愛的活動抹布。

爸爸負責替哈利洗澡。沖過水，才知道原來的哈利那麼瘦。牠吐著舌頭，不停地顫抖。慢慢，水乾了，哈利又變得蓬蓬鬆鬆，在陽光下自顧自又叫又跳地追逐夏天剩下來的飛蛾。

媽媽驚魂未定。她常常驚慌失措地追逐鄰居有蘋果臉的小小孩。蘋果臉的小小孩有貓咪一樣的眼睛在他的笑容裡閃爍。那不是弟弟，弟弟正安詳地躺在美麗十字架底下的小小木盒裡。你想喊她，可是她並不明白，你無能為力。

你們開始燒掉小弟弟餘留下來的東西。火焰熾得你們的臉龐紅紅熱熱，媽媽還在流眼淚。燒呀，燒呀，都燒成了煙，有會轉眼珠子的熊寶寶乖乖，金魚小麗，會發出聲音的兩面鼓冬冬，還有小弟弟的小牛仔褲，鞋鞋，襪襪，小帽帽。布偶不能燒，布偶是小王子，消失在沙漠裡的小孩。你要替他做一件外套。

別急呀，陣雨還沒有來。這時候只是颱風。家裡停了電，只留著一盞昏黃的蠟燭。燭光照在小弟弟的搖籃上。小弟弟已經不在那裡面了，可是搖籃的影子在牆壁上跳舞。影了跳什麼舞呢？你要去抓住它，連你的影子也不聽使喚自在床上跳舞。

為什麼不跳舞呢？影子問你。留著那麼多明天做什麼呀？

你無精打采地拾起花花綠綠的國語課本開始朗誦。

風和日暖春光好，
結伴遊春郊；
你瞧，
一彎流水架小橋，
兩岸楊柳隨風飄。

然而那只是陽光瀲灩的夏日午後，蟬兒正叫得起勁。春天你還要等待好久。過了暑假，你又要戴著黃色小帽，背著綠色書包，邊唱交通安全歌，邊排路隊上學。從夏天到春天你都在背誦國語課本，兩岸楊柳隨風飄再來是什麼？

是豆花香，還是菜花嬌？

唉，晝長夜短，畢竟夏日炎炎，對你這樣的孩子是太苦楚了。

你瞇著眼睛，假裝不知道時鐘正在偷偷的逆轉。你蓋緊大棉被，把天空關在窗戶外面，笨手笨腳地換它的衣服。脫掉了黑紗晚禮服，換上金黃的雲裳，一會兒又是銀白大旗袍，再有雨過天青蟬翼紗……真是忙碌。

終於，你聽到雷聲。像悶著氣的大精靈，轟隆隆地從世界的邊緣走過去。然後大地開始哈啾哈啾地打噴嚏，雨點便嘩啦嘩啦地落下來了。夏天的雨點像小朋友嘻嘻哈哈坐著溜滑梯從天空滑下來。冬天的雨你不喜歡，冬天的雨是大人躲在黑暗的角落唏嘶地偷泣。

你穿上深黑色的西裝，還打上圓圓的領結，你就要出發到那有美麗十字架的公園墓地。工人們抱怨在這個濕答答的天氣還要把棺木從地底下拉上來。

但是你不能發笑。人死不能復生，他們根本不明白你的秘密。你一笑，這一切的秘密就要洩漏了。

牧師還在喃喃地禱告。

耶穌說，人子得榮耀的時候到了。

我實實在在的告訴你們，一粒麥子不落在地裡死了，仍舊是一粒；若是死了，就結出許多子粒來。

愛惜自己生命的，就喪失生命；在這世上恨惡自己生命的，就要保守生命到永生。

若有人服事我，就當跟從我；我在那裡，服事我的人，也當在那裡；若有人服事我，我父必尊重他。

雨點打在黑色的雨傘上，濺出美麗的水花，耀眼繽紛。這時候你還不認識耶穌，也不懂得祂的榮耀。

但是小弟弟就要因為你擁有的秘密復活起來了。

快點，不要回頭，也不要猶豫。

醫生叔叔是白色的撒旦，死亡只是生命的傀儡。

亮麗的小棺木和你當初離開時的記憶一模一樣。塵土無法沾染，黑夜也無法吞噬。

雨點仍然一直一直下。天空又打了一點雷。媽媽別哭，爸爸也不要拔下眼鏡拭擦眼淚。他們把撒落滿地的花瓣都拾起來交到你的手上。

然而這時千萬不要露出一點破綻。時間就要到了。你是一個勇敢又聰明的小孩。當陰霾的第一道天光落入小弟弟的瞳孔，當小弟弟開始眨動他的眼皮，你要趕緊拉著他的手，使盡全力趕快跑，快得讓牧師看不到你，工人看不到你，爸爸媽媽叔叔伯伯阿姨都看不到你。千萬不要回頭，別讓小弟弟的哭聲驚動他們沉重的心情。

你聽見背後有的監視機聲音，器械的金屬聲，病床推動嘎嘎的聲音，護士阿姨正在談論著昨夜舞會的笑話……血氧分壓120mmHg／dl，血壓128／84mmHg，脈搏90次／分鐘，呼吸20次／分鐘……

別讓他們痛苦的夢境耽誤你，你是個無憂無慮的精靈。

跑到沾滿露珠的合歡樹下，你就可以停下來好好端詳小弟弟了。那時候雨點小了些，風吹過來把露珠都潑在你們的身上。小弟弟的臉龐粉紅粉紅，像剛掉下來的蘋果，你們都興奮地喘著氣，酒窩在小弟弟的臉頰蕩漾，像三月杜鵑花開，滿山滿谷的花影搖曳……

耐心些。這不過是一個憂鬱的夏季。關於夏季，有很多你不明白的事，好比陽光海岸、穿比基尼的美女、喝香檳酒、打橋牌、剛出版的愛情小說、恣意的歡笑……這些都需要耐心等待。像天空的雲朵一樣，無所謂地飄過來，又飄過去。它們只是靜靜地等待。

靈車和棺木都沿著墓園的小徑退回長長的街道。濕漉漉的馬路映著黑色靈車的身影。這只是一個討厭的下雨天，濺起的水花沾濕了皺眉頭女郎的花紋絲襪。送報的青年穿著黃色的雨衣，雨水沿著腳踏車旁塑膠袋流了出去。還有屋簷下懶洋洋的貓咪。沒有人理會你們的憂鬱。

棺木將抬進斜簷拱頂的教堂。在那裡，孩童們的歌聲在風琴的伴奏下，敘述著小弟弟短短的一生。

車子退回白色建築的醫院。小弟弟被置放在冰冰冷冷的長抽屜裡面保藏。三天三夜，都變成冰淇淋了。小弟弟不冷嗎?他不會說話，只會咯咯地笑。

然後小弟弟將躺在和你一樣的病床上。醫生搖頭嘆氣。等護士阿姨拔掉他身上所有的管子，媽媽將抱著小弟弟慟哭，呼喚他的名字。

小弟弟別慌張地呼喊媽媽呀，畢竟那只是她痛苦的一場夢。她聽不到的。唉……

隔天小弟弟仍然戴上他所有的管子，管子連接到點滴瓶上面，呼吸器上面，動脈線，監視器上面。七個日夜，只有咻咻的空氣規律地從他的胸膛起伏裡走了過去，媽媽喚他，阿姨打針，斜斜的格子光線照到他的臉上，他將不會清醒過來。

然後是血。是慌張。救護車。

小弟弟安然地躺在庭院水泥地上，哈利興致勃勃在他身旁那攤血嗅來嗅去。媽媽也聽到碰然的巨響從廚房奔跑出來。你趴在四樓的窗口稚氣地觀看。

留心，小弟弟不是在空中飛翔的紙風箏，況且也沒有長長的線。小弟弟在窗口拍動雙手，像蝴蝶撲著翅膀，他還會回頭對你咯咯地笑。可是他到底不是風箏呀。

千萬別告訴媽媽，惹她傷心。

再後退一切都喧嚷起來了。

醫生叔叔們在談論你，護士阿姨穿著無菌拖鞋在地上拖來拖去，嘟嘟的聲響……還有酡紅的杜鵑花潮、翩翩的蝴蝶，黃黃的地丁花，它們都竊竊私語，關於你不可思議的事蹟。

蜉蝣在池塘中漾出同心漣漪，漸漸擴大，散了。

午後教堂流動出來沉穩的低音管風琴。

死去的祖母在輕呼你的名字。

豔麗的陽光迤邐地映著你的身影，金光閃閃。還有晨霧親暱地依偎著你，貓咪似無聲無息來了又去。

風掀起你的水手領，在春天的風景裡啪啪地翻飛。

你是愛哭的孩子。你的弟弟也是。可是歡笑不能怎樣，憂慮也不能怎樣。

這些不過是時間流過產生的幻影。一切都是為了遺忘。甚至遺忘本身也是。

靜些呀，讓你安睡……

你的眼眸裡閃動著醉人的寂寞，可是寂寞並沒有告訴你什麼。

你還推著搖籃車，帶著小弟弟到處去兜風。小弟弟甜甜蜜蜜地安睡著，散發出動人的乳香。哈利來舔他，風來舔他，陽光來舔他，春天青翠的綠意也來舔他。

爸爸媽媽稱讚你是好寶寶。

冬秋夏春四季流過你都知道。所有的往事你也都清楚。學過ㄅ、ㄆ、ㄇ、ㄈ以後，你還記得1、2、3、4，吃完了幼稚園老師的餅乾、牛奶，你就只能掰手指頭數數兒了。

快些，你要拿起紅紅綠綠的粉蠟筆，畫下你所知道的每一件事情。如果別的小朋友也和你同樣寂寞，如果他也看到你畫出來色彩繽紛的圖畫，那麼事情會有一點幫助。光陰似箭，歲月如梭，時光一去永不返，再不快些，你就要忘記說話的方法，然後變得軟弱、無力，到最後只剩下咯咯的笑聲，以及煩躁不安的哭鬧來表達你對塵世的看法。

你畫下媽媽、爸爸、小弟弟，還有哈利。你還要畫小王子、星星、玫瑰花、護士阿姨、醫生叔叔，還有國王、實業家、地理學家、點燈人，還要畫救護車、紅色訊號燈、小棺木、十字架……

你還畫了許多東西。只有你自己知道。媽媽問你那是幸福嗎？或者是快樂？小弟弟問你是不是風箏？你神秘地搖搖頭。小王子也要來猜謎，但是他們都猜不到。

快些，趁你還沒有開始遺忘。

可是，別吵呀……

「醒了，他醒了。」

你聽見背後有人在說話。血壓112／80mmHg，脈搏98次／分鐘，呼吸22次／分鐘，小孩逐漸清醒，有躁動現象……

護士阿姨過來哄你。

可是圖畫碎成白花花的紙片，在強烈的烤暖燈下紛紛地翻飛，沒有一片你抓得住。

你開始要相信他們的話了。那不過是一場夢。在夢裡，時光靜靜地佇立在轉彎處等候你。她沒有離你遠去，也沒有跑回來尋你。

你終於睜開了眼睛，好多笑臉迎著你。

你還注意到隔著玻璃窗外有記者叔叔咔嚓咔嚓的鎂光燈在捕捉你的身影。在嘩啦啦的白光縫隙之中，你看到最熟悉的身影。

「媽媽——」

你轉身要去叫她，全身神經牽動了你的疼痛。你還注意到媽媽眼眶盈著閃爍的淚水。你覺得好委屈，這個世界用這樣的方式來歡迎你。終於不顧一切，放聲大哭。可是你不該哭的。你不該洩漏你的秘密。你看你驚動了時間，提醒她繼續流動下去。靜些，叔叔阿姨。給你一點時間哭泣……

卷三

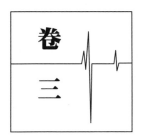

架構

頭，喚來萬家燈火，才意興闌珊地結束這一日的儀式。

那年秋天，我搬到新住家快滿一年。不知道為什麼，整個鄉鎮到處長著白芒草，高高地像許多發育良好的小孩。風吹過，一陣白絮，捲著白茫茫一團到處飛揚。阿章把我喚去，像電影的一代高人一樣，把整個街南的興衰交到我的手中。他對我說：「我不能再像從前一樣帶著你們對抗街北的人了。我現在讀書、寫字已經忙不過來。國民學校的老師很兇，每天出很多習題讓我們寫，那些字很難寫，每天都要寫三十幾行。我不能再帶著你們到大街丟石頭打街北的人了。何況，國民學校的老師如果看到我在街上丟石頭，那就慘了。你懂嗎？以後這些事都交給你，所有街南的孩子都要聽你的話。你要替我教訓那些街北的人……」他拿著鉛筆，隔著墊板在紙上歪歪扭扭地刻他的名字給我看，我絲毫不明白那些符號有什麼特別的含意。那年秋天，阿章帶著亮麗的小黃帽以及綠色的大書包，像個死去的靈魂，消失在國民學校裡了。

我變成了街南的孩子王，意氣風發地在街道上走著。到處跟著許多志同道合的嘍囉。我在紙上仔細地畫下劍客、獨臂刀王、小白龍、和尚，各種武俠人物，分發給每個孩子，並且依照電影系統以及派別將他們分別組織起來。孩子們都不識字，然而憑著圖案就可以識別工作性質。金燕子專職跑腿工作，劍俠丟石頭，刀客司職吵架對罵，丐幫子弟負責尋找野生芒果、木瓜或者番薯，和尚則擔任情報工作……

我們仍在長街兩頭，為一些簡單的事和街北的孩子爭得面紅耳赤。到了冬天，許多事情變得不再有趣。天色很早就黃昏下來，然後是一片熾焰，一陣花紅酒綠。孩子們變得懶洋洋地，甚至有時每日一次的會戰也取消了，了無生氣。北風呼呼吹起來時，孩子們都被抱到診所裡去，一個排著一個，等著挨針。到了更冷的時節，街上行人稀少起來，見不到一個孩子，彷彿都冬眠了起來。

要等過了舊曆年，才又看到孩子穿著各式衣服，像新芽一樣從枯枝裡冒出來，向人展示新的玩具或壓歲錢。街上來了吸引孩子們注意的人物，成天在大馬路上遊蕩，不著邊際的唱著歌，無止境地對人演講。對於那麼快樂的人，我們都覺得驚訝。他的形象邋遢，戴著一頂古怪的帽子，故意披著蓑衣，走路的形態彷彿跳舞一般。起初，孩子們都不敢接近他。有一次，他對著孩子們演講，那些內容像是「人肉不能吃」、「這是人吃人的世界」，還有一些奇奇怪怪的術語以及日本軍國什麼的，吸引了我們。然而孩子們很快發現他語無倫次，而開始嘲笑他。他講著講著，忽然傷心地哭起來。一時孩子們可愣住了，說好說歹地去哄他，有人問他：「那你知不知道獨臂刀的事情？」他才又喜上眉梢，有板有眼地又開講起來。

這個會哭會笑的成人，馬上變成我們街南街北孩子爭寵的新伙伴。我們發給他一張圖案，是深山裡面的「鬼谷子」，這是一個行踪詭異的高人，不需要做什麼工作，只要在江湖上走來走去就可以了。到了晚上，鬼谷子的家人用繩子把他綑回去，關在房子後面的鐵皮屋，一整個晚上，從街南到國校都可以聽見他不時的哀嚎。

儘管如此，隔天仍可以看到鬼谷子快樂的笑容。因此，有時我們也懷疑夜裡的哭聲。到了夏季，甘蔗園裡的幼蟬開始嗡嗡地叫了起來，走過去總覺得整片嫩綠的甘蔗園煩躁不安地在喃喃說著什麼。鬼谷子變得鬱鬱不樂，他告訴我們家人要把他送到「瘋人病院」，並且很誇張地向我描述關於瘋人病院的許多夢魘。有一次，鬼谷子的家人強行要綑他回家，發生了爭執，竟然還把他打得全身流血。我們這群孩子再無法忍受目睹這樣的事情，終於決定展開營救「鬼谷子」的行動。那一次，連街北的孩子也響應了。入夜後我們偷偷把鬼谷子從鐵皮屋裡解放出來，帶到街北一號廢棄的鬼屋。約定好由孩子們捐出零用錢，輪流供養。

街上不再有閒閒散散的孩子。我們變得鬼鬼祟祟。時而一群人偷偷地往這邊移動，再不然就是一群孩子煞有介事地聚在一起會商。因為擁有了共同的秘密，我們和街北的孩子親密得如膠似漆，有時不用打招呼，遠遠地望見就會因為心中的秘密，而詭異地笑了出來。

不到幾天，我們的零用錢便無濟於事。那時夏深了，成熟的蟬在合歡樹、鳳凰樹上到處叫著，大自然便提供我們最好的資源。丐幫策劃了一次「獵瓜行動」，足足讓鬼谷子吃了二天的木瓜，弄得臉上、手上黃黃的。此外，置閒的俠客、刀客也不落人後地找來未熟的芒果、番薯。金燕子更是翻牆偷來的空酒瓶賣破銅爛鐵。很快，蔗園中心不知不覺空出了一大塊地，到處芒果、棗子、蓮霧、木瓜都橫遭偷竊，一些國民學校的桌子及家中的許多用具，更是平白不翼而飛。

我們把鬼屋漂漂亮亮地布置起來，終於擁有充分的食物供給以及氣派的大本營。下起雨來時，我們便群聚在鬼屋裡，愉快地吃喝，並且規劃美好的未來以及理想。我們無憂無慮地抵抗著成人世界的一切觀念，並且想盡辦法去實現自己的想法。然而兩個禮拜之後，管區的警察拜訪我們的鬼屋，破壞了這一切。幾個孩子王都被帶到派出所去。警察聽我們述說完這一切以後，又好氣又好笑的請父母親把我們都領回去了。

我的母親急得眼淚都流了出來，她第一次拿著掃帚竹枝笞打我，她說：「祖母病得這麼嚴重，爸媽要出去賺錢養家，沒時間管你。本希望你和別的孩子一起玩，誰知道你們這些孩子都沒人管，不學好……」

回想起來，我幾乎無拘無束的過了一年的生活，沒有人多管我。等母親打過我以後，那一番話，我才發現主要是因為祖母已經病得非常嚴重了。她躺在床上，慢慢瘦得皮包骨，成天在床呻吟。每天對面藥房的老闆過來替她打止痛針，她才能安靜一會兒。

在她最後的時日裡，有一次，祖母把我喚到床邊，問我：「你以後長大要做什麼？」由於看到她的病情，我不假思索地表示：「要做一個醫生。」祖母點點頭，過了一會兒又好奇的問我：「做醫生要解剖死人，和死人睡在一起，怕不怕？」我理所當然的表示：「不怕。」祖母又追問：「真的不怕？」我說：「真的不怕。」在那一問一答中，我看到祖母的眼淚靜靜地滴落下來。

祖母過世以後，整個葬禮我沒有掉過一滴眼淚，像參加一個普通的儀式一樣。過了很久以後，我忽然想起我的祖母，再也不回來了。不曉得為什麼，平白無故地，我哭泣了起來。我一邊哭泣，一邊想起了鬼谷子、母親、祖母的眼淚，有種切身的感覺，開始知道在成人的世界，也有小孩一樣的眼淚及歡笑，而不是我們所想像的那樣。

街北的阿迪來找過我，我在蔗田中央那塊騰空出來的隱密地聽他談起新的理想以及重起爐灶的事，直到夜裡升起了閃閃的星空。不知為什麼，那些原本令我陶醉的計畫忽然變得不再吸引人。我彷彿感覺到，在我生命中，開始了另一個新的章節，像書本那樣，翻了過去。

我戴起黃色小帽、綠書包、卡其制服，進了學校。像所有人一樣，開始學起一切人間符號、邏輯、是非、道德、價值判斷，以及法律規則。我漸漸地學會用知道的一切架構來審視我的經驗，以及情感，甚至對自己荒謬的童年覺得好笑。很久以後，我讀到了西青散記上史震林的自序說：「余初生時，怖夫天之乍明乍暗，家人曰：晝夜也。怪夫人之乍有乍無，曰：生死也。教余別星，曰：孰箕斗：別禽，曰孰烏鵲，識之所始也。生以長，乍暗乍明乍有乍無者，漸不為異，間於紛紛混混之時，自提其神於太虛而俯之，覺明暗有無之乍乍者，微可悲也。」

我感動得不能自已，開始拚命地回溯一切的過去。然而，那只是一片混沌。好不容易從母親的回憶得到一些零星的資料，她告訴我，在我很小的時候，有一次在廟會上走失了。害得她拚命到處去尋找，後來總算在一片鞭炮煙灰濛中找到了。我坐在地上，嗆鼻子，流著淚，仍然拚命拍手叫好，眷戀那一陣熱鬧。

多年來，我已經逐漸忘記這些，而慢慢地掌握了人間繁複的架構以及形式。我的母親說的不錯，你要給風箏裝上架構才行，沒有骨架的風箏是飛不起來的啊。

只是，不知為什麼，我常常會想起在我四歲的時候，第一次從窗口望見了天空翱翔的風箏。至今我仍深刻地記得那幅臨風擺盪的景象與神氣，不曾因歲月而有所磨滅。

姑姑

我的祖母有兩個兒子，三個女兒，姑姑生下來就是駝背，她後來嫁給我的姑丈。我的祖母回憶起來常常說：「她生下來就是駝背，嫁給一個開鎖匠算是不錯的，那時候怎麼知道他那麼喜歡喝酒？」

我的姑丈不但喜歡喝酒，還會賭博。據說本來鎖店開得好好的，娶了我的姑姑以後鬱鬱不得志才變成那樣。他喝了酒以後會打人，有一次拿著菜刀追我的姑姑。我的姑姑有嚴重的高血壓，昏倒了，仍然被砍了好幾刀。她洗衣服辛苦賺來的錢，被姑丈拿去賭博，很快就輸光了。

有一次姑姑住院，我記不起原因了。她的三個小孩在我們家，我覺得真是可怕。他們開玩笑打起來都是真的用力，非常殘忍。媽媽叫我不要理他們：「你離那些野孩子遠一點，不要學壞了。」甚至當著他們的面，媽媽也是這樣說，不像對別的親戚客客氣氣，讓我覺得很不好意思。

祖母定時地接濟姑姑，有時候也帶我去。說真的我並不喜歡去他們家。每次談來談去不外是姑姑的血壓，什麼時候又昏倒，再不然翻一些被打的傷痕給祖母看，洗了多少衣服，還有多少錢等等。再不然指著表哥、表妹他們說：「你們學學文詠，那麼會讀書，以後才有出息，媽媽的辛苦才不會白費。」房子陰陰暗暗地只有一盞不夠光度的電燈泡，蚊子叮來叮去，給我很不好的感覺。祖母每次去，回來眼淚就掉下來了。那時候我很小，不懂得人世的滄桑。現在想起來，祖母只哭過三次，另一次是掃墓的時候，指著遺像說：「這是你們的祖父，躺在這裡這麼久，也不管我……」還有一次是她要過世的時候，那一次什麼話也沒有說。祖母死的時候我們回去奔喪，進門就要爬行哭喪。姑姑來的時候，爸爸他們說：「阿玉來了。」我們跪在地上陪著哭，哭了很久姑姑還沒有爬進來，原來她從路口就開始爬行，快有一百公尺，親戚們不太高興說：「沒有這種事。」

祖母死後，爸爸他們兄弟姊妹輪流接濟姑姑，沒有多久，就發生爭執，姑姑說：「有一點錢，沒有什麼好了不起的，不稀罕你們那麼一點錢。」大姑姑他們也不高興地說：「我們幾個兄弟姊妹，阿玉的情況最壞，拿錢去幫忙她，反而落成這個下場，人不好做喔。」

姑姑的幾個小孩子初開始都變成小流氓。那時候選舉很亂，民意代表出來選舉需要有一些幫派力量。伯父他們在政治界裡，把姑姑的小孩安插在幫派裡，一方面保護他們，一方面也算是接濟姑姑。時代改變，伯父他們那種地方勢力漸漸站不住腳，後來伯父想通了也就退出政治圈。但是那時候表哥他們已經不可自拔了。伯父三番兩次警告他們，沒有什麼效果。一方面時機很不好，一方面沒有人在後面撐腰，表哥他們常常出事情。有一次伯父想盡辦法把他們從警察局裡面保出來，氣忿忿地告訴姑姑：「這是最後一次了，我人情做到這裡，以後不管了。」姑姑頂他的嘴說：「要不是你，他們哪會有今天。」雙方的成見愈來愈深。

有一陣子，好久沒有聽到姑姑的消息。有一年春節到她們家去，姑姑端出來豐富的菜要招待我們，菜才端到一半，人就哭出來了：「這些都是昨天沒有吃的，楚宏、楚進都關在牢裡，他爸爸醉死在哪裡了都不知道。阿麗跟一個什麼歌舞團的跑了，我只有一個人，做這麼多菜，想起來根本都吃不下。」那時候我才讀高中，瞞著父母親偷偷看歌舞團表演的年齡，覺得這些都是發生在小說裡的故事，怎麼樣也不相信事情是真的。

楚宏死的時候，是從警察局領回來的。那一次一共死了好多人，一個幫派的老大和另一個幫派結了怨，後來不知怎麼樣自己幫派殺了起來，反正很不清楚就是，我們也懶得去問。葬在鄉下的亂葬坡，那天楚進沒有去，還關在牢裡。阿麗帶了一個外省人支支吾吾語言不通，阿麗說：「我們住在一起。」意思很含糊。姑姑沒有說什麼話，只是哭。伯父說：「楚宏死了也好，他那個個性是早晚的事。他早一點死，不會回家拿東拿西的，阿玉也省了許多事，許多心。」

後來我們又去過姑姑家一次。聽說姑丈好了很多，偶爾還會去喝酒，但是已經戒賭了。姑姑仍然不相信他。仍然幫人家洗衣服，仍然會昏倒。看到我的時候說：「文詠真是了不起，要做醫生，賺大錢呢。」我訕訕地笑。她告訴媽媽：「我現在什麼事都想通了。我現在自己存了十萬元，我自己病這麼重，我不為自己打算，我為誰打算？我現在衣服沒有洗那麼多了，我慢慢洗，再過一年，也有二十萬了。報紙刊著日本旅遊六天，一共是十二萬。大姊他們去過日本，我也要去日本玩。去日本玩呢，我也是有錢人。」

姑姑死的時候，我並不知道，很簡單地埋葬。最近聽媽媽提起，我想起許多事，覺得真是可怕。

老爸與新車

老媽說話是個高手，什麼事給她一形容立刻就傳神起來，這一點大家都佩服。新車買來那天，她只顧著興奮，把話說得顛三倒四，告訴我車的顏色是暗色，夜裡頭看不詳細，好像又有些土黃，我們打蛋泡了醬油那種感覺。我在電話這頭聽了半天，弄不清楚到底是什麼顏色。隔天，跑回家一看，原來是灰褐色的福特車。全新的全壘打轎車，昨天才從公司送過來，開都沒開過，全家已經大費周章地在車身上又是打蠟又是擦拭，集寵愛於一身的態勢可見一斑。我把車子開出去，載著全家老小到鄉間道路去兜風。老媽像初次郊遊的小朋友，探出頭手四處張望。發表感想說：「這幾年基層建設，原來錢都拿來鋪柏油路了。這種路開著汽車跑真是舒適。不過這樣下去，牛都沒有路好走了。」我們聽了一車笑得東倒西歪，這年頭到處都是農機的天下，她還替牛擔心。

這幾年，孩子慢慢長大，一個一個搬到外頭去就學、工作。小弟考上大學以後，老媽就鬆了一口氣，自認大功告成，從此要逍遙地安享天年。沒事她就盯著老爸嘮叨。

「唉——跟了你一輩子，坐來坐去還是那輛摩托車，風裡來雨裡去的，就沒過過享受的日子。」

我們聽了，心裡想老媽要應用她特有的撒嬌攻勢，吵老爸買車了。老爸那輛老爺摩托車，不要說老媽一輩子，我們三個小孩子，誰何嘗不是一輩子？從小老爸騎摩托車到糖廠去上班，我們就追在後面跟著喊：「Autobycle, Autobycle（日本外來語，摩托車的習慣稱法）。」傍晚我們在院子裡玩，憑著摩托車引擎的聲音，就可以辨別是老爸的摩托車，或是誰的爸爸的摩托車。

我是聽Auto鳥的童話故事長大的。Auto鳥是橋下的一隻怪鳥，她一直認為我是從她遺失的蛋裡面孵出來的。每天老爸騎著摩托車經過大橋，她一定出來百般阻撓，想辦法把我要回去。因為事情和自己生死攸關，我天天都聽得驚心動魄。每天老爸和Auto鳥自然有一番大戰，雖然老爸每天都能化險為夷，但Auto鳥總是更新伎倆，層出不窮。

慢慢長大以後，進了學，聽學校的小朋友講起白雪公主、睡美人、灰姑娘，我倒愣住了。原來老爸的故事都是自己發明的。老爸倒有一番說辭：「我們小時候哪像你們這麼好命？哪有錢買故事書？」

老爸從前的環境的確不好，祖父日據時代就過世了，全靠祖母一個寡母拖他們一群孩子長大。老爸常自我安慰說：「我天資可不比你們差，就是沒好好栽培。從前考上臺南一中，你祖母說家裡沒有錢，也就算了，要不然，今天可也是李遠哲、丁肇中……」

我們一聽，全都避得遠遠的，知道接著下來一定還有許多從前的故事，什麼清晨四點頭起床割草餵牛，煮飯燒菜，赤腳走路一個多小時去上學，再不然就是躲防空洞、美國飛機、徵調軍伕。結論不外是，從前生活多麼貧困、清苦，現在多麼富裕、方便，我們該記取從前那些勤奮的精神等等。

家裡經濟狀況要買部車其實綽綽有餘，我們都相信老爸推推拖拖多半是長年養成的勤儉美德從中作梗。老爸常愛說小時候，他看祖父喝酒，他說：

「你祖父喝酒，只喝自己釀的，一次喝一小杯，一缸酒，可以喝上兩、三年。這不稀奇，每次他吃花生，並不是一顆一顆吃，而是把花生剝成兩片，一次只吃一片的一半。」

當然時代在變，老爸也是凡事要跟得上時代的人。沒事，他會拿本英文教材，捲著舌頭也唸上幾句。新聞報導有什麼國際現勢、最新科技，他從來不落人後。這種介於傳統與現代之間的心情，使得老爸在買車這件事上出現了猶豫，我們看出這種情緒，便乘機鼓動：

「老爸，時代不同了。高速公路都開第二條了，你還騎摩托車。現在轎車是生活必需品，像你們從前走路不穿鞋子那麼自然。」

老爸倒也狡猾，他得意地說：

「自己買部車多麻煩，要保養，要納稅，不時還要清洗、打蠟。真想坐車，隨手一招，計程車就來。算一算，便宜又方便，而且還有司機幫你開車。」

老媽看出了破綻，便乘機追擊，裝出調侃的口氣說：「你爸爸人老了，別叫他去考駕照。他運動神經都退化了，怕別人笑他。」

這麼大膽的話，大概也只有與他相處二、三十年的老媽才敢說出來。沒想到這招「激將法」沒有獲得預期的效果。老爸對自己的青春活力相當自信，用一種唯女子與小人難養的態度，不理會我們的種種手段。每次這麼來來往往，一部呼之欲出的汽車，也就在我們的嘴裡拖拖拉拉。

那回鄰居小孩子在外面空地打躲避球，球不小心掉到院子裡來。老爸正好在院子裡整理花草，鄰居的小孩子怕生，便躲在矮牆外，踮個腳尖起來偷偷張望，望出了個眉目跑回去大聲聲張：「我看到裡面有一個人喔，肚子好大，比我們的球還要大。」

這件事讓老爸聽到了拿來當笑話說，大家笑得十分開心。沒想到過幾天，老爸自己不放心地對著鏡子轉來轉去，還若有其事地問我：「你看我是不是比較胖？」

我漫不經心地說：「年紀大一點了嘛！胖一些有什麼關係。」

我一說出口就知道說錯話了。不過只說兩句話，慘的是兩句都錯了。說錯話的結果是每天傍晚下班後，我必須陪老爸到體育場去慢跑。老了的事老爸是絕口不承認的，我們約好只跑四圈一千六百公尺，老爸即使跑不動，也要把剩餘的圈數走完，這才算有始有終。我在醫院常有一些雜七雜八的事務要處理，老爸對慢跑卻是非常有恆心，有時趕不回來，反倒是老爸譏笑我：

「這麼年輕不敢跑了？以後年紀大了怎麼辦？」

他開口閉口年紀、年紀的，我知道其實他非常在乎。有一次，跑得喘吁吁的，兩個人走到大樹下去休息。坐在大樹下，看著夕陽慢慢落下，染得天空彩霞絢爛，兩個人說不出一句話來。等到天色變暗，披上外套慢慢走回家，老爸忽然冒出一句話來問我：

「像我這個年紀，還有人在考駕照的嗎？」

笑話，老爸五十才初過，考駕照當然大有人在。不過這回我學乖了，我不再隨便回答這麼敏感的問題。我只是傻笑，至於笑裡面有什麼含意，全看老爸怎麼去想。

回家我把這件事告訴老媽和小弟、小妹，大家一致認為買車又有了幾番眉目。分派工作，小弟和我到汽車駕駛訓練班找來完整的考試以及報名資料，小妹和老媽則負責無形的心理滲透工作。每次電視上有個帥氣的男人開著汽車去接那位珠光寶氣的女士，喇叭播放出汽車廣告的音樂，老媽就會若有似無地提起：

「張太太他們最近買部新車，好像也是這型的，張先生還真能幹，駕照拿了沒多久，就敢開車載張太太到處去玩。」

等到有一天，老爸也若有似無地提到：

「我們附近有什麼駕駛訓練班嗎？」

我們早準備好了一切詳細的資料，小妹還自願利用晚上的時間去學開車，說是：

「以後開車變成最基本的常識，像ㄅ、ㄆ、ㄇ、ㄈ，不會開車和文盲一樣。所以現在趕快要學好。白天教書，只剩下晚上。晚上學車回來，都快十點鐘了。老爸——好不好你陪我去學車嘛……」

就這樣打鴨上架，逼老爸簽下報名表。臨就範前，老爸不免還是一番說辭：「陪陪智惠去學開車倒是好，不過先說好，會開車不一定要買車，就像智惠說的，只是基本常識……」

報名繳費以後開始有身體檢查。那天下午小妹特別請假陪老爸到監理所去參加身體檢查。身體檢查雖然不是考試，但總有幾項反應力、試野、持續力的測驗。小妹是還好，老爸我倒有幾分替他擔心。傍晚兩個人嘰嘰喳喳回來，竟然都通過了。老爸把一份身體檢查表丟給老媽，帶幾分炫耀的語氣說：

「妳看，視力一．〇，妳的三個孩子還都沒有我這麼好呢。這邊反應測試、試野、暗野、持續力，年輕小伙子都不一定有我這麼標準。」

他沒說完就讓小妹打斷，小妹說：「爸爸吹牛，他的反應測試不及格，小姐看他可憐，讓他到旁邊練習，回來再給他一次機會。」

「那不是不及格，」老爸搶著分辯：「我沒弄清楚規則測試就開始了，根本不算。」

結果一陣紛紛嚷嚷，快樂又幸福地吵了一個晚上。

隔天開學典禮，很簡單地介紹了課程大概，以及操作原理。老爸很得意地發現竟有許多比他年紀大的學員，愈發堅定了他吹牛的信念，他說：「原來開車跟摩托車的原理一模一樣，也有離合器、油門和煞車，只是換個型式而已，我還以為什麼大不了的事。」

第二天，他開了兩個小時的直線前進、直線後退，我們可足足吃苦吃了好幾天。他一回來就開始抱怨脖子僵硬、腰痠背痛、手腳發軟。我們可忙壞了，一會兒又是冷敷，一會兒熱敷，萬金油、綠油精、撒隆巴斯、擦勞滅全派上用場，又是搥背，又是按摩，還是沒什麼改善。

老爸的個性我們可清楚，既然報名繳了費，他一定會持之有恆地把課程學完，倒不用我們去鼓舞他的學習情緒。只是每天上課回來這裡痠那裡痛的，叫我們替他擔心。還好過了幾天，似乎慢慢適應了，不再聽到他的抱怨聲，這才漸漸放心。

事情似乎都一帆風順，一切也在我們預期之中。我們想像中的新車，不但有了輪子，現在恐怕連板金也開始慢慢成形了。過了一個禮拜，我們還在做著新車的美夢，老爸騎摩托車載小妹學開車回來，進到屋子把鑰匙丟在桌上，忽然冒出一句：

「明天起，不去學車了。」

話一說出來，把老媽嚇得花容失色，忙問：

「怎麼了？」

「唉，那些小伙子真兇，我都五十幾歲了，讓他們嚷來嚷去。」老爸一肚子火氣。

「教練嘛，偶爾也要兇一兇，學員才會專心啊——」

「不對用講的就好，大聲小聲的。我學開車，犯不著受這種氣。」

小妹隨後走進來，對我遞了一個神秘的笑容，偷偷附在我耳邊說：「老爸太笨了，挨教練罵。」

老爸當一輩子的公務人員，安分守己，在外面即使遇見不愉快的事，一定也是忍耐息事。這回受了小伙子的氣回來，倒像受了什麼天大的委屈，非爆發不可。老媽這下變成了仲裁人員，聽老爸說完不算，一定要徵詢小妹的意見。小妹一聽有開口的機會，馬上表示：

「有個退休的警察局長被罵得更慘。他說他辦案辦了一輩子，只有警察兇犯人的事。現在老了，反倒讓別人兇回頭了。」

我一聽便不假思索地說：「這麼一聽，教練還算是一視同仁嘛——」

話沒說完，就讓老媽狠狠瞪了一眼，要我安靜。我知道言多必失，趕緊住了口。倒是老爸，彷彿還有天大的委屈似的，把他怎樣開車，教練怎樣不滿意，又是怎麼罵人，從頭到尾詳細演練了一遍。說要買車時，老媽百般撒嬌，現在受了委屈，老爸反倒又像個被欺負的孩子了。想起老爸老媽這對夫妻，也真夠寶貝。

老媽從頭到尾聽老爸娓娓道來，衡前度後，又問明了許多疑點，這才發表感想。

「這教練年輕，修養聽起來是不太好，」她轉過頭來告訴我，「你這個有執照會開車的明天陪你爸爸去看看，再作打算。」

隔天，我領了老爸，一起到訓練班去視察情況。說明了原委，教練倒落得輕鬆，他淡淡地說：

「這樣最好，做兒子的人自己來教爸爸，才不會發火。」

說完把車留給我們，自顧自叼著菸走了。我汽車開了幾年，當教練倒是頭一回。還好是教自己老爸，不怕出醜。不過教了沒幾分鐘，我就發覺事態嚴重。老爸雖然說已經學了一個多禮拜，可是連最基本的汽車起動都有問題，更別說什麼倒車入庫、路邊停車了。他緊張地踩著離合器遲遲不放，真正放了離合器又忘記踩油門，汽車老是轟地一聲就熄了火。我三番二次提醒都沒有用，只好放高音量對他喊：「要記得加油，加油呀——」

這回他真的猛踩油門，卻忘了離合器。汽車像脫韁的野馬一樣往前衝，我可急了，高叫著：「踩煞車，踩煞車——」

不叫還好，愈叫老爸愈慌，猛踩油門，車子向前猛衝。弄得我必須像電影特技演員似地搶過去替他踩煞車，一陣混亂，才總算把車子停了下來。我可是餘悸猶存，老爸倒一副怡然自得的模樣，對我解釋：

「你說的我都知道，可是手腳不聽話。」

一番說辭，弄得我又好笑又好氣。整個晚上的課程時間裡，我所有的精力幾乎都花在保護人、車的安全。這樣我已經十分滿足了，不敢奢望老爸把汽車操縱自如。告訴他打右轉方向燈，雨刷動了起來，說要打超車燈，變成了喇叭聲大鳴。愈教愈生氣，很難按捺著性子和顏悅色。老爸倒會調侃，他不時轉頭對我抱歉地笑笑，又譏諷地說：

「我覺得你比原來的教練倒還要兇。」

說得我有點不好意思了。我想起從前小時候，迷戀打棒球，玩得功課都忽略掉了。到了考試前，書讀不完，慌得坐在書桌前面大哭。那時候有一科「自然」沒唸完，最後那部分是什麼闊葉林、針葉林、高山凍原等，我在一堆高山標高與樹林名稱間迷了路，又急又慌。老爸倒有耐心地過來教我，他安慰我：

「不要急，慢慢來，總會學會的。」

他畫了許多圖，說明闊葉林是怎樣，針葉林是怎樣。又好心編了許多故事讓我記憶，說什麼Auto鳥原來是住在針葉林裡，因為山太高，天氣太冷，受不了，才往山下搬。住到了闊葉林裡又是怎樣不舒服，又怎麼打算。一個童話故事說下來，讓我把課本上所有的森林特性都記了起來，到現在還記憶深刻。真佩服老爸編故事的能力。那夜老爸耐心教我到深夜一點鐘，讓我帶著微笑睡去。夢裡滿山都是Auto鳥，還有許多動物的踪跡。

想到這裡，我不禁有幾分感歎。光陰荏苒，什麼時候反過來變成我教老爸新東西了呢？為了安慰自己，也是安慰老爸，我平心靜氣地告訴他：

「不要急，慢慢來，總會學會的。」

老爸當然忘記他說過的這些話了。對他而言，只是簡單的一句話，對我的一生卻是影響深遠的。從頭到尾，儘管老爸錯誤百出，甚至差點把汽車弄壞，我都耐著性子，換一種欣賞的角度來教他開車。到了課程結束，我總算勉強教會他如何平穩地把車子開動。

教練又叼著香菸過來，用一種「現在你知道怎麼回事」的表情，諷刺十足地問我：

「怎麼樣，你爸爸天資不錯吧？」

我想起老爸常自誇的話，就順口回答他：「就是沒好好栽培。」說得我們父子相對宛然笑了起來。

我又陪老爸到訓練班去開了幾次車，總算慢慢把老爸調教得上了軌道。漸漸他和教練處熟，自己也開出了幾分成就感。回到家，又開始吹牛了。

教練對待他們這些學員，採用的是「土法煉鋼」。教他們看地上檳榔汁做的記號。對準了窗戶格子，就開始向左轉幾圈，後照鏡看到電腦板，又是迴轉幾圈。弄得老爸和小妹神經兮兮的，連吃飯的時候都背著口訣，唸唸有辭：「倒車入庫，檳榔對窗戶。右轉二圈，車尾對線邊……」

老媽問清楚了原委，拍手哈哈大笑，笑他們水準低落。過沒幾天，聽他們唸個不停，連老媽都會背了。就這樣，總有一些新鮮的學車趣事，層出不窮。大概老爸慢慢也轉變了心態吧。每次回來，聽見一陣一陣的笑聲，總覺得時代在變，這個家庭也在變，慢慢由一個兢兢業業的家庭轉變成有餘力享受歡樂的家庭。

在我的感覺裡，自從祖母過世以後，這個家庭就落入了鬱鬱的氣氛。那年老爸和伯父把祖母從車站接下來，輪流背回家裡。臺大醫院病理討論才開過，打出癌症的報告。他們千辛萬苦把祖母送到臺大去檢查，得回了這個結果，心裡知道已經沒有別的辦法，難過得坐在房間裡面哭。祖母聽見了問他們哭什麼，兩個人瞞著病情不敢告訴她，吞吞吐吐地說：

「我們看妳病成這樣，不忍心，心裡難過。」

祖母聽了也不駁斥他們，只是淡淡地說：「你們不用瞞我，我的身體不好我自己知道。從前你父親過世，我就想隨他去了。那時候戰爭，你父親抓著我的手，交代要把孩子扶養長大，好好做人。現在我要去會你父親，你們都長大成家立業了，我可以放心地去跟你父親說了。」

老爸和伯父聽了，只是跪在地上，放聲地哭，沒說一句話。當時我年紀小，什麼事都不懂，只覺得奇怪，為什麼大人還哭得這麼悽慘？這些對話，都是後來老爸告訴我的，他常感歎，祖母來不及看到我們的成就就走了。她要是知道家裡出了這麼多方帽子，心裡不知道要有多高興。

慢慢我長大，變成了大人，才知道原來大人的世界也是有哭有笑的。祖母過世以後，老爸把院子裡的菊花一盆一盆都收到後院裡去，棋盤和棋子收拾起來，自己也戒了好幾年的菸。家裡長年懸著祖父母並列的遺像，顯露出一種淒清。要等小弟考上了大學，歲月慢慢抹去舊的痕跡，讓新鮮的色澤凸顯出來，這個家族才又開始感覺到放縱的笑聲。

有許多老爸與小妹之間的笑聲我是不明白的。那是他們學開車的人之間的一種默契。小妹饒舌，每天學車回來，總有許多說不完的事。老爸倒像她的學生，坐在一旁猛點頭附和。

有一天下班回家，電視開著，音響放得好大。我一走進大門，看見小妹跟著老爸在電視機前搔首弄姿。不得了了，老爸竟然教小妹跳舞，我拍手大叫：

「哈——老爸竟然會跳舞，老爸會跳舞。」一邊說著，恨不得到處去張揚這件事。

老爸轉過來，用正經得我都想笑的表情說：「看看你這是什麼態度？我們正在從事一件很嚴肅的工作呢。」

小妹也附和他：「對，老爸在教我跳『警察舞』，幫助我記憶交通警察的手勢，筆試要考的呢。」

「唉，才沒幾個手勢。」我一副不以為然的態度。

「寓教於娛樂呀。」老爸倒有說辭。

反正老爸一天才起來，誰都拿他沒有辦法。我繼而想起假如交通警察都用老爸他們那一套身段來指揮交通，路口也放起輕快音樂，不曉得駕駛人會不會心平氣和一些？

他們規規矩矩地跳完了舞，老爸拿條毛巾擦汗，揚言下次要到狄斯可舞廳去表演這一籌舞碼。擦過汗，喝完茶又吹過電扇，老爸戴起他的老花眼鏡，從公事包拿出一疊模擬試卷給我看。

「你看，我在公司上班，一有空就做這些模擬試題。」

一共有二十張考前模擬試題，寫了十張左右，還自己用紅筆對照標準答案批改，上面寫了滿滿的註解，顯然相當費心思。從前我考筆試時，仗著自己記憶力好，標準範本草草看了兩次，就把握十足地進去考試了，根本不當件大事，沒想到老爸卻是如履深淵一般。我笑著說：

「喔，老爸，你讀電腦選擇題好像校注四書五經一樣，註解眉批，到處都是。」

「唉——規定這麼多，每一條都要背。為什麼要發明這麼多規定？」

「就是因為違規的人太多了啊，才需要規定。大家都爭先，搶道，就犯規了嘛。」

「呵，」老爸笑了起來，「我就是搞不清楚你們這些年輕的在想什麼。換成我，能把車子開動穩穩地在路上走，就已經很滿足，很感激了。」

他在滿足和感激上加重音，彷彿天下人都應如是才對。

隨著考試日期的逼近，連我都能夠感受到那份緊張的氣氛。沒事小妹和老爸在客廳走來走去，喃喃唸著：

「倒車入庫，檳榔對窗戶……」

一邊說，手腳還配合著動作，那樣子和現代流行的霹靂舞身段，簡直不分軒輊。老媽沒一事還愛在一旁冷嘲熱諷，我私下勸阻她，老媽就若有感慨地說：

「你老爸，年輕時頑固，現在老了不服老。」

慢慢老爸日常作息和食量都受到考試影響。我們很替他緊張。老媽口氣倒是緩和了些，不過味道還在。她說：

「看你老爸，炸彈躲過，沒飯吃的時候差點被餓死，那時候都不怕，現在小小一個考試，緊張成這樣。」

我安慰老爸：「不要擔心，別人年紀比你大的都能考過，還有一些不識字的也能考過，你當然沒什麼問題。」

考試前幾天，我還特地陪他到訓練班做最後的練習，安定軍心。除了直線加速還不夠熟練以外，其餘的測試，他都能按照教練傳授的口訣，做得很好。我們特地就直線加速一項，加強練習，直到滿意，才回家休息。

考試當天，老爸和小妹緊張得吃不下飯。我怕他們緊張，又怕他們低血糖，特地買了一包口香糖，讓他們放在口裡咀嚼。

十點多，筆試成績公布，兩個人如同預期般以高分通過測試。老爸似乎十分滿意，我拍拍他的肩膀，他也對我報以微笑。然而真正的好戲在下一關——直線加速。裁判把他們一群人帶到起點線時，我看老爸又緊張起來了。小妹膽子大先下去考，果然沒兩下就通過了。小妹從跑道那走過來，還故作瀟灑地安慰老爸：

「比我想像簡單多了。老爸，不要怕，執照就在跑道盡頭，開過去拿就是了。」

直線加速一共有三次測試機會，在五十公尺的直線跑道上把車加速到三檔四十公里時速，然後停下車來。老爸第一次測試時很慘，還沒換到二檔車身已經向左偏離，壓到直線，弄得電腦鈴聲大作。車子開不到三十公尺，人就讓裁判趕了下來。

老爸一臉慘淡。我連忙提醒他太緊張了。他本來的實力完全沒有發揮。一邊說又遞了幾片口香糖給他，發現他雙手一片濕冷。看他拿著口香糖，又不吃，還得幫他把口香糖塞到嘴裡去，一邊叮嚀他教練的口訣：

「深呼吸，心情放輕鬆。兩眼平視正前方，頭要直，頸要正，上檔踩油門，鬆離合器踩油門……」

妹妹也鼓舞他說：「當作平時在訓練班練習就好嘛。」

老爸連說知道，可是手心還是很冷，心跳很快。

老爸上了考試車以後，我發現自己也緊張起來。小妹嚇得都不敢看。眼見車子發動起來，我在心裡默默地喊，不要歪啊，不要歪，只要幾秒鐘的時間就好。我看那車子衝了出去，比平常的態勢還要快，加油門絲毫不猶豫。我知道老爸這回豁出去，準備放手一搏了。

車像放出去的箭，咻地一聲就到了盡頭。老爸從車門內跳了出來，伸出大拇指，高舉著手，表示他通過了。我們連忙衝過去向他慶賀，我高興地說：

「這下可好，剩下的測試都是老爸拿手的，現在可是執照在望。」

小妹上下打量老爸，忽然大叫了一聲：「啊——」

正在驚訝，小妹指著老爸的嘴巴說：「口香糖。」我們一看，老爸不知什麼時候，已經緊張得把口香糖吞下去了。

接下來，老爸似乎輕鬆了許多，有閒情在一旁看別人考直線加速，還不時發表他個人的意見。有人考不及格時，他還會抱著幸災樂禍的語氣說：

「那個人是加工廠的副主任，平時最沒有人緣。」

大家站在一旁說一些無關緊要的風涼話，氣氛極好。可是我們得意得太早了，過了一會，教練嚼著檳榔跑過來，一邊大罵：「現在記號全改了，倒車入庫，窗戶要對大柱——」說完他臨時在地上說明更改的記號怎樣，又是幾圈幾圈。整個補習班的學員都極為緊張，圍成密密的一圈仔細聆聽。我看得出來，那些新的標記方式，對老爸而言，是太過複雜了。我安慰老爸：

「沒有關係，你就當做地上仍有檳榔汁，照樣開你的車。」

聽著電腦鈴聲不斷，老爸他們補習班的學員一個一個被判出局，老爸全沒了心思。一上場，聽到隔壁考場發出的電鈴聲，以為是自己壓到了線，自動走出車門，還讓裁判叫了回去繼續再考。沒幾分鐘，真的壓到線，被判出局了。老爸從車內走出來，一臉無可奈何的笑，彷彿那是他應有的報應。

回家的路上，雖然小妹考上了執照，我們都謹慎地不露出一點歡欣的神色。套句老媽常說的話「豬不肥，肥到狗身上去了」。大家沉悶地走著，實在非常彆扭，我就說：「今天實在也真夠倒楣，眼看就要考過了，半路殺出個程咬金。」

「對呀，」小妹也接著說，「平白無故就推行起什麼環境保護運動。」

老爸靜靜地走著，像正沉思著什麼。過一會，忽然冒出一句：「檳榔汁不能亂吐倒也是真的。」

回到家老媽問清楚來龍去脈，說了句：「考過也就算了。」以後這個家如同往常一樣照常運作。吃晚飯、洗澡、看電視，沒有人再提起駕駛執照的事，彷彿沒有發生過什麼事一般。

這麼若無其事的氣氛給我幾絲恐懼。照說不該是這個樣子才對，除非真的發生了很嚴重的心理打擊。會不會經過這一次失敗，老爸賭氣似地要證明他還年輕這件事受到挫折，他真的默認自己已經衰老，而歡樂不再呢？這樣的心情會不會連帶影響老媽呢？一連串的問題弄得我輾轉反側，一夜無眠。到了隔天早晨，我再也忍不住心中迷惑的情緒，旁敲側擊地問老爸：

「老爸，兩個禮拜以後還要不要再去報名？」

老爸倒也可愛，露出頑童似的笑容，問我：

「記得你小時候學腳踏車的事嗎？」

摔得那麼痛我怎麼不記得呢？每次一轉身老爸早悄悄地把手放掉了。每次我抱怨，老爸總是說：「我總不能扶著你一輩子吧？」等我學會自己放單騎腳踏車，身上早摔了許多傷口。老爸好心地替我敷藥，一邊說：

「一點皮肉之傷馬上就好了，你學到的本事卻一輩子都不會忘記。」

想到這裡，我們父子同時發出會意的微笑。我們又利用晚上時間，到訓練班去重整旗鼓了。這回老爸不再相信什麼口訣、秘笈。寧可依照我教他的感覺法，踏踏實實地重新學起，畢竟在外面開車，沒什麼柱子或者檳榔汁可以比對。老爸學得很勤快，他告訴我：

「有了失敗經驗以後，忽然什麼都不怕了。反正最壞也不過是原來那樣罷了。」

第二次考試的時候，全家的啦啦隊都出動了，浩浩蕩蕩到考場去助陣。老爸考得相當順手，還不時高舉右手，比畫V字形，做英雄狀。我很怕他失敗，以他的年紀，承受這種壓力，真要再考不及格，我都想勸他罷手了。

皇天不負苦心人，在一陣熱烈的掌聲之後，老爸開完了測試全程。老媽第一個衝出去歡迎他凱旋歸來。一陣英雄美人，陶醉之餘，不等我們展開下一步的步驟，老爸便自鳴得意地表示：「依我這種技術，改天去買部二手車來開自然沒有什麼問題。」

買二手車的工作隔天起，便如火如荼地展開了。說是要買一部十萬元以下的舊車隨便開開就好。物色來物色去，變成了十三萬的一部舊型裕隆車，牽回來沒幾天，發現車窗會滲水，又變成一部十六萬的福特車，折騰來折騰去怕車子發生過車禍，又怕引擎大修過。狠下心，老爸便說：「買新的算了，家裡也不缺這個錢。方便、省事，買回來也覺得心安理得。」

節儉美德當然還在我們的觀念裡，然而現在，我們喊出了新的口號——富而好禮，對老爸老媽展開心理攻勢。電視也幫我們宣傳。這樣下來，幾十萬元的現金出去，似乎比較沒有那麼心痛。天天我們都在翻閱廣告目錄，汽車雜誌，比長話短，什麼引擎汽缸、扭力、風阻係數這些專有名詞，一下子變成我們打招呼的日常用語，像什麼「老爸的肚子風阻係數很高」、「好久沒有運動發現速率、扭力都退化了」。還有「老弟，你的引擎汽缸該大修了，一天到晚放屁」之類的話，極為親切。

老爸正式的駕駛執照又過了一個月才領到，那時候灰褐色的嶄新轎車早已經買來了。那年秋天，家裡的菊花大開。老爸興致地把花全部又搬到院子裡來。一陣風過，菊花搖頭擺首，一片澄黃映紅，極為壯觀。大家坐在院子前面，帶著愉快的心情賞花。

菊是老媽的名字，老爸愛菊、養菊、種菊一輩子，裡面有種微妙的浪漫心情，我們也說不清楚。新車的開車大典自然是由老爸主持。他不甚熟練的新手技術，開車載老媽還有我們，環繞小鎮一周。

初次上路，驚險的狀況不免還是有的，不過這全留給我這個技術監督負責。老爸倒也輕鬆，一面還不忘記提醒老媽：「這回妳可享受了，不花錢就有車子可坐，四輪的呢，不怕風來也不怕雨去。」

典禮結束，老媽發表感想：「坐你爸爸的車，太驚險了，我都緊張得要死。」

「以後熟練就好了，」我趕緊替老爸打圓場，「這陣子你們要出去玩暫時可以找我當司機。」

「我也不差啊，你媽媽就是嘴巴不饒人。」老爸替自己辯護。

「你比你兒子差多了。」老媽說。

老爸一愣，一陣沉默，忽然改了口氣說：「就是要一代比一代還好，才有希望啊。」

到了星期天，大家心情特別好，央請來照相師替我們照相。那日陽光和煦，我們就著菊花、汽車，全家福擺來擺去，總算照好了幾張相片。相片洗出來了，一片彩色繽紛，裡面洋溢著五個人的笑容。不但如此，連汽車、一朵朵的菊花感覺都在笑。整張照片拿著遠近瞧來瞧去，感覺上，好像連笑聲都可以聽到。

老爸把照片加上了框，就著駕駛執照，當作裝飾品擺設了起來。自己親手開車的事從沒再提過。到了星期假日，把我從醫院宿舍電召回來，開著車載大家一起出遊。

汽車開過名勝古蹟，開過山川橋樑、鄉村、城市，老媽總是像個小孩似，愛打開玻璃吹風，一邊觀賞景致，一邊感歎：「時代真是進步啊——」

老爸坐在前座，偶爾也會提出一些技術問題或者路上的交通號誌指出我的錯誤，儼然以汽車專家自居。

我想起從前Auto鳥的故事，講到末尾總是老爸反問我，換成我該怎麼對付Auto鳥？我於是一陣吹牛，什麼飛機、大砲、挖陷阱、用水淹……全都出籠了。老爸多半是一邊聽一邊笑，到最後告訴我，以後老爸老了，全靠我去打敗Auto鳥，來保護老爸和老媽。我當然是挺起胸膛，義不容辭，恨不得自己快快長大。

現在漸漸長大，許多酸甜苦辣的滋味實在是說不清楚了。不過有時候，我也懷疑自己太過多愁善感。老爸真的老了嗎？最近他拿著MS-DOS的電腦書籍在問我Format、Files commands的事時我簡直嚇了一跳。報上刊有程式設計檢定的考試辦法，他早計畫好他的夢。

我一想到他參加考試的模樣，不禁對他抱怨起來：「哎喲，老爸，你未免太過新潮了吧？」

他不說話，卻神秘地對我笑了起來。

裸

表姊剛搬進來那天穿著一件得體的粉紅色洋裝，踩著白色高跟鞋。她看起來稍嫌瘦小，皮膚又有幾分黝黑，整個人顯得並不是十分健康。還好她笑起來還算是很愉快的一個人。我和姊姊都很興奮有這麼一個新伙伴要與我們住在一起，連忙到樓下去幫忙搬行李。

在我們家族裡，表姊可以說是新生代中最讓人羨慕的一位。從小我們就聽過她無數名列前茅的事。每次母親教訓我們要好好讀書，總不忘提表姊當作榜樣。她一直以最高志願讀到醫學院畢業。現在已經是公家醫院裡面的牙醫師了。雖然才畢業沒幾年，可是連帶私底下的兼差，一個月少說有五、六萬元收入。自從母親上來臺北讓她做了幾顆免費的假牙之後，她的聲譽在我們的家族更是如日中天。

我和姊姊書讀得不好，姊姊商專畢業，現在在私人公司當會計，我則還在工專裡面唸書。

「親戚住在一起，租房子划算，彼此有個照應。另外讓阿明和他表姊看齊，多用功一點讀書，將來去考技術學院。」我的母親是這麼計畫。

表姊的行李除了女孩子應有的行頭，最可怕的就是那些裝箱的書籍。我從來不曉得裝成箱的書，竟然比石頭還重。我和搬運工人花了半天的工夫，才把那些書籍搬上來，弄得筋疲力竭。

「你以為讀書要有一點成就，是那麼簡單的事？」姊姊拍著我的肩膀，很諷刺地要給我一點啟示。

到了晚上，表姊總算把房間收拾完畢，走出來客廳和我們聊天。

「今天這些行李多虧你了，阿明。」她笑著告訴我。

我微笑著對她點頭，注意到她穿著一件薄上衣，裡面隱隱約約地可以看出胸罩還有一件短得不能再短的褲子。由於她並沒有什麼迷人的身材，那樣的穿著也僅止於表面，沒有更深的想像餘地。

因為是初識，她高興的坐下來與我們一起看電視。姊姊則熱心地要去廚房泡茶。

正好播放電視新聞，我們很興致地看著，不到一半，表姊忽然問我：「伊朗軍售案到底是什麼，為什麼最近老是有人在提，好像很熱門的樣子？」

我心裡暗暗嚇了一跳，都已經讀完大學的知識分子，連這個都不知道。礙於初識，還是很仔細地把來龍去脈對她說明。她似乎很有興趣地提出許多疑問，其中像是伊朗的柯梅尼，美國國防部長溫柏格，她都不曉得，的確很令我訝異。

這還好，過了一會，她又指著電視一個人問：「李遠哲是幹什麼的？」

弄得我不知如何對她說起，我很害怕傷她的自尊心，只好裝迷糊地表示：「好像是一個學化學的人吧。」

她似乎很滿意我的答案，沒有再追問下去。我們兩個人坐在那裡看電視，像是來自不同世界的人，沒有再說一句話。

不久，姊姊把茶壺茶杯都端過來，笑著對我說：

「阿明，怎麼愣在那裡不說話。還不快趁機會請教表姊，人家是怎麼唸書的。」

「沒有啦，快別這麼說。」表姊笑著說。

姊姊一邊替我們盛好了茶，一邊稱讚表姊：

「說真的，亞君，妳在我們親戚裡，實在算是很成功的一個人。」

表姊端起茶，喝了一口，停在半空，懸著手，像是沉思，過了好久才說：「在大都市裡，人這麼多，想要成功——要付出許多代價。」

那一夜，幾乎就是我們相處以來最有意義的談話了。以後我甚至很少有機會面對面與她談話。她總是工作到夜裡九、十點鐘才回到家裡。洗完澡，悶回自己的房間看書。從窗簾可以見到房間裡面的燈光，以及傳來喃喃唸書的聲音。

剛開始，這種氣氛的確給我一種刺激的心情。我試著延長自己讀書的時間與表姊競爭，可是過了不到一個禮拜，我就知道自己的努力白費了，無論再怎麼咬緊牙關，每次我決定放棄時，仍可以從她房間聽到喃喃的讀書聲。

有一個晚上，因為肚子痛，半夜起來上廁所，發現她仍然還在唸書，我惺忪地看著錶，竟然已經是清晨四點半。這件事，引起我莫大的興致，有一次期中考完，我花了一個晚上的時間，想弄清楚她到底幾點上床睡覺，結果我很驚訝地發現——她根本不睡覺。

由這樣的發現，我很大膽地推論，表姊必然在某些方面有心理的問題。我有一個同學的姊姊在醫院當護士，和表姊算是同事，她告訴我：

「你的表姊很好啊，人緣也很好，太會巴結上面的人。這也沒什麼不好，反正這社會就是這個調調。至於做事也很認真，平時看起來沒有什麼精神，好像快睡著了，可是病人一上門，兩個眼睛像獵狗似地……」

姊姊回憶家族史也沒有什麼異常，她回憶說著：

「就有一次，你知道她國中是全校第一名，有一次忽然掉到第三名，傷心得不得了，每天回家聽說都讀到三點鐘。後來讀得昏倒了，可把姑媽嚇壞了。夜裡說好說歹求她睡覺，還搶著去關電燈的電源。後來母女開始大吵，聽說兩個人足足有一年不再說話。」

談到後來，姊姊就嘲笑我說：「你自己不愛讀書，看不慣別人，愛疑神疑鬼的。」

也許真是我自己不愛讀書的心情作祟吧。我想著。可是每次一大早，我看見她打扮得規規矩矩要出門，總隱約覺得這麼正經不苟言笑的人，好像有哪裡說不上來的不對勁。

有一次，考完試，聚了幾個同學在家裡慶祝生日。因為是過我二十歲的生日，特別隆重。那天我還特別敲門邀請她與我們共進蛋糕，不想她卻意興闌珊地表示：

「不了，你們自己吃就好，我明天還要上臺做一個學術報告，來不及準備。」

也許那天喝了一點啤酒，後來我們很快樂地唱起歌來。我們用筷子在瓷碗上敲擊，配合歌曲節奏，可能聲響太大了，不到一半，表姊忽然衝出門外，破口大罵：

「你們安靜一點好嗎？吵什麼吵？」

「不要這樣嘛，我今天二十歲生日。」我理直氣壯地表示。

「我管你什麼時候生日，我快輸給別人了，」她幾乎叫嚷起來，「每個人都想盡辦法踩到你頭上去，懂嗎？」

看情況不妙，姊姊連忙出來打圓場，笑著說：

「是太吵了，沒關係，我們改到房間裡面去。」

後來我們只好掃興地到房間裡面去。為了這件事，我開始對她有了惡劣的印象。我漸漸發現她是一個全然沒有感情的人，所有的事情，都以自己的利益為考慮，即使是她裝出來那些熱情，也不過是為了自身的利益罷了。

我們在陽臺上僅有一根曬衣竿，每次她洗完衣服，不管我晾曬的衣服乾了與否，就把衣服全部推到一邊去，弄得我衣服老是曬不乾。這件事我也不想計較了。那天颳起颱風，把她的衣服颳到地上去。她竟然抱著衣服到我房間來興師問罪：

「阿明，是不是你故意把我的衣服扯到地上去？」

「我沒事幹嘛扯妳衣服？」我反問她。

「我知道，你要報復我，對不對？」

「咦，這倒有趣，妳自己說，妳什麼地方對不起我，怕我報復？」我問她。

說完我們便開始大吵大鬧起來。我對她早已心存芥蒂，這回更是火上加油，便不顧一切的破口大罵：

「妳這個不要臉的東西，自私自利，妳是社會的敗類——」

倒是奇怪，被我這麼一說，她竟然愣住了，睜大眼睛看我，手足無措地說：「你竟然罵我——竟然有人罵我——」然後愣神神地走回自己的房間去了。

那個晚上，她一直躲在房間裡面沒有出來。對於這麼詭異的反應，我也隱隱約約覺得不安，不應該有人挨罵是這種反應啊，何況她還是我的表姊。夜裡，我躺在床上輾轉反側，不久，我聽到客廳裡傳來一陣一陣的嘆息。那嘆息相當規律，每隔二十、三十秒就有一陣。

我偷偷跑到門邊，從門縫看去。在月光隱約的反射下，簡直把我嚇壞了。表姊只穿著胸罩、內褲，沿著客廳的沙發不停地繞圓圈、踱步，每繞一圈，就發出一聲嘆息，像舉行著什麼儀式似地。

這個發現，更加肯定我的假設。我決定利用白天潛入她的房間，好好弄個究竟，一旦找出任何證據，才好大大方方地請她搬家。

隔天表姊一早就穿著整齊地出門了，神色顯得相當愉快，臨走還快樂地對我說：「阿明，今天天氣真好，應該是郊遊的好日子，可惜要去上班，不是嗎？」

我冷淡地對她點頭。真佩服她能說得那麼輕鬆愉快，彷彿昨天的事根本沒有發生過一樣。再說，我從來沒見過她去外面郊遊，竟能提出這種不可思議的對話，儼然她是一個健康的上班族似的。

我很容易就打開她房間的窗口，潛進她的房間。房間內亂得比我想像還要不堪。我姊姊所謂的「出淤泥而不染」，應該就是形容能夠從這種房間穿戴整齊走出去的人吧。遊目四顧，床上散亂地擺著各式衣服，顯然出門前曾經猶豫了好久。妝臺前零零散散地擺著各種化妝品，還有一臺收錄音機。書桌上的書本抹上一層薄薄的灰塵，至少該有一個禮拜沒坐到書桌看書了。

整體房間給我的感覺，這個人的生活完全失去了秩序以及重心。她在錄音機旁擺了一本尼采的哲學書，還有一本未央歌，這是她所有的人文財產了。老實說，我覺得相當失望，沒能在她的房間找到什麼支持我假設的證據。臨走時，我發現她的錄音機裡還有一卷錄音帶。她都聽什麼音樂呢？我好奇地想，既然來了聽聽這個也好。

我一播放錄音帶，就聽到表姊的聲音，沉沉慢慢的，像在朗誦著某種詩詞：

「空虛存在空虛裡，空虛的背景仍是空虛，變了一個魔術翻過來，空虛的反面仍是空虛。」

繼續聽下去，驚訝地發現這些都是她的獨白，整卷帶子都是類似這樣無聊的獨白，還有一些她對事情的看法：

「張小姐嫁給一個主治醫師，現在可神氣了，從她的神色就可以看出來。一個護士而已，有什麼好神氣呢？我將來嫁的人，也比她強。」她說這麼激動的看法時，也是一個字一個字慢慢地發音，沒有什麼語調，那種平緩讓人聽了心裡發毛。

「阿明和秀慧現在都聯合起來對付我了，他們知道我是一個成功的人。這些痛苦，我都要忍耐，吃得苦中苦，方為人上人。」然後她又得意地唱著歌，簡直令人無法消受。

過幾天，表姊仍然如同往常一般正常地出入，愉快地與我們打招呼。晚上，我聽見從她房間傳來喃喃的聲音，開始有種恐懼感。彷彿看見了緊脹的氣球，隨時怕它要爆炸了。

有一個晚上，下著傾盆大雨，表姊從外面狼狽地回來，還帶回一個矮小的中年男子。

「阿明、秀慧快來，我給你們介紹，」她一邊攏著雨傘掩不住得意的神情，「梁主任是我們醫院耳鼻喉科的主任，還沒有結婚，以後你們要是有什麼毛病可以去找他。」

我看見梁主任很世故地對我們微笑。他的頭髮微禿，穿著相當華貴整齊，看起來像是滿順眼的一個傢伙。

「啊——大家少見為妙。」梁主任開著玩笑說。

「梁主任，到我的房間去坐一下。」表姊對他擠眉弄眼地說。

兩個人走到門口，打開房門，忽然都愣了一下，表姊連忙打圓場說：

「啊——真是對不起，今天早上起晚了，來不及整理房間。」

「沒關係，沒關係。」梁主任笑著表示。

我記得梁主任並沒有在她的房間待很久，就急著要離開了，隔著我的房間大門，可以聽到表姊熱絡地招呼他：

「再坐一會嘛，外面雨下這麼大。」

梁主任走後，表姊就興奮地要問我和姊姊對他的看法。我們當然是一致稱讚，反正也不能說別的意見。

「看起來還滿穩健的人，雖然年紀大了一些，但是很有學問與地位。」姊姊這麼表示。

「他是耳鼻喉科的主任呢。我們的事要是成功了，我自己等於翻了一個身，勝過十年的努力呢。我最看不起那些年輕的醫生了，毛毛躁躁的，有什麼用呢？」

這件事，不曉得為什麼，我和姊姊忽然都變得熱心起來。我同學的姊姊告訴我：

「梁主任？他是一個很好的人呢。做事很穩重，對病人也相當好。我看他不會看上你表姊吧？我覺得你表姊還沒有好到那種程度。」

儘管如此，表姊卻真的開始約會了。每天都到深夜一、二點才回家。有時還會向我描述他們約會的情況：

「梁主任實在是滿幽默的人，我以前都沒有發現過。今天他帶我到土雞城去喝生啤酒，還帶了幾個他的住院醫師。我看，再去喝過幾次生啤酒，連他手下的住院醫師都要開始巴結我了。」

這件事竟然轟動了南部的姑媽，特別打電話叮嚀我：

「阿明，你幫幫你的表姊打聽一下，對方到底是怎麼樣的人，你表姊沒有談過戀愛，怕她吃虧。聽你姊姊說，亞君每次都約會到半夜一、二點鐘，既然是正當的人家，怎麼會弄得那麼晚呢？」

連續幾天，表姊都準時兩點鐘回來。回到家，也不說什麼話，關著燈坐在沙發裡。有一次，我好奇地走出去看她，打開電燈。我的舉動似乎帶給她很大的驚慌，過了好久，她才恢復過來，指著手上的花對我說：

「你看，梁主任送我的花，漂不漂亮？」

偶爾夜裡，她仍會穿著內衣內褲，喃喃地在客廳走動。因為習以為常，我也漸漸不太在意。

有時候，我也不免會懷疑，梁主任這麼忙的人怎麼有空每天和表姊約會到一、二點，不過這是他們之間的事，我也不便過問。過了一個多月，我忽然患了很嚴重的感冒，連續看了兩家私人診所，燒還沒有退下來。我想起梁主任，這位未來的姊夫，於是決定向學校請假，專門到醫院去掛他的號。

梁主任實在是一位受歡迎的醫師，我足足在候診室等了兩個鐘頭，才輪到看診。

「有什麼問題嗎？」他戴著頭鏡，很親切地請我坐上診療椅。

「梁主任，我是亞君的表弟，你到過我們那裡。現在我發燒，流鼻涕，人很不舒服。」

他慢條斯理地檢查我的鼻子，又叫我張開嘴巴，用鼻咽鏡、喉鏡探進我的喉嚨檢查，過了一會才說：

「林亞君？是嗎？我們這裡的牙科住院醫師。」

「對，我是她的表弟。」我理直氣壯地表示。

「嗯，那天下大雨，我們見過一次面。後來沒有再見過她了，快有三個月了吧？怎麼樣，她現在還好嗎？」

當場我整個臉紅了起來，我從來沒有感到那麼羞辱過。後來梁主任叮嚀的什麼多喝開水、多休息、服藥的方式我一句也沒聽進去，恨不得飛也似地離開醫院。正要踩出診療室大門時，忽然被梁主任叫住，他說：

「對了，我下個月要結婚了，幫我帶一張喜帖給你表姊，請她也來喝喜酒。」

不知為什麼，我轉過頭，拚命地跑，像逃離什麼惡勢力似地。

那個晚上表姊一直沒有回家，不曉得發生了什麼事情。我疲倦地躺在床上，想起幾個月來她裝模作樣地對我形容梁主任長、梁主任短的表情，愈覺得厭惡起來。還有她整夜不睡，裝成用功讀書的模樣，也叫人討厭。在我父母親眼裡那麼成功的一個人，竟然只是一個偽裝的空架子。這一切都是虛偽的。繼而我想起她那沉沉慢慢的語調，一個字一個字地說「空虛存在空虛裡，空虛的背景仍是空虛，變了一個魔術翻過來，空虛的反面仍是空虛。」不知不覺，又轉而有些同情她了，說不上來為什麼。

隔天下午，我仍虛弱地躺在床上，接到醫院她的同事打來的電話，是另外一個女牙醫：

「咦？你表姊昨天也沒有回家？」

「發生了什麼事？」我問。

「你就告訴她，系主任已經諒解這件事了，何況這並不全是她的錯。」

「到底什麼錯？」

「她昨天拔牙上麻藥，有個病人忽然心臟病發作，死在診療椅上，你表姊兩天沒來上班了，你都不知道？」

掛上電話，我愣了好久。整件事情顯得不可思議。這兩天她都到哪裡去了呢？還有從前，一、二點鐘才回來，她都到哪裡去了呢？就在這層層的疑惑下，我昏昏沉沉睡去，不知睡了多久，彷彿聽到鐵門聲音。我可以聽出表姊高跟鞋的聲音吭吭地踩進她的房間。又不知睡了多久，我再度醒來，已經是深夜兩點多了。

我迷迷糊糊走到房間外的盥洗室，經過客廳時，赫然發現表姊靜靜地坐在黑暗中。更令人吃驚的是，這次她連胸罩、內褲都不穿了。透著月光反射，隱約可見那纖瘦得可憐的身體。

「阿明，」她忽然叫住我，「今天梁主任心情好，開車載我們到淡水去吹風……」

本來我對她還有幾分同情，被她這麼一說，我變得非常嫌惡，生氣地對她說：「快去把衣服穿起來，不要這麼沒有體統。」

她笑咪咪地說：「阿明，我好渴望自由自在，像從前在鄉下一樣，坐在牛背上，看著雲……」

聽她這麼胡說八道，我更是怒氣沖天對她嚷：「我不要聽妳這些虛偽的話，我聽夠了。去妳的梁主任，人家已經要結婚，我都查過了──」

聽我這麼一說，她驚嚇地站起來，瞪大了眼睛，我很難形容那種表情。她被我的話語逼到鐵門邊，用顫抖的手指著我：「阿明，不要亂說，不要亂說……」

「誰亂說了，妳快點醒悟吧，不要再自欺欺人了，妳在醫院弄死人的事，我們都知道了──」

她用手摀住嘴，發出一種尖銳的叫聲，在深夜裡格外恐怖。然後，她奮不顧身地往外衝。

她衝下樓梯以後，我忽然想起她的全身是赤裸的，連忙喊醒姊姊：

「秀慧，快點，表姊光著身子衝到樓下去了。」

說著我們帶著一條大浴巾，二個人飛也似地衝到樓下去追趕她。幸好半夜兩點鐘的巷子並沒有許多人，我們冒著大汗，追趕了將近二、三百公尺，總算才追到亞君。用大浴巾像春捲一樣把她捲起來，扛在肩上。表姊顯得筋疲力竭，有氣無力地啜泣著：「不要啊……不要亂說。」

不知道為什麼，這件事曾經使我內疚很久。我常常在想，也許我不該那麼直截了當地拆穿她的把戲。那以後，有很久，她總是帶著呆滯的神情，彷彿失去了生命中最重要的依靠似地。

姊姊曾經有一次告訴我：

「阿明，我覺得你不應該太過尖銳，在都市裡生活，每個人都要靠一些什麼才能活下去。」

「可是那些都是虛偽的。」我不客氣地告訴姊姊。

「就算虛偽也是一種依靠啊，你不像表姊那麼成功，不容易了解。」姊姊嘆著氣告訴我。

過了不到半年，表姊就辭去醫院的工作，搬回南部鄉下去了。南部不時傳來她開業成功、大賺錢的事蹟，感覺上，她竟已經是相當成功的一個人。

我變得不再像從前那麼尖銳，偶爾也會順著母親的口氣稱讚表姊：「真是不簡單哪——」真的是不簡單，關於成功、生命、很多事，我默默地想著。

豆芽菜

清晨八點半，鬧鐘響了，丈夫便匆匆忙忙地起床漱洗，整裝儀容，提起公事包，在她額前輕吻，出門上班去。這時一切又歸復寧靜。她還沒這麼早起床，總要在棉被窩裡再賴一會，做些奇奇怪怪的夢。

「妳幹嘛不去找份輕鬆的工作，編輯啦，或是什麼的……」丈夫總是愛這樣問她。

「我喜歡待在家裡。別擔心，總有一天，我會找到自己的方向，再寫下去的。」

她懷疑這樣的回答包含著欺騙的成分。甚至自己也讓自己欺騙了。有時候，心裡不甘心，她又回坐到桌上，試著再寫，然而再多的掙扎還是惘然。

不曉得什麼緣故，結婚之後，便一個字沒再寫出來了。每次上街，隨手一翻架上的書報雜誌，那些熟悉的名字，不熟悉的名字，如同雨後春筍般湧了上來。那些隨和、不隨和、謙虛、孤傲的人她多半見過，甚至她也被認為是其中的一分子。她們在暈黃的咖啡屋、明亮的餐廳、校園的教室裡，以各種不同的姿態談論著文學以及生命。

筆記簿裡還滿滿七、八個故事提綱。桌上散亂地堆置著棄置的稿子。說不上來原因——她只是忽然地就覺得倦了。那些關於愛情的相同命題，一點點懸疑、愛戀以及心情，悲傷與喜悅，都讓她覺得不對勁。她再也寫不出一個完整的故事，甚至寫不出自己原來的風格。雜誌社的稿拖了，報社的專題企劃也寫不下來。現在連文藝方面的意見、採訪、座談她都想盡辦法逃避。她換了租賃的房屋，改掉電話號碼，恨不得徹底消失在這個世界上……

起床後第一件事便是跑去看她的豆芽菜。前幾天在市集看人賣豆芽菜，想起家裡還有好多綠豆，便一心一意地要去孵一盤豆芽出來。這件事很令人興奮，從淘豆殼開始，浸泡豆子，放在濕濕的棉花布上，把棉花排得一壠一壠，像搭起了苗圃，讓人感到新鮮的興味。每天在覆蓋的紗布上灑水，搬出去曝曬太陽。不時掀開紗布來看。看見肥肥白白的豆芽，彎著身子，從豆殼裡挺出來，天天變大，每一刻都有不同的驚喜與期待……

日常生活多半是吵吵鬧鬧。她現在倒後悔當初怎不用個筆名寫作，免得一些美好德行都白紙黑字寫在書裡頭，她與別人抬槓、頂嘴起來卻有幾分心虛？

住在公寓式的房舍裡，總有許多非得嚷破喉嚨才能爭來的權益。說穿了不是什麼大不了的事，但生活卻盡是這些瑣瑣碎碎。愈是懷抱崇高理想的人，愈在這些方面顯得無能。她終於學會了破口大罵，為什麼樓上的人不肯交公共電費，我們一定要按月交繳，而且還要幫著分襯？樓下天花板滲水，關我們家排水管什麼事？……

還有更多簡直不知從何說起，從何罵起。一下樓，信箱裡塞得滿滿都是廣告，廣告裝潢、庭園、減肥藥、幼稚園、語文補習班、書籍、廣告一切關於人生美好的遠景與夢想。才清除了又塞滿、塞滿了還能擠。有一次她終於抓到了散發廣告單的學生，人家卻不在乎，理直氣壯地說，不過是為了多賺幾個錢，過生活罷了。錢，難道你們不需要錢嗎？

從前一個人生活的時候，背個大袋子，到處走走看看、塗塗寫寫，以為日子那樣就可以過下去了。稿費寄來了，拿著匯票、印章、身分證，便到郵局去領。有次郵局的辦事小姐還說看過她的書，恭恭敬敬把錢遞過來，倒讓她有些不好意思，白白領受讀者這麼謙敬的錢。花花的鈔票放在口袋裡，不需要銀行，也不需要存摺。錢怎麼來又怎麼去自己不清楚，卻總也夠用，不曾向家裡開口伸手過——況且，真的不得已還有家裡可以開口。

怎麼也沒想到栽進婚姻裡，錢卻翻臉不認人了。想當初為了丈夫一個差事，和許多人爭得頭破血流，真正爭到手了，卻又回過頭來埋怨，一個月那麼長，只領薄薄幾張鈔票。每月丈夫規規矩矩把錢交過來，她一張一張數，心裡一張一張分派，便一層一層地怨。這些拿去坐車，這些伙食費，添衣服的錢，還有房租、水電、電視與錄影機的分期付款。剩下沒幾張，存到銀行去，換回來一本長長的摺子，倒像是張賣身契合同。

真要說，丈夫算是愛她的，她也愛她的丈夫。兩個人就全憑這些了。相愛的話，婚前不知道說了多少遍，現在還是說。但是心情不一樣。現在說我愛你，有一種急切，不能不講，怕一停下來那個編織出來的愛情美夢就像氣球般讓現實戳破。

愛情故事她寫得多了，卻沒有一個比她自己的還要轟轟烈烈。她和丈夫當初決定要結婚時，她的父母算是死了心，說出恩斷情絕的話。公證結婚出來，兩個老人究竟還是來了。站在法院外面，眼巴巴地看她。她穿著新娘禮服，踩著高跟鞋，眼淚總算流夠了。也不顧手中的花，提著裙襬，大步大步地奔過大街，害得兩個花童跟在後面拉禮服尾巴，急得亂喊，慢一點，會跌倒……

媽……一對母女當街抱頭痛哭。父親也站在旁邊紅著眼眶。

「這個丫頭，從小就是不聽話。」

有錢有勢、英俊瀟脫來提親的人不是沒有，偏偏她就選擇了自己的愛情。如果那時心一橫，或許一切，一切都會不一樣。這時，她會典雅雍容地坐在貴族化的客廳裡頭。秋陽曬進來薄薄的光線，映著窗外庭園的枝葉斑駁。她的兒女穿著愉快的水手裝，從雕砌的圓形扶梯奔跳下來，向所有的賓客鞠躬。坐到鋼琴前，彈奏一首輕快的〈給愛麗絲〉。在咖啡香醇的煙霧裡，樂聲輕脆流利地滑動過去，流水般的掌聲嘩啦嘩啦不絕……

如果順利的話，這時候她已經產下第一胎，抱在懷裡，高高興興地哺育著。那麼多的如果，不過是過去的時光，死去的生命罷了。

那時候沒警覺，連續幾天發現血跡，都不在意。隔天清晨起床上洗手間，嘩啦嘩啦一大片血塊便掉下來，她愣住了。待清醒過來，發現那是血塊、胎囊，從浴室裡飛奔出來，大哭大嚷：

「孩子，我的孩子——」

丈夫緊張兮兮衝進去看，隨手拾起馬桶刷子挑來挑去，他一定挑見了浮沉在馬桶裡的胚囊和血塊。走出浴室，卻故作鎮定地安慰她：

「沒事，沒事，只是一些血塊——」

她趴在丈夫的胸懷裡，想著，不知怎地，便一搭一搭地抽啜起來，愈哭愈難過，便動手去搥打她的丈夫，聲竭力盡地嚷著：

「你為什麼要對我好？為什麼要娶我？」

丈夫拿起拖把清洗地面上的血跡時，她已經漸漸安靜下來。真正的失望，也不過只是那樣。

她走到馬桶前去看那些血塊，忽然說不出一句話來。看著丈夫按下沖水開關，把一切都沖得乾乾淨淨。只剩下透明的漩渦，以及漩渦間的泡沫。看著，看著，她覺得沉痛，彷彿生命中說不出來的一些什麼，隨著漩渦，讓流水沖走了。

結婚以後，那些輕飄飄的愛情故事，無論如何，是再也寫不出來了。生活對她而言，不再可以用那樣的方式可以輕易帶過去。她的青春已經隨著她對愛情的抉擇而幻滅無蹤。她的丈夫和她都掉進了生命瑣碎而繁複的陷阱裡，不再是飛翔在雲端，自由自在的精靈。

愈是試煉般的生活，想望也變得愈來愈單純。關於豆芽菜，她的丈夫或許永遠都不能明白。現在那些無止境的熱情與追求，凝聚在一起，變成心中小小的渴望。渴望有一天，她能在山上有一座屬於自己的小木屋。只要能擋住風雨，她就心滿意足。白天，她可以坐公車上山寫作，像一間小小的辦公室。臨窗，她可以看見山下房舍櫛比的景致。她已對塵世的一切有了新的定位與判斷，她能反省自己，也能放手寫人世的悲歡離合——真正的悲歡離合。

黃昏時，她可以到小木屋前的園圃裡種菜。她可以翻翻土壤，聞聞泥土的芬芳。蔬菜盛產時，他們便有滿園嫩嫩的生意盎然……

這些都不過只是她心中的遐想。她的丈夫也許無法知道了。他們的經濟還負擔不起這麼簡樸的田園式生活，她知道。偏偏那天經過市集，看見豆芽菜，忽然又勾起她心中的一些什麼，於是她開始鋪排棉花，在盤子上鋪成一圃一圃的園圃，她可以在上面孵出小小的豆芽菜，看著它們慢慢地長大，像她在這一格小小的公寓房子裡，也擁有一片屬於自己心靈的菜園……

午後，有一段靜靜的時光，陽光拉著窗戶斜斜歪歪的影子，映在地上，悄悄地挪移。那時候，什麼事情都不想做。偶爾有殘障的人，從樓下走過去，放著廣播推銷自己的衛生紙。

「親愛的阿伯、阿嬸，我是一個孤苦無依的人……」

時光再走過去，靜極了。像她生命中空虛的時刻，任光陰在她眼前張牙舞爪地搬移她的生命，什麼痕跡都沒有留下。

他總是準時下班。回到家裡，她正在廚房和那些油呀、菜呀，在鍋子裡大戰。他過來親吻她，便到浴室裡去了。嗤嗤的油爆聲響裡，聽見丈夫在浴室傳來嘩啦嘩啦的水聲，她的心裡就油然升起一股喜悅。宇宙洪荒之中最後的喜悅。至少那是一個有血有肉的身軀，她愛他，他也愛她。

吃飽飯，他們坐在客廳裡看電視新聞。遙遠的地方又爆發了一場戰爭、飢荒、苦難、抗議、遊行、交通事故、總統大選、股票漲落……世界永遠亂糟糟，他們卻永遠一成不變地進出公寓，上下班，在公寓房子裡看新聞、看錄影帶、吃宵夜……世界和世界之間好像永遠沒有什麼直接的關聯。

他們到對面公寓的錄影帶店去租新的帶子。在花花綠綠的盒子廣告間尋找晚上的消遣。總會遇見那些似乎眼熟，卻又不相識的人。租了帶子走回來，才發現是住在公寓對門的鄰居。片子的內容不外是一些正義、冒險、戀愛、一些滑稽、一些刺激……活得太平淡了，反而喜歡這些誇張的東西。明明知道是假的，卻也無法捨棄。反正就是這樣了，三十塊一捲的喜怒哀樂，愛買不買。

丈夫一面喝著茶，一面冷靜地看電視畫面。這時候，她忽然又想起在租售店見到的每一張悲傷、冷漠的面孔。彷彿整個時代、整個城市都已經變成了這樣。誰能辨別是非善惡，知道忠孝節義呢？她自己彷彿也變成了那樣。在市集裡見到真正的搶劫，在醫院裡目睹親人的死亡，總有一些麻木。總覺得和影片相比，其實也不算什麼。

那麼真正的愛情，豈又敵得過寫出來的愛情，演出來的愛情？

她想起今天早晨做的夢。夢見電視裡的人忽然從畫面裡跳出來了。他穿著白色襯衫，長得瘦瘦高高。他拿著黑色手槍威脅她，逃離這棟公寓，也逃離電視裡惡人的追殺。他們像華倫比提與費唐娜薇一樣亡命天涯……不曉得為什麼，她就那麼心甘情願去過那種有一天沒一天的冒險生活，遠離她的愛情，遠離公寓，遠離電視……

錄影帶漸漸走到盡頭，畫面上一片槍戰，她沒有進入狀況，搞不清楚裡面的恩怨。丈夫卻拍手叫好，可以猜想，再過會兒是感人的主題曲音樂響起，然後關掉電視去吃宵夜、散步、聊天、回家、上床溫存，旋鬧鐘發條，互道晚安……日復一日，無窮無盡的循環。

她告訴丈夫關於夢的事情，丈夫笑了笑，睜大眼睛問：「妳確定那個男人不是我？」

「對呀，就因為不是你，才覺得刺激呀。」

丈夫憐惜地撫摸她的頭，又說：「真糟糕，妳看太多錄影帶，腦筋都看壞了。」

還沒等她答辯，丈夫已經把心思轉到別的地方去了。他打開冰箱，又打開冷藏櫃，看來看去。皺著眉頭，走進廚房，翻來翻去，找到了那一盤豆芽菜。

「哈，豆芽菜。」他像是看見老鼠的貓。

她衝過去護衛那盤豆芽菜：「這是不能吃的。」

「豆芽菜不能吃？」丈夫似乎無法理解。伸手去翻開那一層紗布。一株一株的豆苗，正挺著身子，一片欣欣向榮，丈夫接著又說，「再孵下去，葉子長出來，想吃都不好吃了。」

她忽然又記起來自己的夢想。那應該是夏季，一圃一圃豐收的嫩綠蔬菜開滿庭園，她坐在小木屋裡滿意地欣賞這片景致。關於人生悲歡離合的故事正好寫完，整齊乾淨地擺在桌上。那時，他們仍然相愛，她仍然相信生命、愛情以及幸福。……怎麼去告訴丈夫自己這些不切實際的幻夢呢。

炒好了一盤豆芽菜，她覺得最後這一圃豆芽菜也一併放棄算了。炒得香香熱熱地咬在嘴裡，咔嗤咔嗤，卻沒有什麼特殊的滋味。她驀然警覺到這圃日夜培育的豆芽菜原來是禁不起吃，忽然開始覺得難過了。她把臉偏過去，讓眼淚順著臉頰滑下來。為了不讓丈夫看見，她走到陽臺去欣賞夜景。鴿籠似的公寓房子一棟一棟，其中一格一格的小生態，就是大部分的人全部的人生了。更遠的地方，還蓋著更龐大的公寓建築，都是誰搶著住進去呢？

她聽見公寓裡傳來夫妻吵架的聲音。男的嚷著要拿菜刀來殺太太，女的便叫孩子趕快去拿菜刀，孩子跪著求爸爸不要殺媽媽，媽媽疾厲孩子不要去求那個沒有良心的東西……

夜正深。參差不齊的燈光一格一格地亮著。她站在那裡看它們一盞一盞熄滅。末了，連錄影帶租售店，那個販賣夢的地方，也暗了下來。

丈夫過來搭著她的肩，一起看這片都市夜色。

「怎麼了？稿子寫不出來？別急嘛。」丈夫熱心地問她。

「我不知道，」她搖著頭，「我很害怕，覺得我們都在沉淪，終有一天，這個城市會把我們淹沒。」

丈夫搓揉她的手臂，淡淡地說：

「別這麼悲觀。生活，總是要抱一點希望才行。」

風吹得人有些冷。兩個人，相識了，他愛她，她也愛他，住在一起，生活了下來，就是這麼回事。沒有什麼事不能笑笑看待的。丈夫緊緊地抱住她，現在又來逗她開心：

「怎麼樣？我們再來生一個孩子。孩子就是希望。一會兒我們馬上去製造？」

她雖然悲傷，還是勉強地笑了。這就是愛情了。無疑地，他們會再有一個孩子，她知道，這些人生的陷阱，非得把她逼到盡頭，綁得死死，動彈不得，是不會甘心的。

唉，感嘆也不過就是那樣。沒什麼又過去了一天。

看雲

他和孩子都喜歡看雲。

才下過雨，變化而詭譎的天光在黃昏的容顏底極力地鋪陳豐富的色彩。風推著雲霞，漲著紅臉往地平線那端飄了過去。

他可以感受到地平線正緩緩的移動。偶爾夕陽從雲層間透出不可直逼的光線，映照著空氣中翻飛的塵埃，閃閃動人。那麼豔麗的景象，讓他覺得孤絕而淒美，而淒美的背後，彷彿還有一些說不出來的什麼。從年少起他就喜愛看雲，靜靜地看各式各樣的雲。不知道為什麼，每次看雲他都有很深的感動。

孩子也像他一樣有靜謐的氣質。現在孩子正淡淡地告訴他有關一次美術課色彩上愉快的經驗。他看著孩子細嫩的面龐，想起自己年少時也曾為這樣淒絕的景象心碎。

依照他的說法，他們第一次相遇，也許真的有淡淡的霧泛著，或者多半是他自己的想像。然後是一片嫩綠的草坪沿著視野無邊無際地延展過去。那時杜鵑花參差地開著，還有一些只是含著苞。風帶著聲音輕柔地跑來跑去，像在水面上擺著渡船。

她從走道背著相機走過來，天真地問：「可以麻煩你幫我照相嗎？」她笑起來淺淺的，冬天初過後的晴空，在她身後蔚藍地掛著。

第二次在人群的市集裡他一眼就認出她來了。清純的少女站在衣架前專注而而靜謐地挑選衣飾。他忽然被那種美麗的虔誠感動了，彷彿在美麗表象背後有種莊嚴的力量深深地將他懾服了。

她送給他那天拍的照片，「拍得很好看呢。」她說，虔誠的神情一下變成頑皮的笑容，仍然可以感覺到那樣的莊嚴，讓他對造物者的巧妙流利無限讚歎。

他把照片夾在參考書裡，讀著書，他的生命彷彿一寸一寸地活了過來。書本一頁一頁地翻著，他的生命開始有了一層一層新的意思。

到了夜裡，唏唏嘶嘶地落著雨，他可以清楚地聽到雨滴攀著屋簷趺落下來的聲音。他仔細地端詳相片，女孩理直氣壯地在春天裡站著，彷彿她自己就是風景的一部分。微笑在白皙的臉龐淺淺地漾著，風把她的長髮撥弄開，眼眸底都是那樣無所謂的愉快與曖昧。她站在喧嚷的杜鵑叢底，她的寧靜給浪潮翻騰的春季染上一層不同的氣氛。

天微亮的時候，空氣底都還是潮濕的感覺。他撐著傘走到杜鵑花叢，相片裡的杜鵑多半被夜雨打落了。這個春天的早晨還沒有醒來。他攏上傘，迎著細細的雨絲，沒有人能給這一個普通的清晨添加任何的註釋。幾年來，他第一次覺得自己實實在在活了過來。

那是一個春寒的清晨。他一大早讓父母親的爭執聲吵醒。他的父親呼著一道白茫茫的氣出門去了。留下周遭的清冷，還有他的母親，邊披掛洗好的衣服邊哭泣。

他看見新發的嫩芽正羞澀地爬滿枯枝，枝上攀著晶瑩剔透的露珠。等到他的母親扶著祖母出來漱洗時，他就過去喊她：「祖母，祖母——」她患有嚴重的耳疾，他又大聲喊一遍，他的祖母仍沒有聽到。

到了中午，他的父親沒有回來吃飯。他們把早上的青菜炒熱吃完了。黃昏的時候，舟的油紙傘。紙傘攏著傘下一小方擁抱的天地，讓全中國的詩情在外頭落著。競舟的鑼鼓敲打著緊繃的心情，咚咚，咚，咚咚……那些遠去的傳奇以及靠近的纏綿，不知為什麼給他些許的不安。

「我需要很多很多的愛。」女孩告訴他。

「我可以給妳很多很多。」

「你不明白，我需要很多很多很多很多。」

接踵而至的颱風暴雨讓他開始真正擔心起來。有好久他見不到她的身影。而夏夜只是瘋狂地落著雨，像鞭笞著一切的雨，從亙古無垠無邊地延續著。遠方彷彿擂鼓鳴金地展開了一場戰爭，又好像是說不出的什麼，在靈魂底不時給人微微的痛楚。到了蘆葦草高高地長過頭頂，他仍在思索那些似是而非的言語。「我們都還年輕得不知道什麼是愛。」

午後薄陽映著蘆葦草，發出亮麗得超過視覺負荷的色彩。他們採了一大束蘆葦草，抱在女孩的懷裡。他則好心地抱著女孩。「我曾經考慮了很久，」她從容地說著，「這次我真的必須離開你了，我無法承擔那些不屬於我的幸福。」說完她輕輕地擱開他置在她身上的手。把他留在那裡。

等她走遠了，他開始無助地追逐她的身影，想不出確切的語彙來形容自己。不。他看見成把的蘆葦草在她身後飄起白色的浮絮。是的，那些浮絮，像是雨夜、海邊、落淚、接吻、撐傘、浪花、星子、落霧、宵夜、吹牛、打賭、歌聲、青春、微風，像所有燃燒著的片段，在歲月的空間裡輕輕地翻飛，讓他驚慌失措，來不及拾掇。

「難道你還不明白嗎？」女孩告訴他。他追上女孩，看著她落淚的臉龐，終於又放開了她，癱瘓似地立在那裡。

千百次的挽回或是遺忘都是枉然的。他不停地抽菸，在榴火吹出的煙霧底，他看見自己映在玻璃上帶淚的身影。他擦乾淚水，沿著窗外他們曾經走過的小徑，仔細地複習幸福曾在他身上許諾的痕跡。雨滴正在玻璃攀爬，他側過身，又感覺到自己的淚。

他瘋狂地去求女孩新識的男孩珍惜她：「她是我見過最好的女孩。」男孩驚嚇地說：「請不要為了一個女孩這樣，很不值得。」他歇斯底里地拉他的衣襟，跪下來求他：「求你真心愛她，只要她幸福快樂，我也是甘心的啊，甘心情願……」然後他就癱在地上，不成調地哭著。

秋後風吹起他紊亂的長髮。他常一個人在他們走過的路上愣神神地走著，「唉——」，偶爾他發出很長的嘆息，「他不肯像我這麼愛她。」

迎面就撐起了兩把傘，在擦肩而過的窄巷。「這些日子還好嗎？」女孩關心地問他。他只是一直咳嗽。「不要再抽菸了，否則我會很難過。」停了一下，他說：「我見過他了，很瘦的男孩。」女孩沒有回答，問他：「還失眠嗎？」他笑了起來。

在下著雨的窄巷，朝反方向的兩把傘就要撐開了。該死的雨，他反覆擦著鏡片，卻忘記了附著在內面那些淚水。「要保重身體喔，答應我。」女孩嘟著嘴告訴他。那麼美麗卻又叫人心碎的微笑，彷彿就是人生的一切了。

在東海岸的斷崖他第一次見到那麼淒豔的雲霞。那時候他已經立意要放棄這一切了。

他整整在那裡坐了一個下午，聽浪潮翻拍海岸的聲音。鷗鳥在他的頭頂開闊地翱翔。多麼誘人的一片蔚藍，他想，他就要成為這裡的一部分了。他靜靜坐著，任一下午的風吹拂著他，像一把拂塵，娓娓地剃度他生命中最後的一個下午。

到了黃昏，海平面的雲層開始詭譎地變幻起來，像是為他舉行最後的儀式。漸漸他可以感覺到自然正在他的面前展示所有色彩與變化的極致。甚至在最美麗的時刻，雲霞仍把自己推向更高極致。那些光影漸漸讓他屏息了。到了後來，大自然展現的激情與美麗超乎他所能理解的一切，深深地將他懾服。他一直坐到晚上，感到無比的寧靜。他說不上來為什麼，彷彿有更莊嚴的力量，把他從死亡邊緣拉回來，要他痛苦，要他深沉。

那年冬天，他的祖母頸項腫起很大的瘤。每天她都在說著往事，「那時你祖父知道自己時候到了，整好衣服，握著手叫我堅強地扶養孩子長大。我一直哭著點頭，要他安心地去，等我把孩子養大了，一定去和他團聚。」年節還沒有來時，她變得十分慈祥，「我知道你祖父來接我了，我聽到鞭炮聲，和當初一模一樣。」那是春節早晨，她滿意地閉上眼睛，沒有再醒過來。

在那片廣闊的墳地，他又注意到泊在藍天裡的雲。任僧侶唸著超渡的經文、鮮花灑在泥土上，親友悲慟的哭泣，也任風將自己吹了過去。他想起他的母親、祖母、父親、祖父，人生的愛恨憎苦、生離死別以及懾服他的莊嚴種種。那些自在的雲彷彿告訴他塵世更深的悲歡與那樣循環裡的無常與執著。更沉的悲苦與更長的歲月正等待著他，他漸漸知道在自己變得更大，更包容之前，那樣瞬間的浪漫與光熱都是微不足道的。

不知從什麼時候起，他便習慣抬頭去看天空的雲，各式各樣的雲他都喜歡。晴空幾朵孤雲、山谷裡細瑣的雲層、懶洋洋的雲堆、悶著氣的濃雲、烏壓壓的黑雲、漲得紅紫的彤雲、軟綿綿的白雲，還有更多只是變化萬千的什麼，無所謂地飄過來，又飄了過去。

曾經有一個下午，他在橋邊望見水面映著天空的雲，美得扣人心弦。他拿來相機試著把水雲記錄下來。可是吹過去的風，水面的漣漪，還有陰暗的天色，很快地阻礙他。那個下午，他在水面上破碎的雲影前想起什麼，又哭泣了起來。

那是他最後一次哭泣，往後他一直沒再哭過。即使過了很久以後，那些人世間複雜而變幻的曲折，曾不斷地在他的生活裡重複著。那時候他已經結婚，他的父親也過世好幾年了。在一個下過雨的傍晚，他忽然記起來曾經有一年——也不過是他生命中的一年——的許多事情。他知道這些都已經無關緊要了。然而對他而言，他一生的記憶彷彿是從那裡開始鮮明起來。

現在天光漸漸暗淡下來，一切都在迅速地變化，他的孩子失望地說：「爸，雲——飄走了。」他笑著告訴孩子：「雲也要回家休息啊。」風吹得他們有些冷，他抱起孩子，緊緊地摟他。

「姨婆和媽媽正等著我們回去吃飯呢。」他告訴孩子。

生死戀

段落處，鑼聲數落，過門弦聲緊綳著鋸來又鋸去，掌聲四起。唸一段曲，便停下來解說一番病理，介紹新處方。這邊有人喊頭痛，便介紹一方大正製藥廠的如意油，那邊有人問起胸口抑悶，呼吸不順，便推薦嘉義仁濟堂一帖補血大方行氣散，左一聲傳新仔師，右一聲傳新仔師，伊阿爹便拾起二弦，把用法唱了起來：

頭痛抹目眉、嘴齒痛抹下頦、肚腹痛抹肚臍——

眾人跟著學，老人記不住詞的，也就叫小孩學著唱，也過門弦一陣、鑼一陣地。

一會兒成車的卡車運著蔬菜、肉類、桌椅、鍋鼎、布帆統統到齊。素媛才忙著出來張羅，廚房在這邊，水龍頭要接到那裡，垃圾如何處理等等。工人便忙著釘樁、綁鐵絲、架帆布。小廚子忙著洗滌炊具、切菜、做丸子。女人們架起一桌一桌的筵席、抹桌面、鋪桌巾、搬椅子、發餐具、送飲料。師傅們整理廚房，生火，疊起九層高蒸籠來，好不熱鬧。

素媛又指揮了一會，才發現時間飛快，趕忙回屋裡妝扮起來。洗臉、梳髮，又對著妝鏡、抹粉、塗脂，挽起高髻，望著鏡中的自己，卻生氣了起來——沒得竟過了二、三十年？臉皮無由地皺，眼尾那些魚紋任怎樣抹卻抹不去了。昨天妝鏡裡還是紮著兩條大烏龍辮，青皮嫩內的面孔呢？二、三十年像遊戲莫名其妙給人賴了似地——

才聽得伊阿爹說，小媛，兄哥領你去溪邊看牛郎、織女。西螺橋下便掛起水晶玻璃各色的風燈。小廝揀來沙洲上上好綠皮紅心西瓜，剖開來用湯匙一瓢一瓢餵著吃。風過時水面波紋映著流火，像低低的兩排快吻住的水族。伊阿爹問，有一天我死了，不再疼借妳，怎麼辦？素媛嗔著要打他，說是她也不想活了。伊何爹才笑不可止地安慰她。那個時代她才幾歲？懂得什麼命運，什麼債？偏偏伊阿爹又說，小媛，風冷，自己要當心。

師父調好弦子，她唱道：

更深夜冷歌聲滿街頂，
冬天風搖酒館繡中燈；
姑娘溫酒等君驚打冷，
無疑君心先冷變絕情；
啊……啊……
薄命　薄命
為君孝不明

酒家裡她的姊妹淘們勸她：「阿媛，咱們西螺酒家十三間，誰莫知黃傳新？江湖上誰又沒拾過伊恩惠？莫要再想不開；人家只地風流，咱這款賺吃女人哪癡得起？」

媽媽們也勸她：「阿媛，通天下男人都是一樣的。人家有頭有面有妻子，娶咱這款女人當細姨？」

她偏偏橫下心來要等。

客人卻都依了時來赴筵席。一些鄉親黨故多年沒見的都寒暄成一堆一堆坐著嗑瓜子去。素媛著了一襲光面紫底暗鳳紋銀絲鑲邊的束腰高衩旗袍，踩著銀底白面高跟鞋，粉面紅腮，紮起高髻，頭髮抹得烏黑光澤，髮夾、首飾，花枝招展，忙著在人群中招呼。她舊時的姊妹淘銀枝、桂枝、美枝坐在一處和傳德二叔宣新談笑。她們一個暗玫瑰黑絨、一個朱紅綢緞、一個雪白蟬翼紗，鑲得各色花邊。宣新一身藍襯衫，白色西裝褲，那白色大領領帶也沒繫正，偏偏愛促狹。姊妹淘們動起來短袖旗袍狠狠地在肥厚滾圓的膀子上勒著痕，笑起來下巴便一層疊起一層——偏偏愛說笑。素媛在人群應對了一會，回過頭來問：「阿姊們什麼事這麼好興致？」

宣新搶著就要答：「在說我昨晚胡了副『大三元』呢。這不算，連莊三番，又來了副『四喜盛門』，沒見過這種怪牌，東南西北全都到齊，外帶自摸雙。我倒楣了一輩子，連著三元四喜，莫非真要發了——」

「算了，憑這副牌品，沒摸會死的樣，還發到那裡去。我說阿媛發了才是正經。這殊打扮，都先生的娘了，說予別人聽都莫愛信喔。」銀枝故意把尾音拉得長長的。

素媛笑著說：「淨耍嘴皮，都七老八十的阿婆囉，」停了會，又問，「這麼多年了，阿姊們還在裡頭？」

銀枝、桂枝、美枝這回也不笑了，美枝接口說：「還能做什麼？」

宣新嘻皮笑臉地說：「妳大阿姊飼得一批乾女兒，白漂漂細綿綿，如花似玉，成天坐在櫃臺後面收銀票。這邊客人一聲，銀枝姊，那邊一聲幫幫忙，大姐頭——自家養著白面的，那還露臉給人攬腰抹屁股？」

銀枝聽了笑不可止，伸手拍他，說：「夭壽短命的講這款話。我們這款賺吃的哪有阿媛好運？也不知前輩子交的福分，都走先生運。尪婿先生，生子也是先生，滿天界先生，我們卻一個都揀沒？」

又說笑了一會，客人陸陸續續地來，有素媛這邊的，也有舊時傳新這邊的親友，都一個一個誇得她好福氣。傳德和同學們另外在一邊，齊聲問她伯母好。傳德介紹開來，也有臺大，什麼北醫、國防，也都考得醫學院。師長們恭喜了素媛一回，她又謝了一回。一時帆布篷底形形色色有說有笑。

素媛眼見廚房做作得差不多，便吩咐外頭放鞭炮，借來眾人注意力，欠身笑著說：「我們傳德一向承蒙大家指導、愛護，今天準備一些粗飽的，大家莫要客氣，手務必伸長一點。」便讓小廚子上茶。一邊又招呼了銀枝、桂枝、美枝，幾個親長坐成一桌。

廚房裡冷盤、花枝、海產炒炸、各色時鮮、大小補品燕燉，一道接著一道。場子裡小廚子們穿梭其間，送菜遞碗盤。一打又一打的汽水、啤酒、紹興飲料來來去去，十分熱鬧。

又吃了一回，酒酣舌熱，已有七、八分意思，場子裡便划起拳來，一時吆喝四起。姊妹淘們便搶著要給素媛敬酒。素媛說：「妹妹近年的身子是不行了。」

桂枝便說：「不行，不行，誰不知阿媛是西螺有名的海量，這麼輕易就要躲？」旁的人都跟著起鬨。

素媛推著不要，銀枝便拉著她說：「五阿妹，這麼不爽快，來，阿姊三杯陪妳一杯，先乾了。」

旁人都稱好，哄著素媛要喝。素媛才舉起杯子，將一杯高粱酒慢慢飲了下去，那熱氣順著喉嚨直逼全身——這高粱是辛辣了。

那夜伊阿爹說道，去給素媛另外溫壺醇厚的酒來。姊妹淘們卻黃夫人長、黃夫人短地圍著她嬉戲個不停。銀枝拿腔作勢地說，黃夫人，給妳換了壺上好紅露酒，紅露酣純，不傷身。她說，紅露後勁強，抹妹是不能再喝了。桂枝卻說，阿媛這一生就這麼一次。她說，姊姊饒妹妹一次，明天還要見老太太。姊姊們卻說，明天，都說明天，明天阿媛就要飛黃騰達，金枝玉葉了，還記得咱們——

說著姊妹們又和她討另一杯酒，桂枝說：「賞了大阿姊，卻不賞我一杯？」

美枝也要，她說：「五阿妹，無三不成禮的。」

後面的親友也一個一個都要敬酒、乾杯。素媛起先不肯，後來拗不過，索性狠下心來一杯一杯地乾，也不推半句，桌上兩瓶高粱一下就見了底，旁的人又拎上來一瓶，乾杯——還管它明天。

明天大房的卻說，人家當我們是鄉下人，起早了。她說，莫要這麼講，實在是姊妹們好意要相辭，喝過頭了。老太太說，畢竟是江湖人，講得體面話，第一日就學會應嘴應舌。那時滴出來的淚水還是熱的。老太太卻罵，我都未死，哭得哪一門？外面人不曉得還以為給婆家怎麼虐待了？大房的說，娶妻取德，娶妾取色，傳新仔不知中意的哪一點——

傳德過來扶著她——卻不是傳新，低著嗓子說：「阿娘，這樣喝要醉的。」

宣新過來拉住傳德說：「難得你阿娘這麼歡喜，醉了又何妨，不要掃她的興——」

素媛卻唱了起來：

甜言蜜語完全是相騙，
惦在路頭酒醉亂亂顛；
顛來倒去君送金腳鍊，
玲玲瓏瓏叫醒初結緣；
啊……啊……
愛情　愛情
可比紙雲煙

伊阿爹二弦拉得高低快慢，人人通報著要去看傳新仔師的細姨，也會賣得如意油，行氣散，也會唸歌。這邊一聲傳新仔師，那頭一聲先生娘，弦卻還在拉著。都在救人，救人喔——她喊著，伊阿爹便過去了，她還麻木地在伊阿爹額上抹著如意油。救人喔——她喊著，還在抹著如意油，沒救了伊阿爹，也沒救得她自己。

宣新卻來敬酒了：「大嫂，過去的事咱莫要再計較，這杯敬妳——」

喔，不——二叔子，我還帶著伊阿爹的孝——伊二叔，你莫要這款動腳動手——我要喊人了——伊——伊二叔，你要惦念伊阿爹——伊死去的阿爹的面，不——不要——你莫要這樣——伊阿媽卻說，大的過世，細姨繼給二的也不是現時才有的事，妳莫要這款大聲小聲地——伊二叔說，這杯敬妳，過去的事咱莫要再計較——她一頭撞在伊阿爹棺材，癱在地上，血流了一把——伊阿媽說，大房的沒出聲，二房的跟人家撞什麼現世？守寡都輪不到——伊二叔說，這杯敬妳，過去——

「阿娘，喝過頭了，我扶妳回屋裡靠一會。」傳德接下她的酒杯，頂替她回了好幾杯酒。

素媛讓傳德攙著，已是醉意盎然，眼皮都泛紅了。待要踩進門檻，瞥見帆布篷外駛進一輛大型轎車，客人都回頭去望，起了一陣騷動。那車七八年出廠的雪佛蘭，車身抹得烏黑亮麗，一個西裝筆挺，僕役模樣的人駕著。還一個女人，五十開頭，這等熱天，穿得雪白錦織長旗袍狐灰貂皮披肩——卻開著冷氣。一個大道士髻梳得滑溜體貼斜倚在頭上，旁邊襯得一朵大紫羅蘭，髮針、耳墜、項鍊、手環、髮型服飾無不刻意鋪陳，烘托一張粉刷過度的臉，兩抹胭紅直像掛起兩面日本國旗。踩得出車門，手搖絲扇，嘴裡直喊熱，風情萬種。

宣新先迎了上去，素媛瞇著醉眼遠遠辨不清楚。人群中有人說：「大房來了。」

素媛這才想起，卻怎麼辨都不像了。老太太過世那年，七七還沒過，大房說好說歹嚷著要分家產。親族來了不肯便搬出傳德伊阿爹來，哭死哭活地哀號，也要撞頭也要隨伊阿爹去。又隔了一年，分得家產，捲著些細軟，便跟一個做生意的跑了。後來聽說生意做得又大又興隆，有一次遇著了，竟還勸素媛：「阿媛啊——人生如牌局，賭要趁少年喔，放橫心大本大本的賭，見個輸贏也甘心。妳這款守一個寡子，小頭小利地，輸贏到什麼時候？」

宣新場子裡陪她同親友打招呼，哈哈了一回。她才瞇著笑臉迎上來：「我聽得消息忙從高雄趕來。咱這兒還是沒有什麼改善，早知道我讓阿福開新車來，這款顛來顛去直要把我龍骨拆散哦——」

旁邊叫阿福的男子遞上一盒五彩花紙包裝大禮盒，素媛伸手要攔他，大房又說：「莫要這樣攔來攔去，也不是什麼好東西，我沒這個美國時間同妳推——妳不知道，嘉義那邊太太們三請四催叫得緊，又是館子又是摸八圈的，這年頭做生意又不好失了人家的禮，我馬上得趕路。」

素媛問她：「不吃一會再走？」

大房笑著說：「妳的熱鬧又不是我的熱鬧，莫得那款閒命囉——」又叫阿福串了一竿長鞭炮，看了一回鞭炮，若有感慨同素媛說：「妳好歹不枉和傳新一場。」

那團煙霧還未散，扭著高跟鞋各答各答便不見了她的人影。像一個小孩在鞭炮聲中摀緊耳朵、蒙住眼睛嘴巴卻拼碰亂叫那麼興致沖沖，不干她什麼的。

天有些陰了下來，人群正吃得酣厚，孩童圍在地上撿瓶蓋敲著玩，划拳聲是愈來愈響了。每個人嘴裡吃著，眼裡看著，心裡想的卻又是不同的明天。像大家約好了跳房子，待她死心塌地蓋好那座寶宮，他們卻都不理了——又被別的新奇遊戲吸引去了。

素媛倚在門板，鞭炮叫她聽了頭痛，滿臉發熱，心卻愈冷了。那沒唱完的曲調說：

酒館五更悲慘哭無伴，
手彈琵琶哀調鑽心肝
啊……啊……
孤單　孤單
無伴風愈寒

二、三十年她像一個戲子妝得美美麗麗端坐在臺上有板有眼地唱著，伊阿爹的二弦在她的心一下一下地鋸，這兒一齣榮華富貴，那兒一齣忠孝節義，只聽見臺下嘩啦啦綿延不絕的掌聲，爆竹聲似的，都在興頭上，卻不干自己什麼的。

門外傳德的同學說：「這年頭醫生不稀罕，城市裡沒人這樣請客的，你們這兒真是熱鬧。」

可不是熱鬧。她和傳新在一起也不過幾年。二、三十年過去像和誰賭著氣，什麼都沒有，都不算，就趕上了一場熱鬧。

東石沿海一帶風大，地上鞭炮碎屑被捲著到處亂跑，傳德攙著她要回屋裡憩息，她執意不肯。

只聽得傳德輕聲說：「阿娘，風冷，自己要當心。」

素媛眼淚承不住自己的重量，沿著臉頰滑落下來，讓風帶去。

十二月的一對情侶

轉過金山，就見到那片海了。然而真正引蔡敏注意的，卻是面海的那片山坡墓園。

「多麼寧靜啊。」蔡敏深深地嗅著空氣。

鹹澀的氣味仍在空氣中淡淡地蕩漾，浪濤的聲音卻聽不見了。四周只有風在傳遞著訊息。隔著距離，波瀾靜靜款擺著，彷彿自然擁有自己的脈動。

是蔡敏提議要拍照的，相機裡剩著從前餘下來的底片。從他們分手後，沒照完的底片就連著相機懶洋洋地擱置起來。一年來，他變得沒有生氣，每天都活在死亡的陰影與恐懼。

「有兩年的保存期限，總該不會變質吧。」蔡敏天真地說著，彷彿蓄意要拉回那段時光。

分手後，不知為什麼，他那麼堅信蔡敏會再回頭，並且想像無數次他們重相逢的情景。那應該有一片繁花似錦的海岸，海面在光線的挑逗下，閃著詭譎的情緒。然而他們卻在普通的大街重相遇了。他知道那仍是他的蔡敏，留著長髮，削瘦的面頰，恣意地在他的懷裡哭著。

「再沒有人像你一樣對待我……」那天下著傾盆大雨，蔡敏把傘交予他後就撲在懷裡盡意地哭起來，也不管這一年多來的時空與心情的距離。蔡敏放聲哭著，抽泣起來便有了那樣怯澀的表情。他撐著傘立在雨中，偶爾有疾駛的汽車濺起水花。隔著水幕看往來人群，彷彿隔世。

他專心這麼想時，蔡敏正在碑林間快樂地跳躍，尋找趣味的事物。遠遠看著她豔麗的衣服，彷彿望見一隻蝴蝶翩翩地穿梭著。

「快來，幫我照相。」蔡敏得意地喊著，興奮地站在一塊墓碑前，她的身後立滿了更多的碑林。從鏡頭的焦距看過去，海平面正從她的頸項劃過，分割畫面，由於過高，顯得並不自然。不知怎地，他心裡起了淡淡嫌惡，似乎與墓碑的照片合照是一種嚴重的禁忌。蔡敏愉快地笑著，彷彿那是充滿溫馨的圖案。

陽光迤邐地光臨這十二月的海岸，他們的心情都很好。像一年多以前一樣，一起從醫院做完例行的洗腎出來，他們就決意遠離人群一天，一起去看海。

「不談醫院的事。」他們笑著這樣約定。

陽光撫吻過的海岸公路，正在他們眼前蜿蜒地展開。兩線道的公路緊緊傍著山，公路外側閒散地排列著電線杆。相連的電纜就這樣一弧一弧跨過整個海岸。從前，他們也曾一起到過東北角的海岸，那些崢嶸的岩岸的確令人讚歎。然而，此刻他們都喜歡一個有電線杆的海岸。尤其是那些略微腐舊的電線杆，帶著人間的親切。

「你知道葛宏裕死了。」蔡敏說。

「嗯？」他問著，然後會意過來，就不再說話了。

他想起那些腎友，也和蔡敏與他自己一樣，都經歷過同樣的夢魘，走到這條狹窄的命運線上。他和蔡敏在一次腎友的聚會相識。命運使他們相聚，過去他們熱切地談及生命以及種種渴望和熱愛。死亡總是在不知不覺中擄走與他們握緊手並肩對抗的伙伴，又送來更新的患者和他們交談著相同的主題與心情。然而，相對於死亡，這些理念，又能如何呢？

「我厭倦了你們這群相濡以沫的人，談著虛偽的道理。」蔡敏歇斯底里地對他喊，然後倚在牆邊恣意地哭著，「不要告訴我你愛我，我不相信生命，不相信愛情，不相信這一切。」

那是以前的事了。現在他斜視蔡敏，想像一年多來她的歷程。蔡敏必定吃了許多苦，他想。

「不知道為什麼，一年多來，淨覺得自己在沉浮，隨著那些健康的人麻木地浪費生命。」蔡敏沉默了一會說，「也跟幾個男的在一起過。」

「有比較喜歡的嗎？」他這樣問的本意是關懷，然而忽然想起她說的是疑問式的直述句，他不禁對自己的對答懊惱起來。

他也說不上來為什麼，他們重相逢以後，就拘泥於這樣優雅的舉止與對談，彷彿過去的熱切與理想都只是一種激情，闊別滄桑以後，開始優雅地落實在生命上了？

遠方的海面，浮著一個島嶼，一路與車輛競爭。蔡敏搖下車窗，讓風灌進來。然後她放下頭髮，把頭伸出窗外去張揚。

車輛沿海岸線飛快地奔馳。島嶼像極了烏龜隔著海面慢慢地爬行。因為海岸線及山勢的關係，烏龜慢慢落後，終於消失在車尾轉彎的山水相接處了。

相對於死亡，他們顯得那麼年輕。然而面對生命，他們彷彿又經歷了太多蒼老以及淒涼。他已經忘記過去一年怎麼熬了過來，除了每週固定的洗腎以外，他摒棄自己像一株沙漠中的植物，沒有情愛、歡笑、陽光、信仰，任死亡的恐懼以及陰影無憐地侵蝕他。渴望以及熱愛又如何呢？他病得愈久——也如同其他的人一樣，愈不願意去觸及這些問題。並非沒什麼好談，而好像是有更沉重或是龐大的什麼，緊緊地貼近他，觸撫他，卻不讓他了解。他看海的時候，也有這樣的恐懼、神秘、變化，卻又令人著迷。

類似的許多事他都無法了解。然而這個亮麗的午後並不是這樣。碧澄的海面，提供他的生命和情緒偌大空間。

「感覺好愉快——」蔡敏攬回她散在窗外的亂髮，在車內伸起懶腰，「好久沒有這種感覺了。」

他們把車停在飲食店前面，遠遠可以看到燈塔。因為是星期四的緣故，整個觀光的據點顯得非常冷清。海風呼呼地吹動，穿過停車場，越過飲食店，遇不到一個人。

「這是臺灣的最北端？」蔡敏問他，一邊用橡皮圈把頭髮紮出一條馬尾。

他點著頭，然後就被蔡敏一直拖著沿海岸走，直到濤聲淹沒了一切聲音。

「全臺灣的人都站在蔡敏以南，」她開始竭盡全力地嘶喊，直到沒了力氣，拚命喘氣，「我……好快樂。」

他覺得很有意思，也一起加入喊叫。

有幾隻鷗鳥正在他們的頭上盤旋。他還看到了海面上的漁船。因為感動，不由得伸手去撫摸她的馬尾、肩膀、手臂，直到他撫摸到她手腕皮下的硬體——外科醫師為尿毒病人手術的洗腎動靜脈分流裝置。

吃完熱呼呼的麵食，他們又發動了汽車，決定去追逐慢慢西斜的夕陽。氣候有些轉冷，海面上也鼓起那樣的聲勢，彷彿什麼就要上場了。

蔡敏搜出車內的地圖，專心地找著富貴角、白沙灣。隨後告訴他：「你知道？我看過一篇文章說，我們這一生走遍山巒、海灣、國家、平原，那幅足跡連線所構成的圖案，在地圖上恰好是自己臉孔的自畫像。」

「這麼誇張？那麼現在我們正在地圖上畫著自己？」他問蔡敏。

「對，兩個嘴唇。我們命運的足跡正重疊在嘴唇的部分。」講這些話蔡敏其實是有些刻意，旋即想起那樣隱喻不免有些露骨，不免羞澀起來。

夕陽在前方斜出的山巒間隱沒。彎過一個山巒之後仍然可以再發現一個山巒。偶爾夕陽從鞍部發出不可直逼的金黃色彩。海面有些受了感染，亮麗的極致正節節接近海平面。

透過汽車玻璃及遮陽鏡，金黃正落在蔡敏鼻尖以下，明暗分出兩個區域。彷彿特寫著嘴唇。她的嘴唇厚而軟，雖然是冬天，仍有著動人的光澤。

他們繞過最後一座山巒，視界開闊了起來。本以為可以望見一輪火紅滾入海平線。然而卻讓海面上層層的雲霧遮住，留下一片不甚起勁的紅暈。

夜變得寒冷異常。兩人投宿在淺水灣的住宅裡。原來是建好的別墅要出售，由於設計規格以及地權問題，只好偷偷改成旅社，廉價出租。

房間有兩間。洗完澡以後，他就躲在大棉被窩裡，看著隨手帶來的書。蔡敏才洗完澡，穿著睡袍，吵著也要進他的被窩取暖。

「好吧，如果只是取暖。」他笑著說。

蔡敏才鑽進被窩不到三分鐘，就開始擁著他的身體，不安分起來。他笑著說：「喂，說好只能取暖。」

蔡敏奪下他手上的書，去吻他的唇，她說：「這是命運。」

他靜靜地擁著蔡敏，沉默好久。過了一會，低下頭來，才注意到蔡敏一直定定地注視著他。

「你愛我嗎？」她問。

他沒有回答，又緊緊地擁抱，深吻了好久，覺得臉上有冰涼的感覺滑過，抬起頭，蔡敏臉上模糊了一片淚水：「你真的決定去換腎了嗎？不計較一切後果？」

那句話觸動了他深部的什麼。

他起身，穿上外套，從別墅後門走向那片面海的沙灘，坐在沙灘上點起一支香菸。風吹得他有些冷。這些年來，蔡敏必然吃了許多苦，這個活得認真的女孩。他曾那麼深切地愛過她，甚至覺得她回來以後，他的生命又會再度燃燒起來。然而此刻，那些曾經不斷纏繞著他的恐懼與死亡又回來了。

他開始真正的感受到死亡與恐懼的真實。甚至愛情也是。如果不是死亡，他無法那麼深切地愛戀蔡敏。

現在海已經看不見了，只能聽見濤聲以及一片空無。

蔡敏循著香菸的榴火找到他，「醫生說不能抽菸的。」她擲去菸蒂，靜靜依在他身旁聽濤聲。

「不要去換腎，好嗎？我怕。我們結婚，每週一起去洗腎，活多久算多久，你願不願意？」蔡敏問他。

不知道為什麼，他忽然想起白天在碑林間拍照的事，還有許多浪花般的心情，使他無法回答願意與否。

「你在想什麼？」或許察覺他曖昧的心情，蔡敏這樣問他。

「明年春天，我們再去旅行，好嗎？」他這樣告訴蔡敏。或許是濤聲的緣故，他伸手去握她。同時也不經意碰觸了她手腕下迴流的裝置。

關於她的二三事

碧華長得不是頂美，身體稍嫌單薄，高度倒是還好。考上大學那年暑假，刻意配了副隱形眼鏡，圓圓亮亮的眼睛就顯出來了。到了快開學，還沒有長得夠長的頭髮也燙了起來，青青澀澀地掛著，身體仍然沒有養胖。左鄰右舍走過去說：「何太太，妳們家碧華愈來愈漂亮，都快要可以嫁人了。」何太太笑著也不說什麼，星期天興致好帶著女兒老往市場跑，店裡掛著或是攤上拍賣的一件一件買回家。老么說：「姊衣服已經那麼多了，還嫌不夠。」何太太說：「男孩子管那麼多做什麼，你考上大學，我一樣買給你。」

整個暑假碧華待在家裡閒得發慌，成天對鏡子把頭髮梳來梳去。梳成了個樣子，到處去找人評置。她弟弟笑著說：「哎喲，噁心極了。」何爸爸倒是手插胸前，真的欣賞起來，一會才說：「嗯，這樣倒是有些像妳媽媽年輕的模樣。」碧華笑鬧地吵著爸爸：「媽媽年輕時候是不是很漂亮？」說完自己連答案都想好了。不想半天沒有回答，隔了好久才聽到何爸爸持重地說：「是呀，每個女人都有那麼一段，特別漂亮。」

1

坐在迎新會場的角落，除了宿舍學姊黃玲外，笑鬧成堆的人群碧華都不認識。正又窘又氣時，黃玲過來匆忙拉著她要走，說道：「快點，妳那個大二直屬學長，今天非敲他一筆。」她們撥開人群走過去，黃玲還喃喃唸著：「這次總算讓我逮到了。每次領一大筆獎學金，說要請客，人不是忙著家教，就躲在圖書館K書。」

他們在販賣機旁找到他。黃玲興奮地說：「快來看你直屬的學妹漂不漂亮？」他剛好買了飲料，一口冰水沒有喝完，含著冰塊猛點頭。碧華並沒有注意他，印象記得戴著黑框眼鏡。鏡片厚得一圈一圈。他消化掉口中的冰塊，才慢條斯理地說：「我叫沈宗霖。」說完笑起來，表情介乎謙虛與抱歉之間，又帶著些神經質。碧華也微笑對他點頭。看過兩三個學生會表演的節目，黃玲不耐煩說：「每年迎新都是這些老套，無聊死了。沈宗霖請我們去看電影。」

看完電影三個人從戲院出來，下著毛毛雨。黃玲和碧華一起撐傘，沈宗霖走在旁邊淋雨，一句話也沒有說。黃玲興致地附著碧華耳朵說：「別看人呆呆的，K起書都是前幾名的呢。」沈宗霖看兩個女孩有說有笑，愣愣地問：「什麼有趣的事？」他莫名其妙的表情讓碧華和黃玲看得笑起來，半天，黃玲才正色說道：「今天的電影不算數，難看死了，你還要補請我們。」

後來沈宗霖真的補請一次，他告訴碧華：「本來約好的，黃玲有事不能去，妳去不去？」她高中唸女校，上大學以前幾乎沒有單獨接觸男孩子的經驗。沈宗霖這麼說，倒是猶豫起來。宿舍的室友小惠說：「免費的電影，不看白不看。」碧華這才下了決心。

看完電影，戲院的電燈全亮，沈宗霖站起來要走，覺得碧華還坐在椅子上，回頭猛然看她流了滿面淚，愣住了。碧華從化妝室出來，整個人靠在走道牆壁上，哭得厲害，走過去的觀眾都好奇望著他們。沈宗霖一時內心一陣慌亂，沒頭沒腦地說：「妳不要哭，不然別人以為學長欺負妳。」說完連自己都嚇一跳，怎麼說得這麼不得體。碧華忍著哽咽說道：「學長對不起，我看得很難過，你先走好了。」他忙解釋：「我不是那個意思。」說完把手背在後頭，像做錯事的孩子。走出戲院兩個人都沒有說話，路上行人熙熙攘攘，他們在人群縫裡閃來閃去，遠遠看像不相干的人。

碧華十九歲生日在寢室浩蕩慶祝了一番。沈宗霖寄給她一張卡片寫著：「送給善感的碧華。」一進門就看到擺在書桌上的花瓶，熱鬧地插著玫瑰花，算了算共十九朵，觸目驚心。碧華的同學說：「送玫瑰花呀，別有用心喔。」碧華說：「自己的學長愛護學妹。」小惠笑著說：「我就沒那種學長。」

後來碧華晚上常帶著書本到圖書館去了。每次她看沈宗霖也在圖書館，戴著隨身聽耳機埋頭在書堆裡，沒命看著書，眼睛彷彿貼到書本上去了。碧華見他戴著耳機，過去拿來也要聽，一聽都是美軍電臺的節目，她好奇地問：「你喜歡西洋音樂？」沈宗霖說：「只想聽主持人說話，音樂倒是不喜歡。沒辦法，以後要考托福、ＧＲＥ，英文聽力得耐性子練習。」新聞報導時哇啦哇啦一堆英語，碧華趕緊把耳機還他。半晌碧華問：「有什麼消息？」他說：「中東在打戰。」碧華無趣地說：「那裡不曉得為什麼，一天到晚打戰，我最沒興趣了。」

圖書館十點鐘關門，他們一起去吃宵夜。碧華記得一次不知怎地提到沈宗霖的父親，見沈宗霖正色地說：「我父親過世了。」後來她弄清楚沈宗霖的身世，他說：「父親過世後，我媽說什麼也不肯接受伯叔他們的接濟。後來鬧翻分了家，我媽賭氣幫人家洗衣服讓我唸書。她常說我肯唸書，將來有出息，她做牛做馬也是願意。」碧華聽得佩服，以後他領獎學金黃玲她們起鬨要敲詐，碧華倒是收斂起來。

慢慢相熟，吃完宵夜沈宗霖送碧華回宿舍。有一次，停在宿舍門，沈宗霖對碧華說：「我喜歡和妳在一起，覺得很快樂。」說完定定看著碧華。那時剛好下起雨，碧華被他看得不自在，轉過身忙說要回寢室拿傘。沈宗霖推說不用，淋著雨邊跑邊跳回去了。進到屋子，小惠迎面說：「雨中散步，別有情趣。」碧華沒有理她，隨手打開收音機，播著輕音樂。小惠又迎上來，裝腔作勢唸著情詩：「等妳，在雨中，在落虹初起的雨中——」碧華生氣地說：「小惠，不要這樣，我的心情不好。」小惠被嚇得安靜下來，現在只剩著情調音樂，在夜裡委婉地流動。窗外落著雨，雨聲也可以聽到。

考完期中考的下午，對窗男生宿舍無法無天地播著那首歌，「青春，青春在燃燒……」歌詞在重複的旋律裡嘶喊，還不覺得動感，已經滿腦昏沉了。小惠探頭去喊：「對面的，拜託，有水準一點好不好？」回過頭說：「那些討厭的男生。」碧華一邊梳頭，對照上午考試答案，她說：「我不太舒服。」小惠才要問怎麼了，看見碧華臉色蒼白，直冒冷汗，已經癱軟下去。

碧華在醫院醒來，睜開眼睛斜斜看到小惠正望著她。一會兒，沈宗霖也抱著一大束鮮紅玫瑰來了。碧華問：「我怎麼了？」小惠故意譏誚地說：「讓自己學長帶壞了，讀書弄成這樣。」沈宗霖一副無辜臉色忙說：「不是我，大夫說是一種特別的貧血。」碧華沒聽仔細，迷糊地說：「拜託不要通知我爸媽，他們會擔心。」說完昏昏沉沉睡過去了。

到了夜裡，碧華夢見自己從秋千上無止無盡往下墜落，嚇了一身冷汗醒來。黑暗中，她想起這些日子和南部的爸媽，一時覺得孤獨無依，難過得蒙著棉被嘩啦哭起來。不知哭了多久，有人輕輕地搖她。她抬起頭見到沈宗霖那副特厚的眼鏡，他關切地問：「妳怎麼了？」

以後沈宗霖天天都來看顧她，甚至延了家教，自己帶書本和登山用的睡袋過來。夜裡值班醫師問：「你是她的家人？」沈宗霖就直截了當答：「對。」他蜷伏在睡袋裡半睡半醒地守著，沒有曖昧的感覺。

隔二天，碧華的氣色慢慢好起來。清晨醒來，沈宗霖已經換了新的玫瑰花。外頭整片藍空，均勻地框在窗戶的方格裡。碧華拿起梳子梳頭，半天找不到鏡子，對沈宗霖說：「我一定變得好醜，你幫我梳頭？」她端莊地坐在床頭，側斜陽光伸進來，停在病床前面。沈宗霖溫柔地梳著頭髮，說道：「生活除了母親，就是讀書，我自己都快麻木了，真希望每天都像現在與妳一起這麼寧靜、美好。」碧華裝成沒聽到的樣子說：「你說我是不是變得好醜？」

2

隔週，碧華完全康復了。下午碧華洗完頭髮，一走進寢室聽小惠不知不覺地哼著：「青春，青春在燃燒——」碧華笑著說：「還說那些死男生呢，青春真是無所不入，小惠妳自己都感染了。」小惠自己想得好笑，一會她說：「這次還好有沈宗霖，他看起來笨笨的，但是人挺不錯。」

碧華把頭探到窗口，鬼鬼祟祟地看著，半晌告訴小惠：「妳來看那個人，從下課開始一直跟著我，昨天也是這樣。」小惠探頭去看。那個人不高，穿著運動夾克，手插口袋閒散地盪著。小惠轉身說：「有這麼神奇的事？」

隔天上完現代史，小惠抱怨說：「我真希望中國少打一些敗戰，這樣我也不用記那麼多年代、條約。」走出教室，碧華抓著她的手說：「妳看那個人又來了，在椰子樹那邊。」小惠看了一眼，說道：「好可怕，我們走快一點。」她們加快腳步，回頭看那人並不積極。

以後幾天，碧華幾乎是一下課，就會看到那男孩。他遠遠地跟著，並不走上來，有時碧華轉身看他，他就停住了，對著碧華微笑。他把碧華作息弄得這麼清楚實在叫人訝異。隔了一週，碧華本能地覺得男孩並沒有惡意。她的心情漸漸變成一種懸疑，他要做什麼啊？碧華想著。

臺北綿密下著雨，碧華撐傘從槭樹林走過去，他就手插口袋在後面跟著。那天雨實在下大了，看他淋得濕成一片，碧華好心走過去對他說：「你要不要遮一遮？」他把頭髮扭成一把，擰出水來，狼狽地告訴碧華：「我帶妳去拍照好不好？我的同學和我打賭，他們不相信。」碧華睜大眼睛問他：「原來你一直跟在我後面，只為了和別人打賭？」他接過傘幫碧華撐著，走了一段路說道：「也不盡然。」

現在碧華圖書館去得少了。她仍然可以在圖書館看見沈宗霖。她並不喜歡那種氣氛，看見沈宗霖總像掉進了莫名的深淵裡，讓她驚慌得緊。尤其出院以後，沈宗霖約碧華約得多了，簡直像要抓住什麼一樣。碧華有時仍和他出去，可是總是推辭居多。

這晚上碧華從走廊盡頭飲水機盛了一杯開水，有人對她說：「何碧華，妳學長在傳達室有事找妳。」碧華緊張地回到寢室，抓住小惠說：「拜託，妳下去應付沈宗霖，就說我不在。」小惠被推著，沒好氣地說：「找我都沒好事，請看電影我才肯。」碧華趕忙點頭。

半天小惠回來，神秘兮兮坐在書桌前。碧華過去纏她，才笑著拿出兩張入場券，說道：「要請妳看舞蹈表演呢。」碧華一看是兩張舞蹈表演券，又開始煩惱起來。她把一杯開水喝完，又去盛了一杯，整個人在室內走來走去。

碧華並沒有去看舞蹈表演，過兩天，她把沈宗霖約出來。吃完了冰，在路上走著，碧華笑著告訴沈宗霖：「這些年來，真是感謝學長對我的照顧。」沈宗霖笑說：「照顧學妹是理所當然的。」碧華接著說：「學長對我這麼關心，別人不明白說學長另有企圖，實在叫人生氣。」說完沈宗霖沒有接腔，兩個人各自想著心事，只有汽車喇叭聲從路上劃過去。

3

阿潘，後來碧華就這麼叫他了。他把拍好的照片放大送給碧華。相片裡碧華白皙地站著，嘴角淺淺掛著笑，風把她的頭髮撐開，眼神裡都是那樣無所謂的曖昧與頑皮。還有一些市集、風化的岩石和海平面的背景。小惠看照片興奮地說：「哇——碧華這一病，整個人都漂亮起來。」

碧華記得那天他們從海邊回來坐在公車上，阿潘探頭出去對騎著飛車的同學打招呼。他的同學三個人擠著一輛摩托車，與公車並駛，沿途不斷對他們大呼小叫。阿潘告訴碧華：「沒有看過有人像他們，打賭輸了還那麼高興。」碧華看他說得一本正經，差點笑出來。

秋天初臨這裡，陽光特別明亮，照在人身上，清楚地勾繪出亮麗的輪廓。氣候並不冷，還剩著夏天沉澱下來的熱氣。碧華覺得自己真是年輕。現在和阿潘常出去了，走在街上多半是碧華說話。阿潘習慣性手插口袋，用一種他特有的節奏東張西望，看到新奇的事物，也不管碧華，一個勁湊上去看。碧華跟著看了半天，看不出所以然，他搔著頭說：「這個虛無得有趣。」過兩天，碧華提起，發現他已忘得一乾二淨。

阿潘大碧華一屆，卻沒給碧華學長的感覺。在學校阿潘好像是成天翹課。中午吃飯，碧華看他在餐廳和同學熱絡地打牌，滿桌拂不去的煙霧。到了傍晚下課，桌上堆著填滿數據的計分紙，仍然是同樣的景象。看著他們，總覺得日子好像真的太長了。碧華可以想像那麼空盪的感覺，成天不著邊際地盪著，可是虛實間總有那麼多引人的曲折。

認識不到一個月，走在國父紀念館，好端端地，阿潘忽然伸出手來摟碧華，他說：「我好喜歡妳。」碧華一時無法適應他的直截了當，問他：「什麼？」他停下來，正正經經地告訴碧華：「我喜歡妳。」碧華沒有回答，走了幾步路，頭腦清醒過來，把他的手拿下來，她說：「我不習慣這麼快。」繼續走著，阿潘又把手穩穩地放在碧華的腰上，碧華的心怦怦地跳，側過身，他厚實的嘴唇已經湊上來了。

阿潘第一次吻她，那樣的感覺實在相當怪異，甚至持續了好久。後來阿潘常吻她了，她才正經地考慮起一些問題。我是不是喜歡他？碧華每次問自己，可是像她這麼年輕的女孩，生命充滿了所有的可能，用這麼嚴格的標準去定義自己喜不喜歡他，不用說是沒有答案的。

耶誕節晚上，他們從舞會走出來，去買了串燈飾，說要布置阿潘住的地方。他雞尾酒喝多了，摟著碧華興奮地說：「香一個。」碧華推開他說：「不要這樣，公然在路上吻我。」阿潘笑說：「聖誕夜連警察都跳舞去了，還怕妨礙風化？」

他和幾個同學在學校附近合租一層公寓。走進公寓，一陣陰暗的感覺，阿潘的室友都還沒有回來。一會兒，碧華把聖誕燈飾纏好了。阿潘放上唱片，洛德史都華的調子：「I am sailing, to be near you……」碧華興奮說：「剛剛舞會最後那首blues。」

房間裡並沒有什麼家具，除了鋪在地上的床鋪和音響，簡直像才搬過家的空盪。勞勃狄尼洛大大的海報占了很大的牆壁空間。海報黑色部分張貼許多女孩照片，旁邊附著格言式的紙箴，寫著：「女人是禍水。」碧華差點笑出來。仔細看其中還有一張照片竟是自己。另外有一張照片，用相框框起來，立在音箱上，碧華拿著問：「這是你爸媽？」阿潘說：「他們分開幾年了，我老爸來看我的時候，明目張膽帶著奇怪的女人來。」碧華不好再問，她指著海報說：「你怎麼會有那麼多女孩照片？」阿潘笑著看她，然後說：「妳怎麼會有那麼多問題？」說完過來牽碧華的手，隨著音樂的旋律動起來，阿潘說：「閉上眼睛，我送妳一份禮物。」那時候是一段過門音樂，氣氛浪漫迷人。碧華感到他濕濕暖暖的嘴唇，內心一陣激動。

4

房間外面阿潘的室友剛回來，狂歡後的感覺還在，大呼小叫在外面嚷著。阿潘穿好衣服坐在床緣，罵道：「吵死了。」他點燃香菸吸著，一時屋裡煙霧彌漫。碧華躲在被窩裡，翻過身來覺得下體微微疼痛。她看著阿潘稚嫩的側影，覺得後悔起來，她問：「你以後會對我好？」阿潘吐了一口煙霧，說道：「不要看得這麼嚴重，現代人誰不這樣？」碧華問他：「你愛我？」阿潘笑著撫她的臉，說道：「不要問這些虛無得要死的問題好不好。」

門外阿潘的室友喊著：「阿潘，小杰在樓下要找你。」另一個聲音譏誚地說：「女人找上門來了。」碧華狐疑地問：「小杰是誰？」阿潘一句話不說，想什麼似的停了一下，起身要走。臨帶上門，回過頭告訴碧華，「等一下，我就回來。」

無論阿潘怎麼說，碧華都無法相信他的話。可是一方面她又寧可希望那是真的。阿潘說：「我和小杰是有過一段，現在發現彼此都不合適。」碧華把頭轉過去，阿潘過來拉她，撒嬌似地說：「我是真心真意地對待妳啊。」碧華聽得歡喜，可是不久她又心寒起來。阿潘的個性她有些瞭解，聽他講真心真意倒像看見東西說這個虛無得有趣那麼無心，過幾天就要忘一得一乾二淨。

這天從餐廳吃完飯出來，被阿潘幾個朋友擋住。其中為首的元衫對阿潘說：「阿潘，我們的帳該算一算了。」阿潘笑說：「不是拜託過你了嗎？我和碧華還有事，改天再說。」元衫說：「我們自己手頭也不方便，你這麼沒誠意，也顧不了你的面子了。」碧華看得蹊蹺，忙問：「怎麼回事？」元衫不懷好意地說：「這要問阿潘了。」

碧華問清楚情形，暫時替阿潘墊了二千元，這才解決。元衫接過錢，丟下一句話：「阿潘這種朋友，妳不交也就算了。」走了。後來碧華弄明白了，阿潘打牌都是算錢的。他欠下的債多得可怕，光是算得清楚就有一萬多元，還有一些阿潘自己搞不清楚或是瞞著碧華就不用說了。

在碧華想法裡，阿潘雖壞，既然和他到這個地步，總是還有改變他的餘地可努力。她咬著牙根，一句話不說，除了自己的生活費，到處借錢替他去張羅。她把錢拿給阿潘，說道：「你拿錢去還，以後不要和那些人來往。」過了學期，天氣仍然一個勁地冷，沒有一點轉好的氣象。碧華發現阿潘在打牌，初時她還好聲好氣地說：「阿潘，有人找你。」

把他支開了。到了後來，碧華氣得無法忍受，索性就去掀他們的桌巾，把滿桌紙牌花花地揚起來，看得阿潘的牌友都愣住了。阿潘一時拉不下臉，不悅地對碧華嚷：「妳憑什麼管我？」兩個人對峙起來，其他人都來相勸。碧華負氣走出餐廳，打算從此不理阿潘了。

隔兩天，阿潘醉醺醺找到碧華。碧華看他搖晃得厲害，趕忙攙他回住處。阿潘邊走邊歇斯底里地說：「這幾天我好痛苦。」他把碧華的手按在自己的胸口，「這裡，好痛苦。」回到住處，阿潘摟住碧華滿口酒腥吻她，說道：「我真的好喜歡妳。」碧華扶他上床，押著問：「不打牌了？」他點頭。碧華又問：「不和小杰來往？」他點頭，雙手在碧華身上撫摸說道：「讓我們重新開始好不好？」

碧華走出房間，現在阿潘睡著，她的眼淚也流了滿面。讓我們重新開始。這句她聽得熟悉的話。

陽光亮麗地照著宿舍大廳，工人正忙著打掃地板，踩進宿舍滿地清潔泡沫映著陽光，發出詭異的色彩。考完期末考的學生忙著整理行李、搬進搬出，準備回家。

碧華剛考完最後一科，心想趕快回寢室收拾衣物。不料走到會客室前面，被人叫住了。她回頭去看，並不認得喊她的人。那人戴著墨鏡，頭髮燙得出奇蓬，一身寬鬆羊毛衫，黑色燈芯褲裙，看上去總覺得那裡不搭調。她拿下墨鏡，笑著告訴碧華：「我叫沈靜杰。」碧華看她毛線衫上大大印著英文字母J，這才想起來——小杰。

碧君華見到她，先是直覺地不喜歡，待得坐下，聽她一番客套話：「這麼冒昧來找妳實在不好意思。我最羨慕當學生了，日子過得單純。正因為單純，我才要告訴妳，免得落得和我一樣下場。」聽得碧華更加厭惡。

她邊說邊點起香菸，抽了一口菸，慢條斯理地說：「我知道妳和阿潘在一起，他不是什麼好東西妳一定明白。我其實不希罕他，可是只怪自己貪玩，現在麻煩大了，醫院驗孕的結果都出來了。」碧華聽得大吃一驚，心想弄不清楚來意，仍故作鎮定地說：「會有這種事？」小杰說：「我雖然沒唸大學，起碼也是正經的女孩。他得出來把事情弄清楚。」

小杰原原本本把他們認識過程一路說過來，說到傷心處，整個人哭泣起來。碧華先還一陣猜疑，待聽到阿潘也和小杰去拍照、逛街、打牌，幾乎茫然了。好久，碧華才清楚過來，她安慰小杰：「阿潘好幾天沒見到了，不過我一定會幫妳要個公道。」說著去數皮包內剩的一千多元要給小杰，說道：「妳一定需要用錢。」小杰推拒她的錢，她擰熄菸蒂，忍著哽咽說：「趁妳還沒落到我這種下場，趕快離開他吧。為了妳自己，也算是為了我。」說完踩著高跟鞋咔噠咔噠走出去了。

碧華走回寢室，小惠神秘地對她說：「妳知道403寢室那個心理三的女孩的事？」碧華問：「什麼事？」小惠說：「早上從我們這幢頂樓跌了下去。聽說是為了一個男孩。」碧華愣神走到窗口，對著窗外發了半天呆。小惠也走過來看，嘆氣說：「唉，感情——」

5

車過八掌溪，落起雨來。碧華把頭探出窗外，讓雨點打在頭上。在鐵軌規律的前奏中，往事如潮般一波一波湧上來。細思從頭，著痕之處總是有那麼多的動人和心酸，甚至令人無法自已。

火車在縱貫線上奔馳。碧華攏上窗戶，擦乾臉上的水滴。

不一會，又自己潮濕了。

除夕夜裡，一家四口在客廳笑鬧，何爸爸正大談當年羅曼史。電視又是電影廣告，又是唱歌地，反而被冷落在一旁。何爸爸說：「那時光復沒多久，沒結婚在鄉下走在一起算是轟動的。兩個人各走馬路一邊，隔得老遠。問她什麼都搖頭，最後說要吃冰才點頭，也不曉得是不是口渴？」何媽媽笑說：「我看他緊張得說不出話，才答應要去吃冰，要不然不曉得一直要走到什麼時候？」說得大家笑成一片。笑聲停下來，何媽媽問碧華：「在臺北有沒有男朋友？」碧華先是一愣，敷衍地說：「還沒有。」何媽媽淡淡說：「要有帶回家看看也沒關係。」

碧華看著電視，愈看愈沒興致，或是說有些感傷。她起身往樓上房間走，樓梯走了一半聽她弟弟喊：「姊，妳的長途電話。」

碧華在樓上分機接過電話，聽到沈宗霖的聲音，不知道為什麼，聽到沈宗霖的聲音，那些刻意忘掉的事統統湧上來，一時內心思緒翻騰。沈宗霖笑著說：「碧華新年快樂，最近忙著考GRE，好久沒見面了。」沈宗霖聽她沒有回答，又問：「近來還好吧？」碧華眼淚爬了滿臉，初時她還極力壓抑，可是後來這幾天的情緒像是完全崩潰，哽咽地不成聲調。沈宗霖聽得慌張，問她：「怎麼了？」碧華忍著哽咽說：「我……好……難過。」到了最後只是一個勁地哭著，一句話也說不上來。碧華掛掉電話，馬上又響起鈴聲，樓下她弟弟喊：「姊，妳的電話。」碧華哭得傷心，不管這許多。

哭著，一個人躺在床上睡著了。

隔天清晨碧華被鞭炮聲吵醒，隔壁放著新年的音樂，翻騰喜樂得不得了。她打開窗戶，遠遠望見嘉南平原上的中央山脈，天空抹著輕淡的紅妝。正待回頭披上一件外套，忽然想起坐在對街臺階上的人。她衝向窗口，看得仔細，碧華喊了起來：「學長——」衝下樓去，高興地說：「你怎麼來了？」沈宗霖直搖頭，打著精神問：「怎麼了？我好著急。」

一整個寒假，沒接過阿潘的電話，沈宗霖倒是天天打電話來噓寒問暖。碧華的弟弟裝模作樣學說：「哎喲，學長，學長——還說沒有男朋友。」氣得碧華追著要打。過完寒假，杜鵑花先探頭探腦地伸出花苞，沒幾天，大片的萬紫千紅便風起雲湧地交織上來，喧嘩個不停，好像舊曆年「親狂」的鑼鼓沒來得及退去，化成了數不清的色彩落在視野底。沈宗霖拿著GRE成績單，雀躍跑來告訴碧華考得不錯。他們拿著一張美國地圖，指著哈佛、普林斯頓、史丹佛大學，沈宗霖不滿足說：「要是成績再高一、二十分就好了。」

碧華知道沈宗霖近視得重，不用服兵役，她問：「學長，你畢業出國，以後誰這麼照顧我？」沈宗霖沒有回答。走了幾步，他說：「我母親希望我出去，我也拿不定主意。」陽光迤邐照著，照在初發嫩芽的枯枝上，映得滿地斑駁。他們沉默地走著，沈宗霖伸手過來牽她的手。

碧華和小惠在百貨公司選衣料，碧華說：「這料子會不會太花稍，聽說是滿保守的人。」半天，好不容易選定一塊暗紋的料子，又請店員來看，仍然沒有把握。

她告訴沈宗霖：「想去拜訪伯母呢，不曉得什麼時候方便？」沈宗霖聽了倒是笑起來。待得約定時間，碧華又緊張好幾天。小惠跟著窮緊張，幫碧華借來水藍高跟鞋好襯托藍色洋裝。碧華對著鏡子照來照去，又不喜歡藍色洋裝了。折騰到晚上，總算一切打點就緒，小惠說：「早點睡，明天早上看起來精神會比較好。」

隔天一早反而沈宗霖先來宿舍，迎面告訴碧華：「今天最好不要去了。」碧華睜大眼睛看他。過了好久，他淡淡地說：「為了出國的事，吵了一個晚上，今天氣氛不太好。」碧華想想，回寢室拿了禮物過來交給沈宗霖，說道：「麻煩你交給伯母，我改天再去拜訪。」

過幾天，沈宗霖把禮物退回來了。

這幾天和沈宗霖約在餐廳吃飯。碧華提早下課，不料在餐廳前面遇見阿潘。碧華直覺地回頭要走，阿潘過來執她的手說：「妳聽我說完，我不會勉強妳。」碧華掙扎著要走，阿潘說：「我和小杰真的沒有什麼，妳不要聽她亂說。」碧華和他畢竟有些舊情，碧華讓他拉著手，慌亂得全無心思。阿潘對她說：「讓我們重新開始好不好？」

遠遠看見沈宗霖走過來，不知怎地心酸的眼淚流了滿面，她堅決地告訴阿潘：「這一次你真的讓我自己選擇，好不好？」說著脫開他的手。

她擦乾淚，走向沈宗霖笑說：「我們去別的地方吃飯。」說著滿腦都是混亂的思緒。走遠了仍看到阿潘失神落魄站在那裡，淚水又盈了出來。不敢去擦拭，怕沈宗霖看見。

到了畢業典禮，滿校園都是穿著學士服的學生到處穿梭。碧華陪沈宗霖攙著沈媽媽在四處照相。他的母親抿著嘴，不曉得為什麼，總讓碧華覺得隔閡得緊。拍了幾張照片，沈宗霖說要去買飲料，留下她們二人立在那裡。碧華正覺得窘迫，沈媽媽開口說：「阿霖這一出國，不說結婚，光要拿學位不知要幾年？我看妳也是很好的女孩，應該替自己多打算。像我們什麼名分都沒有，讓妳這樣攙來攙去，我倒覺得為難。」碧華聽得心中一片混亂，抬頭望見沈宗霖擰著飲料笑嘻嘻走來，他媽媽還在耳邊說：「況且他還要專心唸書。」

這些日子，沈宗霖和母親吵得厲害。吵得心情不好來找碧華。碧華陪他在河堤散步，她說：「學長，你真的出國讀書，也沒有關係。」河堤風大，吹得碧華散髮飛揚。沈宗霖脫下外套讓碧華披著，又幫她理好頭髮。緊緊摟碧華走著，他說：「妳記得那次生病，我幫妳梳頭髮嗎？」碧華點頭。沈宗霖笑著說：「那時候就是做夢都會夢見和妳一起牽手走在河堤上。」碧華笑著，把頭依在他的肩膀上，厚厚暖暖的。沈宗霖說：「現在真正和妳走在一起，倒不甘心起來。我這一生老是活在別人的夢想裡，現在發現自己一無所有，真是悲哀。」他說完定定看著碧華，雙手按著她的肩膀，試探性地輕吻碧華的額。碧華附過身軀，用力地吮吻沈宗霖的唇，整個人在寒風中激動地顫抖。不知過了多久，沈宗霖感覺到冰涼的東西劃過臉上，睜開眼睛發現碧華滿臉都是淚痕。

碧華拭乾淚，讓沈宗霖擁著走了一段，她鎮定地說：「我想過很久，還是決定告訴你。如果你不肯原諒我，我一輩子都會後悔。」沈宗霖看著碧華，沒有回答。碧華繼續說：「以前和阿潘在一起，他曾經吻我。」沈宗霖笑著說：「妳知道我不會介意這些的。」碧華不理會他，接著又說：「我們有過更親密的關係。」沈宗霖倒是不接腔了。

現在美國學校、護照、機票都打點妥當了。同學開了二桌酒席給沈宗霖餞行。看著生龍活虎、四處敬酒的沈宗霖，碧華覺得不像自己熟悉的學長了。待輪流向每個同學敬酒，行至碧華，沈宗霖客氣地笑著說：「敬我最親愛的學妹。」笑語帶著俏皮，碧華聽來卻冷漠得可怕。不由分說一大杯啤酒生硬地喝下去，連心裡都覺得了那樣苦澀的滋味。沈宗霖讓同學灌得醉醺醺，有人說：「饒了他吧，明天一早還要搭飛機。」這才作罷。

臨散酒席，滿桌是鵬程萬里，大展鴻圖的話。沈宗霖笑嘻嘻告訴她：「到那邊我會寫信告訴妳地址。」碧華一句話不說，叫了計程車回學校。回到寢室，整個人都是想哭的感覺，卻哭不出來。酒精讓她全身作嘔，頭腦昏脹。

6

碧華注意到窗外的天空，偶爾有飛機經過。不管如何，她發了狠心要讓自己快樂生活。她把留了好久的長髮剪掉，削得薄薄靠在臉頰邊。上課她坐在前排中間，專心抄著筆記，頭一抬起來眼睛睜得又大又亮，每個老師上過課，不到一、二個月就記得她的名字。

小惠常說：「沈宗霖的事我看沒什麼下文，妳自己另找對象，彼此沒什麼虧欠。」碧華笑著，不知道為什麼，沈宗霖的事反而沒有那麼重要了。小惠每天埋頭準備研究所考試，有一次碧華問她：「妳都不交男朋友的？」小惠說：「我看多、聽多了。像我們這種科系，還是考研究所實在，我倒建議妳試看看。」碧華聽了笑起來，青春時光，她已經浪費好多了。她參加學校美術社團，學弟對她說：「學姊都大四了，還這麼有興致？」碧華笑著說：「就是大四才要把握，不然來不及了。」下了課她趕到畫室去，拿起筆瞇著眼睛在素描模型上比來比去，很多時光就這麼過去了。

過了一年，差不多就是社團畫展籌備得高潮時，沈宗霖告訴碧華在美國訂婚了。碧華的工作倒也沒停下來，她成天興致地忙著裱裝、布置、印刷、聯絡。那時候小惠研究所也錄取了。走過公布欄，成排紅色賀紙激昂地在空中翻飛，有一張下面端端正正款著何碧華敬賀。碧華還清楚記得親手貼上去時那種興奮。

現在她坐在展覽教室裡，畫展已經就緒了。聽見窗外舉行拔河比賽的學生熱熾地嘶喊著。啦啦隊借來了鑼鼓，更是喧囂震天，她伸手撫摸架在角落幾幅自己的畫。

有時候她不免自怨自艾地想，大學四年剩著這些了。

工作並沒有想像中難找，只是薪水低了些，好在並不介意。她在電腦公司負責業務部的文書資料，成天守著終端機，把資料分門別類。做的事並不是學校本行，還好真正打聽起來本行的人實在不多，這才覺得放心。

天天上下班，完全失去學生時代氣候的心情。沙丁魚似擠著公車，完全沒有春夏秋冬，天氣只分成下雨和不下雨。至於日子，就更單調了，永遠是週一到週日無窮無盡地循環。週六還好，下午約了同學去看電影、逛西門町。到了週日，清晨一睜開眼睛，就覺得快要過去了。碧華莫名地憂鬱起來。

生活倒也沒什麼兩樣，少了談心的人倒是實在。現在她不從家裡拿錢了。何媽媽一直希望她回南部做事，不曉得為什麼，對於臺北這個城市，她有一種既討厭卻又無法割捨的心情。月初領了薪水，她把一半寄回家裡。何媽媽倒也按月收額，寫信來說幫她存著留做嫁妝。

那年沈宗霖回國，兩個人客客氣氣地見著面，談起往事，不勝唏噓。沈宗霖笑著說：「就是這樣，去兩年什麼都沒有。」碧華問他：「還回去嗎？」他說：「說不定，真的回去也未必有把握，我不知道指導教授為什麼那麼敵視我，送錢送禮物他也不收，不曉得該怎麼辦？」說著喝了一口咖啡，想起什麼寫一張紙條傳給前面駐唱的吉他手。

歌手調正弦，唱起Leaving on a jet plane的歌。沈宗霖聽了一會，嘆氣說：「當初在國內唸研究所就算了。」說完看著碧華，問她：「有走得近的男朋友嗎？」碧華搖頭。他從口袋拿出香菸，自顧自點燃抽起來。好像聽著音樂，又像欣賞自己吐出來的煙霧。碧華問：「以前怎麼沒見過你抽菸？」他苦笑：「在美國學會的。」

又和沈宗霖出去了幾次，說不上來理由。總覺得看著一個人精華的部分慢慢讓時間磨得褪色是叫人心痛的事。沈宗霖告訴碧華：「我現在想清楚了，何必為那些遙不可及的事物回美國去和別人爭得要死。」過去的事兩個人是絕口不提的，碧華沒告訴沈宗霖她正喜歡他那樣不認命的過去。走在路上，像兩個沒有過去的人，輕飄飄的，卻又那麼不實在。那次走過基隆路，正是黃昏，穿越人行道沈宗霖伸手去握碧華。過往的車輛揚起馬路上十丈紅塵，那樣的動作像是自然流露的關懷，又好像不是。碧華問他：「什麼時候和美國的未婚妻結婚？」沈宗霖說：「訂婚的事我母親並不知道。」走著，又說：「那時候大家課業壓力大，彼此接近得快，根本沒有考慮清楚。」碧華讓他牽著手，想起許多事。一會兒，她把手默默地滑開了。背著夕陽走在紅磚道，兩個人都沒有說話。

公司的經理學的是管理，一天到晚管理經不離口。他常說：「雇專科畢業的倒還划算，她們勤快、肯學、打字也快，何況一般說來較會打扮。」聽得實在讓人生氣，也不是全無道理。碧華吃虧在打字，連帶電腦操作一起影響。她畢竟有些個性，自己買了書，晚上下班索性留在公司，發憤練習打字和電腦程式。雖說一個人，辦公室另一端程式設計部門的人天天加班，倒也不覺得害怕。

碧華常覺得自己沒有電腦邏輯的天分。這天對著終端機做教本上的習題，正是頭昏腦脹，不料後面站著一個人笑著說：「哇，每個人像妳不領薪水加班，我們公司有希望了。」碧華聽了更是火冒三丈。他卻不慌忙，過來有條不紊地幫碧華打未完成的習題。看著他快速的打字轉入，電腦程式指示，變化萬千的螢幕，火氣慢慢消退下來。聽完他詳細的說明，碧華才想起來笑著問：「怎麼會來業務部？」他說：「我叫鄭志遠。我們設計部門那幾個男生要去吃宵夜，覺得加入女生比較有趣，推派我當代表。」碧華心想白白領受指教，肚子也餓，欣然同意。

吃過幾回宵夜，幾個男孩子有板有眼調侃起碧華來了，他們說：「何小姐真是豔福，五、六個未婚男士陪著吃宵夜。」碧華來不及喊冤，其中一人搶著說：「是呀，現在未婚男女比例懸殊，何小姐一下有五個男士陪著。」碧華笑說：「真有五六個，我也麻煩了。」鄭志遠裝模作樣地說：「像我們這樣體格健全，思想純正，家世清白，受高等教育，有正常收入，身高一七〇公分以上的未婚男子都抱電腦睡覺去，未婚女子難怪找不到對象。」

急倒也是真的，碧華媽媽總是催促著要幫她介紹對象。碧華拗著說：「人家才二十五歲，又不是嫁不出去。」何媽媽氣急敗壞地說：「當年我二十五歲妳弟弟都生出來了。再不結婚，都變成了高齡產婦了。」碧華拗不過媽媽，勉強同意去相親，還不時告訴何媽媽：「只是去看看而已。」

對方是個牙醫師，三十歲出頭。看了回來全家在一起議論，碧華嫌他老，個子長得又矮，頭髮有點禿。何媽媽說：「人家不嫌妳高算好的。現在這個時勢有什麼比當醫生穩當？」碧華說：「反正我不喜歡那樣，人看起來笨笨的。」她弟弟插嘴說：「是呀，當個牙醫師還滿口暴牙。」何媽媽氣得對他翻白眼，又說：「人要真笨哪還能讀醫學院，妳弟弟有本事還考不上呢。現在有多少女孩子想嫁醫生，不說榮華富貴，光就生活安定這點……」何媽媽還沒說完，碧華已經急得滿眼淚水。

沈宗霖回美國去了，這回真的和碧華斷了聯絡。一年不到，輾轉聽說在美國結了婚。也不曉得和他母親弄成了怎樣？聽到這些，碧華倒不是感傷。不知怎地，她常想起他抽菸的神態，彷彿一個人失意成極點就是那樣，不能再壞了。有許多的感觸倒是真的。

碧華現在電腦操作及程式設計進步得快了，鄭志遠也覺得有成就感。碧華對老師謙虛有加，不過因為是女孩，多了層撒嬌彆扭的權利。鄭志遠邀她吃宵夜，她說：「才不要，你們這群人大男人主義。」鄭志遠笑著不說話，回過頭去打電腦按鍵。碧華看螢幕奇怪的程式，好奇地問：「這是什麼程式？」鄭志遠問她：「什麼時候生的，我讓電腦替妳排流年、流月、流日、流時。」待碧華把生辰資料輸入，鄧志遠操作電腦螢幕，說道：「我先排妳現在的流時。」不久螢幕出現滿滿的YES的字幕。碧華問：「什麼意思？」他說：「這表示妳應該願意去吃宵夜才對。」碧華睜大眼睛說：「有這麼願意啊？」說著去研究原來的程式設計，想了半天自己拍手大笑，吵著鄭志遠說：「你作弊，你作弊。」

要好的同事對她說：「妳怎麼會和設計部門那些工程師熟的？他們仗著自己是資訊碩士、博士，傲慢得很，根本不和我們業務部打招呼的。」碧華聽了謹慎起來，白天沒事儘少走動，下了班不願在公司逗留，直接回家。到了晚上，鄭志遠打電話來約她，他說：「剛丟了一個程式給電腦，夠它算個三、四十分鐘。時間有限，我接妳吃宵夜。」不由分說，已經掛了電話。不到十分鐘，騎著摩托車在樓下按喇叭了。有時候只有十幾分鐘，風塵僕僕送來一束花，說道：「空手來看妳實在理由不足，買了花當藉口。」附帶還送上滿臉笑意，說完，又回公司去了。碧華的弟弟新上來臺北唸大學，與碧華住在一起，他常搖頭說：「就有這麼瘋的人。」

和鄭志遠走在街上，碧華知道自己又正正經經地談戀愛了。這些過程她都熟悉，有時候看著自己，不免有一種冷眼的心情。她對愛情有種滄桑感，好像她這樣過去的人是不值得這些美好的。尤其是真心真意時，更覺得難過。她想起沈宗霖、阿潘。鄭志遠也是一樣，到底這些美好的感覺還要欺騙自己多久呢？反正她也不在乎了，有次她橫了心告訴他：「從前……」說著卻自己哭起來。鄭志遠好心笑說：「哎喲，好端端哭起來，存心嚇人？」他就是這樣，好像說笑就是唯一的表達了，然而裡面帶著稚氣和敦厚。碧華又哭又笑，話到嘴裡又不想說了。

那陣子周圍認識的人都在結婚，好像忽然流行起來一樣。舊朋友相見，也是這個話題。遇見阿潘，他已經結婚了。碧華倒是訝異了，心想他這樣的人。他們立在超級市場前，阿潘抱著小孩，介紹太太與碧華相識，他嘻皮笑臉地說：「何碧華，大學時代追得要死，結果還是被她拋棄。」他太太說：「哇，我都不知道還有這一段。」說完笑起來，碧華也陪著笑，心裡全是往事的恍惚。望著阿潘，的確是找不到一絲往日的眼神了。逗了一會孩子，潘太太說：「還不太會叫人。」阿潘遞給她一張名片，說道：「現在和元衫他們合資開發洗碗機，很實用呢，妳要不要買一臺？」碧華問清價錢，伸舌頭說：「買不起呢。」過了一會，阿潘問她：「結婚沒？」碧華搖頭，阿潘笑說：「那好，結婚時送妳一臺。」

和他們告別，走在川流的人群裡。電器行堆成一片的電視牆擺在櫥窗放映一致的畫面吸引顧客。碧華站在那裡看了一會，正是年末，電視播映著年來世界大新聞的回顧，有饑荒的難民、地震、水災、火山爆發、空難、人質、劫機、戰爭、和平會議……這些年安穩地過著生活，總以為這是太平歲月，可是這一切世間人事激烈的變動卻讓她目瞪口呆了。她二十六歲，汲汲為自己的幸福忙碌，想起自己的卑微和渺小，忽然有種哭的衝動。

人潮一波一波幾乎要把她淹沒。的確，卑微，她也想得清楚了。可是在不斷流逝的空間和時間裡，什麼偉大的功勳和感人的事蹟或者是災難不同樣地卑微呢？廣告看板畫著意氣風發的男士，喜悅的主婦，活潑的孩子，敏捷的選手，這些關於美好人生的謊言，不知怎地，那麼生動地吸引了我們的心靈。是呀，這是一個承平之世，即使卑微，也沒什麼理由阻止我們坦然地活下去。碧華想。

那年流行哈雷彗星。下了班鄭志遠拉著碧華往天文臺跑。碧華笑說：「不要說七十六年來一次，像我們不看天空的人，就是天天掛在那裡，一輩子只怕看不到一次。」迎著中山北路的風，碧華問他：「你贊成婚前的親密關係嗎？」鄭志遠問：「怎麼會問這個？」碧華含糊地說：「報上看來的。」

天文臺前排滿了爭睹哈雷彗星的人群。排在人群裡鄭志遠笑著說：「真正遇見喜歡的人，過去的親密關係我並不介意，只希望彼此真心相待。」說完他看著碧華，問她：「那妳呢？」親密關係，她沉重的負擔。她還想起阿潘，笑了起來，是啊，畢竟一切都在改變。鄭志遠問她：「妳在想什麼？」她笑著說：「我在想，我是絕對不贊成，也不願意的。」

臺北天空難得放晴，那晚卻是例外。看完彗星碧華說：「尾巴才一點點。」鄭志遠說：「我倒沒期望有很長的尾巴。」走了一會，他告訴碧華：「下回哈雷彗星再來，不知一切變成什麼樣了。」碧華搖著頭，自顧自地說：「真的也是緣分。」

從圓山的斜坡下來，碧華走得不穩，鄭志遠伸手去牽她。兩個人靜默地走著，隔劍橋看來往的車燈霓虹。夜空滿布星子。掛得低的，就分不清是星光或者山中的人家了。風微微吹著，碧華看著鄭志遠，想他總該說幾句浪漫的話吧，氣氛這麼好。

走了幾步，不想他淡淡地說：「我們結婚吧。」

7

阿潘真的把洗碗機送來了。碧華請小惠當伴娘。過幾個月小惠博士班也要畢業了。她幫碧華打點裝扮，笑說：「結婚還是要的，大學畢業的我不計較，老實、看得順眼就好。」碧華現在也會學著爸爸的口氣告訴小惠：「是呀，每個女人就是那麼一段。」看著鏡中的新娘，不敢相信真的要結婚了。她想起許多人事，畢竟這一番也是走過來的。

風捲著鞭炮的煙霧，滿地都是爆炸過的紙屑。新郎挽著她往前走，一時賓客喧嘩，鎂光閃爍。走出屋簷，撐起了傘。撐傘遮天，爆竹驅邪，那麼幸福的事，神鬼都要嫉妒的呢。她看著身旁的鄭志遠，沒有浪漫纏綿的曲折，也沒有刻骨銘心的永遠，可是她愛他，那也就夠了。

那年她二十七歲，總覺得命運對她忽然寬厚起來。儘管她知道往後還有許多日子，可是關於幸福，她從來沒有像那一刻那麼有把握過。

《誰在遠方哭泣》原序

更遠的遠方——我看文詠的小說

郭強生

喜歡文詠的小說，幾乎像是驚豔的那種喜悅。不光是文章本身令人欣動，更多的時候是因為他那個和我迥然不同的背景世界——如醫學院裡沉奧深謐、纖塵不染直逼宗教的氣氛，每每就從他的字裡行間暈托而出，像是潔柔勻透的一團光圈，籠罩了讀者的心頭，散發出光亮再把人世周遭的生老病死、悲喜癡頑一點一點吸收淨化。他的文章跟他的人極為接近：自然、寬厚、不失赤子之心，更重要的是，時時在用心，對事事皆有情。

尤其這次讀到了《誰在遠方哭泣》書中那篇〈天堂的小孩〉時，中途幾度掩卷，微笑著偷空望向書房外的陽光；其實還是個好好好的世界不是嗎？我跟自己說。雖然有那麼多自古難全的憾事……而文詠真的跳脫出來了，以慈悲的心一一親吻了那些傷口，那些病歷表上未曾記載，亦無任何手術藥材可挽救的生命變化。

對大多數的讀者，甚至文學評論家而言，或許這不過就是一篇故事而已；但是同為創作者，又是彼此深談坦白的對象，我卻清楚看到了文詠在小說營構上及人生情境上一個突破，及接下來更多的可能。

文詠的文字一向俐落敏銳。記得在讀他上一本《七年之愛》時，首篇〈諾貝爾症候群〉不過看了四、五行，我就不得不正襟危坐起來：

……背景是一個實驗室，看得見許多瓶瓶罐罐，燒杯裡煮著開水。有一大條長龍排列等著使用唯一的一臺離心機，和數量有限的分析天平。至於川流的學生，就很難確實說明他們到底在做什麼。有的時候是聯絡中午系際杯排球賽的人員，有些正開郊遊的籌備會議，有人在研究考古題，另外一些人在爭辯著民主自由以及校園的問題等等……

這裡的「背景」不單是故事發生的場地交代，「實驗室」二字所能引申出的其他意義，更構成文詠作品的一個重要基調。《七年之愛》中卷一〈醫之生〉（一個醫生的誕生之意）所收的數篇，正是冷眼熱心的他對醫學院學生抽樣性的調查側寫。他創造了一個有趣的人物「楊格」貫穿全場，其人的固執、天真、自知與不自知的缺點，不時令人莞爾。究竟什麼樣的人適合做醫生？文詠恐怕自己都難以回答這個問題，除了醫科的課程設備、臨床實習外，在對生命現象進行終極探索時，是不是還缺少些什麼？文詠在另一篇文章裡曾這樣說道：「我的本行是醫學，受的是科學的訓練，可是我對科學有種懷疑，我不相信科學能帶我們走到哪裡去。」像楊格這樣「反智」色彩濃厚的角色，正無疑透露出文詠在一起步——做為醫生，同樣也做為小說家，對人文情操即有熱切的關注。

張系國在他《不朽者》一書的序言中，曾將小說寫作比為獻祭的過程，藉由別人的苦難而淨化了自己的靈魂。在正式住院實習後，文詠接著寫了一連串有關醫院眾生百態的小說，皆可作如是觀。這些作品幾乎都是在血肉邊緣及生死交關上作文章，或同情、或譏諷、或自嘲，總可看出新的環境帶給文詠極富刺激性的新鮮感，有些作品幾乎是以採訪記者的口吻在轉述一樁樁奇人奇事，但是仍不難看出醫院裡每日生與死、哀與榮、驟換更迭的程序所帶給他的些許恐慌，其中尤以〈拔管〉中醫生在決定生殺大權時的曖昧氣氛讀來最教人脊涼。而文詠也自我意識到這些殘酷的事實終究要坦然迎對，無處可逃，因此在後來一篇〈黎明前〉中，他改以人道立場，重新嚴肅地評量了醫生與病患、病患家屬之間摻揉了情感、責任、道義的複雜糾結。

醫師的推諉治療不當的責任、隱瞞了病人已死的事實，卻又為不知情的死者妻子那一片金石情堅所感，大費周章將死者送上飛機，趕在黎明前飛往澎湖，成全一個老兵生前瞭望彼岸故土的最後心願。歷盡人世滄桑的未亡人，在上飛機前用她最真實、最直接的方式，企圖表達她的心聲：

> 「今天老彭不能好，那是他自己的命，但是醫師們的大恩大德，」她哽咽著，「老彭和我即使這輩子不能報答，來生就是做牛做馬也要報答醫師。」
>
> 我使盡力氣去拉他們，卻無法和那股無比的意志相抗衡。我知道這是人間的至善了，那種人與人之間的相敬、相惜與感激。可是那卻不是我所能擁有的啊。我甚至說不出什麼來。竟只能無依地站在風中，和他們一起編織這個謊言。任他們用盡人間的情分來膜拜我。
>
> ——〈黎明前〉

無助的人類在面臨死神時，披白袍的醫生就是他們唯一的希望與救世主，諷刺的是，在這裡，醫師們的確扮演了「起死回生」的全能角色，但是很快就會被揭穿其實不過是一場騙局。「可是那卻不是我所能擁有的」，文詠也開始對自身的價值和最後的道德堅持有了質疑。

因此其後的幾篇作品像〈卓越之路〉、〈一道刀疤〉，乃至新書中收錄的〈聶醫師的憂鬱〉、〈死亡之歌〉，都出現了一個新的思考主題——虛與實、得與失、真與偽間永不休止的纏鬥。〈聶〉文企圖深入一個五十歲得了早發性癡呆症的醫生他的記憶底層搜尋，在時空交錯中拉展開一個立體的生命圖象。在技巧方面，有些片段近似《將軍碑》的魔幻寫實，而米蘭昆德拉的《笑忘書》的背影亦在某些轉折處驚鴻一瞥，但值得注意的是作者開始有了他的修持。

……他發現，大多數的青春歲月，他都為成為一個醫生而犧牲、努力。等到醫生的夢想實現，他卻又淪為死亡的祭品。總是在死亡、呻吟、病痛中窮忙。更多的手術、門診，成就他的財富，財富又帶來更多的建築、設備、更多的病人。天天有那麼多人要死去。他永遠都在這個美麗的陷阱裡……

——〈聶醫師的憂鬱〉

生老病死的洶湧和存在的荒謬感，透過白描的文字敘述，儼然已出現另一種了然的頓悟之情。

這也是我為何特別鍾愛〈天堂的小孩〉的原因。這應該算是文詠人物最多、情節最豐富的一篇作品，沒有揶揄譏嘲、沒有嘶嚎哭喊，全篇反而類似溫柔的耳語，與耶誕節即將來臨的故事背景委婉呼應，寫年輕醫師的一念之執、護士小姐的遲暮惆悵，血友病童的母親身世淒涼，都是一派哀矜勿喜的明醇平靜，這樣的創作心境難得，文詠最教人驚訝的地方也就在這裡。醫院這個題材，被大多數人以人性實驗室冷眼旁觀的角度寫乏的時候，文詠轉而挖掘出一種群體（Community）的情感，早熟又認命的小主人翁梁國強，從小得不到家庭的溫暖，在住院期間總愛至鄰房聆聽血友病童的母親，對昏迷不醒的愛子說故事一節，正是這份情感的極致表現，讀來最教人動容，低迴不已。

醫院中點狀的因緣交會，如今在文詠的筆下正呈現面狀的人情練達。誰在遠方哭泣？讀者疑問，作者更在自問，更遠的遠方又有些什麼？文詠的這支筆應當是會帶我們過去的。

《誰在遠方哭泣》原跋

在起跑線上——我認識侯文詠

張曼娟

他是一團流動著的溫暖。

初次相遇，是微涼的秋天，在一場頒獎典禮上。典禮很熱鬧，寒暄道賀之聲把室溫逐漸升高。我獨自去領獎，縱然躋身在氣息交接的人群中，感覺仍然只是一個人。即將結束前，有個大男孩走來喚我的名，說了他自己的名字，並且合影。

我向來拙於結識新朋友，偶爾相遇，便有股難喻的欣欣然。讀了他那篇得獎的小小說和散文，同時發現，他有個非常適合寫作的名字——侯文詠。即使顛倒也雍容的名字。並且，他還是那種聰明的、優秀的，從小到大一路領先，令我自慚形穢而望之生畏的醫科學生。

不久之後，合照的相片寄來了。我們兩人的身影占去三分之二的畫面，但，焦距顯然有一點點失誤，因此，背後不相干的走動人群和擺設，十分鮮明清晰；我們這兩個主角臉上的表情，不知因模糊而不能確定；或是因為不能確定而模糊了。

可是，那張照片令我快樂了整個下午。原因之一，是我一向喜歡在焦點之外；原因之二是世上總有這些控制不住的突兀荒謬。

接著，我們便開始通信，持續地聯絡著。

這些年來，我已成為面對信紙便要遲疑的人；他在字裡行間的態度，則是一派興高采烈。

談文學、談電影、談醫學、談電腦……藉由四、五張整整密密的信紙，在我面前展開的是一個不十分熟悉的世界，事事樣樣充滿新奇。

讀他的信，便不能當他只是個年輕男孩；因為他那麼熱切地、溫和地、堅定而深刻地追尋探索的，都是生命最根源的問題，最繁複也最簡單的，生活的內涵。

七年嚴格的醫學教育，使他對人類生理各種結構組織都熟悉。然而，讀他小說時，禁不住要想，他又是用怎樣精密的器械解剖人心？

一位醫生是怎樣看待生命呢？

沒有人比他們更清楚地看見死亡的真相，知道貧富貴賤，都免不了這事；卻也沒有人比他們更執著地與死神拚搏，縱使到最後，死神總是絕對的贏家。

他好像也是用這種態度在寫作。明知道這世界千瘡百孔，不能細究，卻一點一滴的補綴著，儘管個人的聲嘶力竭，顯得如此薄弱，到底堅持下來了。

甚至還帶著微笑。

即使是敘述最慘酷的不幸滄桑，令聽者讀者聳然動容，他也會在故事的尾聲推開一扇向陽的窗，微笑著指引風中開放正好的花朵；清淺溪水；飄泊白雲，教人不要深陷在悲傷的情緒裡。

世上仍有許多值得盼望的。細心的人也許會在轉瞬間，見到剎那燦亮，以為是他眼內淚華；而他畢竟帶著笑意，把許多事看得明白透徹以後，自然浮現的微笑。

在夏末秋初，季節交遞之際，日子突然變得索然冗苦，我記起遠在澎湖服役的他，那個在任何時空都能把自己妥貼安排的朋友。

到了澎湖，驀地擔憂，倘若我們已認不出彼此……而，很容易地，我在晃動的人群裡，一眼就看見他。他有自己的氣質。

島上三天，他帶我們去港口看紫色的船隻；沿途啃食冰淇淋；喝彈珠汽水；吃海鮮大餐；和我們坐在觀音亭，看著太陽一點一滴滑進金黃色的大海。

我的皮膚在陽光下，一次又一次，由紅轉黑；我那長滿硬繭的心在海風中，一層又一層剝落，回復到最初的柔軟敏銳。若不是他有著朋友珍貴的寬容瞭解，便不能夠。

坐在馬公航空站等飛機，原說了不勞他送；他也說了不一定能來。然而，穿著和天空同色制服，我那空軍軍官的朋友究竟還是來了。即將登機時，停機坪的另一邊，他向我們揮揚手臂。

天空的藍直瀉到地面，炙熱的太陽猛烈燒灼，狂飆的海風企圖拔起一切有根與無根的，這樣的天地，一片蒼茫原始。

只我的朋友踽踽獨行，甚至連影子也沒有。

那一次和夏季告別的旅行，我一直記得他從容不迫的向地平線走去。並不是刻意要頑強的執拗，只是謙遜平和，挺立在最惡劣的環境裡，自成一種莊嚴。人，應該活得有尊嚴。他說，以各種不同的形式。

我認識文詠，最初是因為他的親和。後來是因為，總能發現一些新的好的，令人驚喜的。

旁人都說，我們的寫作和出書，是最好的時機；而他知道，我也知道，這未嘗不是最危險的時機。因此，看見對方仍認真的生活和寫作，便忍不住莫名的喜悅。其實不曾預先約定，後來才發現，我們將在相同的時節，出版新書。彷彿並排在相同的起跑線上，等待槍響。終點是無盡的未知；腳步得自己調整，除了各自擁有不同的心情，過程中或還有風有雨，有疏疏密密的掌聲，成為一樁可以共享的秘密。

這是一條注定孤獨的道路，然而，因為有分享的朋友，於是，不覺得寂寞了。

國家圖書館出版品預行編目資料

侯文詠短篇小說集 / 侯文詠 著. --三版.--臺北市：
皇冠文化. 2019. 12
面；公分（皇冠叢書；第4811種）

ISBN 978-957-33-3497-2 (平裝)

863.57 108019837

皇冠叢書第4811種
侯文詠作品 21

侯文詠短篇小說集

【30週年紀念完全珍藏版】

作　　者—侯文詠
發 行 人—平　雲
出版發行—皇冠文化出版有限公司
臺北市敦化北路 120 巷 50 號
電話◎02-27168888
郵撥帳號◎15261516號
皇冠出版社（香港）有限公司
香港銅鑼灣道 180 號百樂商業中心
19 字樓 1903 室
電話◎ 2529-1778　傳真◎ 2527-0904
總 編 輯—許婷婷
責任編輯—蔡承歡
美術設計—王瓊瑤
著作完成日期—2019年
三版一刷日期—2019年12月
三版五刷日期—2023年7月
法律顧問—王惠光律師

讀者服務傳真專線◎02-27150507
電腦編號◎010206
ISBN◎978-957-33-3497-2
Printed in Taiwan
本書定價◎新臺幣420元/港幣140元